KB273789

견디는 동안

쓰였다

견디는 동안 쓰였다

밥상에서 시작된 마음의 기록

초 판 1쇄 2026년 02월 24일

지은이 이경화
펴낸이 류종렬

펴낸곳 미다스북스
본부장 임종익
편집장 이다경, 김가영
디자인 윤가희, 임인영, 윤영빈
책임진행 이예나, 안채원, 김은진, 국소리, 송가희, 이지영

등록 2001년 3월 21일 제2001-000040호
주소 서울시 마포구 양화로 133 서교타워 711호, 808호
전화 02) 322-7802~3
팩스 02) 6007-1845
블로그 http://blog.naver.com/midasbooks
전자주소 midasbooks@hanmail.net
페이스북 https://www.facebook.com/midasbooks425
인스타그램 https://www.instagram.com/midasbooks

ⓒ 이경화, 미다스북스 2026, *Printed in Korea*.

ISBN 979-11-7355-728-6 03810

값 19,000원

미다스북스는 다음세대에게 필요한 지혜와 교양을 생각합니다.

견디는 동안
쓰였다

밥상에서 시작된
마음의 기록

이경화

미다스북스

목차

4부

삶을 견디었더니
철학만 남았다

5부

삶이 이끄는 대로

추천사

배우가 힘든 만큼 관객은 즐겁고,

배우가 흘린 땀방울의 숫자(양)만큼

관객은 감동의 눈물을 흘린다."

배우 생활 50년 동안 깨달은 것이다.

배우의 길은 지름길이 없는 것 같다.

좋은 연기를 위한 수많은 반복 연습은

고통과 땀방울을 요구한다.

지루한 반복과 그것을 견디는 힘.

그리고 그곳에서 우러나오는 진실을 담은 연기.

그래서 얻어지는 관객의 감동.

『견디는 동안 쓰였다』는

작가의 글에서 고통과 땀방울을 느낄 수가 있었다.

고통과 땀방울은 다시 말해서 견디는 것이다.

그리고 견딘다는 것은 곧 내공이 차곡차곡 쌓여가는 것이다.

그래서 독자들은 작가의 글을 대하면서

깊은 사유와 성찰을 얻을 수 있을 것이라고 확신한다.

2026년 2월

- 남경읍(배우)

“이 책은 힘이 세다.”

솜사탕처럼 가벼운 감성 에세이도 아니고,
어설픈 철학적 잠언으로 현실을 잊게 하는 도피성 책도 아니다.
유년에서 현재에 이르기까지의 경험을 바탕으로
삶을 응시하는 마음의 풍경이 다양한 무늬로 담겨 있다.
작가의 말처럼 누군가에게 보이기 위한 이야기가 아니라
자신을 관통한 순간들에 대한 섬세한 성찰의 기록이다.
화려한 기교나 난삽한 언술 대신
삶의 이면을 드문드문 살피는 진솔한 시선과
정직한 목소리가 빛을 발한다.
삶의 현장에서 건져 올린 정련된 사유 또한 곳곳에서
진중한 무게로 다가온다.
이경화 산문집 『견디는 동안 쓰였다』는 요란한 과시와 수다의 시대에
“견딤이 축적된 흔적”으로 오래 기억에 남을 산문집이다.

– 홍일표(시인)

삶을 통과해 온 사람이

다른 삶을 바라볼 때 나오는

아주 담백하고 따뜻한 문장이었습니다.

삶은 아름다움과 슬픔,

행복과 고독이 함께하는 여정입니다.

이 책은 그 길 위에서 저자의 진솔한 고백을 담아내며,

독자에게 잔잔한 위로를 건넵니다.

서로 다른 기억을 가진 우리이지만

그 고백은 마음을 이어 주고

"혼자가 아니다"라는 깨달음을 전해줍니다.

이 책은 독자에게 삶을 다시 바라보게 하고,

고독 속에서도 따뜻한 빛을 발견하게 할 것입니다.

– 이현곤(변호사)

둥근 소반 사이에 두고 할아버지와 아이가 있다.
소반 위에 남은 동그랑땡 하나
"할아버지 이거 더 먹어도 돼? 아님, 반으로 나눌까"
불면 날릴 것 같은 아이가 오십 넘은 어른이 되어
고요의 우물로 두레박을 내린다.

멈춤과 움직임이 있고 채움과 비움이 있다.
수도승의 잠언집처럼 철학가의 철학서처럼
고뇌와 성찰 후 얻게 되는 우주가 또 있다.
그러나 작가는 가르치려 들지 않는다.
선명히 속 드러나는 고드름처럼
바람 앞에 자신을 내보이고 있을 뿐

작가는 말한다.
"나는 이제 누군가를 설득하기 위해 살지 않는다.
다만 누군가가 잠시 앉아도 되는 자리를 남기며 살아가고 싶다."
밥상에도 우주가 있다시던 할아버지,
그 말에 귀 기울이던 소녀가 이제 그 나이의 어른이 되어
고요의 우물에서 두레박을 올린다.

꽃이 되었다.
병석에 누운 엄마 곁의 아홉 살 소녀
꽃잎 날린다.

– 배정록(문인)

나는 수없이 넘어졌고 그때마다 다시 일어났다. 돌이켜보면 삶은 한 번도 곧게 서 있던 적이 없었다. 넘어짐은 내 삶의 그림자였고 일어섬은 그 그림자를 끌어안고도 다시 걷게 만드는 빛이었다. 상처는 늘 예고 없이 찾아와 나를 무너뜨렸지만 아이러니하게도 나는 언제나 그 무너짐 속에서 다시 살아났다. 부서진 자리에서야 비로소 숨이 돌아오는 순간들이 있었다.

살아오며 나는 자주 말보다 침묵에 가까운 시간을 건넜다. 설명할 수 없는 일들 앞에서 말은 자꾸 어긋났고 붙잡을수록 감정은 더 멀어졌다. 그때마다 나는 오래 머뭇거렸고 쉽게 말하지 않는 쪽을 택했다. 글을 쓰기 시작한 이유도 어쩌면 말하지 못한 것들을 끝내 외면하지 않기 위해서였는지 모른다.

글을 모으는 시간은 단순한 기록이 아니었다. 문장 하나하나가 나를 다시 깨웠고 쓰다 만 문장과 남겨진 여백들은 공허가 아니라 아직 이름 붙이지 못한 진실의 자리였다. 나는 그 여백 앞에서 자주 멈춰 섰고 멈춰 선 채로 오래 나를 바라보았다. 그 시간들이 쌓여 내가 무엇을 잃어왔고 무엇을 끝내 놓지 않았는지를 조금씩 알게 되었다.

　이 책은 그렇게 버텨온 시간들과 건너온 마음들의 기록이다. 누군가에게 보이기 위해 꾸며낸 이야기가 아니라 살아오며 끝내 나를 통과해 간 순간들에 대한 고백이다. 잘 살아 냈다고 말하기에는 서툴렀고 그렇다고 포기했다고 말하기에는 너무 많이 사랑해 온 삶에 대하여 나는 이 문장들을 남긴다. 이 글들이 누군가의 하루를 단번에 바꾸지는 못하더라도 덜 무너지게 하고 조금은 더디게 견디게 할 수 있기를 바란다.

헌정

말보다 먼저 삶을 건네준 할아버지에게 보이지 않는 자리에서 나를 부르던

어머니와 아버지에게 이름으로만 전해져 나를 지켜본 할머니에게

이 책을 바친다.

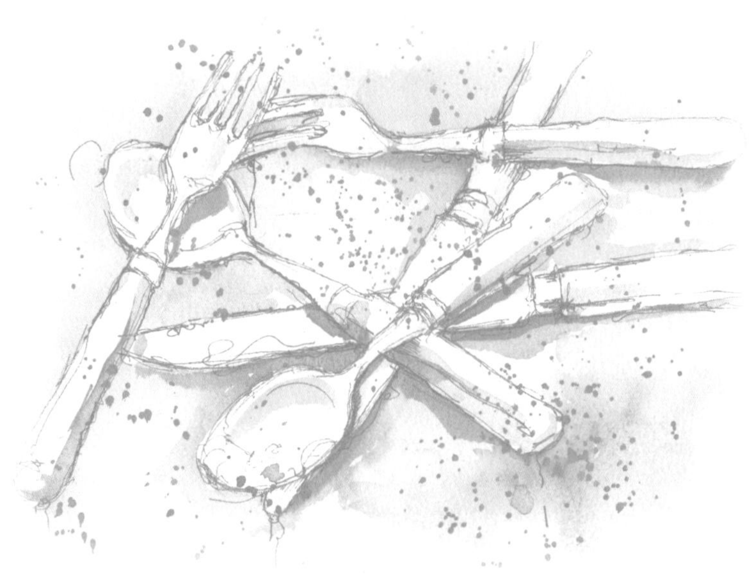

1부

나의 모든 말은

밥상에서

시작되었다

둥근 밥상의 초대

그 밥상에서 나는 처음으로 말보다 먼저 살아남는 법을 배웠다.

혼자 밥을 먹던 어느 날 김이 모락모락 오르는 국 한 그릇을 앞에 두고 숟가락을 들었는데 따뜻함이 입 안으로 들어오는 순간에도 마음 한쪽이 비어 있었다. 이유를 바로 알 수는 없었다. 다만 그때 문득 아주 오래된 장면 하나가 떠올랐다. 나는 혼자 밥을 먹은 기억이 거의 없었다는 사실이었다.

아주 어린 시절부터 나는 할아버지와 겸상을 했다. 그것은 훈육이 아니라 초대였다. 작은 괴나리 호족반을 사이에 두고 마주 앉으면 밥은 쉽게 식지 않았고 말이 없어도 자리는 비지 않았다. 두 그릇의 김치찌개와 두 쌈의 상추 사이에서 우리는 음식을 나누기보다 온도를 나누었다. 말 대신 마음이 먼저 오가던 자리였다.

어쩌면 그때부터였을지도 모른다. 내가 밥상이라는 세계를 통해 사람을 바라보는 법을 배우기 시작한 것이. 함께 밥을 먹다 보면 말보다 먼저 드러나는 것들이 있었다. 젓가락을 드는 순서, 물잔을 먼저 미는 손짓, 반찬이 모자랄 때 잠시 멈추는 움직임. 밥 한 끼 앞에서 사람의 시간이 고스란히 배어 나왔고 그 결은 곧 그 사람의 결처럼 느껴졌다.

우리 집에서 밥상은 가장 오래 머무는 교실이었다. 말을 잘하는 것보다 먼저 배워야 할 것이 있었고 그것은 태도에 가까웠다. 숟가락을 들기 전 상대를 한 번 더 바라보는 일, 입 안에 음식이 있을 때 말을 아끼는 일, 반찬이 모자라면 먼저 손을 멈추는 일. 그런 사소한 동작들 속에서 사람의 골격이 조용히 만들어졌다. 나는 그 밥상에서 생명의 순서를 배웠고 함께 앉아 있는 누군가를 존중한다는 것이 무엇인지 몸으로 익혔다.

그래서 나는 이제 밥을 함께 먹자는 말에 쉽게 응하지 않는다. 밥은 단지 식사가 아니라 마음이 열리는 자리이기 때문이다. 누군가와 밥상을 함께한다는 것은 그 사람의 세계로 조용히 한 걸음 들어가는 일이다. 나는 그 둥근 밥상 위에서 처음으로 사람을 만났고 말보다 먼저 건너야 할 시간들이 있다는 것을 배웠다.

이제 나는 다시 그 자리에 앉아보고 싶다. 할아버지와 나 그리고 이름 모를 누군가가 나란히 둘러앉아 국을 나누고 반찬을 집으며 각자의 시간을 잠시 내려놓는 자리. 오래전 그 밥상은 사라졌지만 그 기억은 아직 식지 않

있다. 그 온기는 지금도 내가 사람 앞에 앉는 방식을 조용히 붙들고 있다.

겸상의 의미

나는 겸상이라는 말을 아주 나중에야 배웠다. 어릴 때의 나는 그저 할아버지 옆에 앉아 밥을 먹었을 뿐이었다. 누가 허락했는지도 몰랐고 자격이 있었는지도 알지 못했다. 다만 어느 날부터인가 나는 늘 그 자리에 있었고 그 자리는 너무 자연스러워서 특별하다고 생각해 본 적조차 없었다.

할아버지는 밥상에서 말을 많이 하지 않았다. 대신 국이 다 식은 뒤에야 숟가락을 내려놓았고 반찬을 집을 때도 늘 한 박자 늦었다. 나는 그 속도를 따라 하다가 자주 놓쳤고 그러다 보니 내 밥그릇만 먼저 비어 있었다. 그럴 때마다 할아버지는 아무 말 없이 내 그릇을 한 번 더 바라보았고 나는 그 시선을 눈치로 받아들였다. 그날의 밥상은 그렇게 조용히 흘러갔다.

한 번은 내가 너무 서둘러 밥을 먹다 숟가락을 떨어뜨린 적이 있었다. 그 소리에 모두의 시선이 잠시 모였고 할아버지는 고개를 들지 않은 채 낮게 말했다. "밥은 도망가지 않는다." 그 말은 그날 밥상에 놓인 유일한 문장이었다.

나는 숟가락을 다시 집어 들었고 그 뒤로는 조금 천천히 씹는 법을 배우기 시작했다. 밥을 먹는 동안에는 질문을 잘 하지 않았다. 묻고 싶은 말이 있어도 입 안에 음식이 남아 있으면 삼켰고 그 질문은 자연스럽게 다음으로 미뤄졌다. 그러다 보면 어떤 질문들은 끝내 묻지 않게 되었고 어떤 것들은 굳이 묻지 않아도 알게 되었다. 나는 그 밥상에서 대답보다 기다림이 먼저 오는 순간들을 자주 만났다.

어른과 아이가 같은 국을 먹고 같은 반찬을 집는 일은 생각보다 오래 기억에 남았다. 밥상 앞에서는 키도 나이도 잠시 옆으로 밀려났고 대신 누가 더 천천히 먹는지 누가 말없이 자리를 지키는지가 더 또렷하게 보였다. 나는 그 자리에서 어른을 두려워하기보다 오래 바라보게 되었고 그 바라봄은 서서히 이해로 옮겨갔다.

어른이 되고 나서야 그 시간이 무엇이었는지 조금 알 것 같았다. 함께 밥을 먹는다는 것이 단순히 자리를 나누는 일이 아니라 같은 속도로 시간을 건너는 일이라는 것을. 겸상은 특별한 의식이 아니라 아주 평범한 하루 속에서 사람을 알아가는 방식이었다.

그래서 지금도 나는 밥상 앞에 앉으면 잠시 속도를 늦춘다. 먼저 먹지 않고 먼저 말하지 않는 쪽을 택한다. 그 선택이 꼭 옳아서라기보다 오래전 그 자리가 내 안에 남아 있기 때문이다. 겸상은 지나간 풍경이 아니라 여전히 나를 붙드는 기억에 가깝다.

밥상으로 배운 우주

우리 집 밥상은 언제나 둥글었다. 그 이유를 나는 한참이 지나서야 이해하게 되었다. 할아버지는 둥그런 상을 우주라고 불렀다. 우주는 하늘을 통해 배워야 하는 것이라 여겼지만 나는 밥상에서 우주를 먼저 배워 나갔다. 찌개는 해가 되었고 그 옆에 놓인 생선 반찬은 달이 되었다. 간장도 초장도 별이 되었다. 할아버지는 이 모든 것이 밥상 위에 조화롭게 놓여 있어야 한다고 하셨다. "잘 봐, 아가. 이건 이글이글해야."

할아버지는 찌개를 가리키며 말씀하셨다. "낮에는 해가 이글거려야지. 해가 있어야 생명이 살아갈 수 있는 거란다. 마찬가지로 상 가운데에는 찌개가 놓여야 완전한 밥상이야." "할아버지 찌개가 없으면 안 돼?" 내가 묻자 할아버지는 싱긋 웃으셨다. "아니 얘야. 해가 가려져 흐린 날도 있고 비가 오는 날도 있지. 해는 없을 수도 있단다." 그러고는 허허허 웃으셨고 그 말을 듣던 가족들도 따라 웃었다.

밥상이 차려지면 할아버지는 늘 합장을 하셨다. 밥을 만든 손을 축복하는 짧은 기도였다. 나는 기도의 말은 몰랐지만 그 모습이 몸에 남아 어른이 된 지금도 밥 앞에 앉으면 자연스럽게 두 손을 모은다. 할아버지는 밥을 먹을 때는 꼭꼭 씹어야 한다고 하셨다. 오래 씹으면 단물이 나온다며 직접 씹는 모습을 보여 주셨고 나는 그걸 따라 하며 괜히 더 천천히 씹었다. 수저를 드는 순서에도 이유가 있었다. 어른이 먼저 수저를 들면 그제야 나도 따라 들 수 있었고 할아버지는 늘 내 눈을 보며 그 순간을 확인해 주셨다. 수저는 밥보다 먼저 국에 적셔야 했다. 그래야 밥풀이 숟가락에 붙지 않는다고 하셨다. 그래서 할아버지는 밥을 뜨기 전 국물을 한 숟갈 먼저 드셨다. 나는 아직도 밥을 먹을 때 그 습관을 지니고 있다.

우리 집에는 다른 집에 없는 월별 음식 달력이 있었다. 제철에 나는 재료로 상을 차리고 그 기운을 몸에 저장해야 한다는 말도 함께였다. 몇 월이 되면 꼭 먹고 가야 하는 음식들이 있었고 나는 오십이 넘은 지금도 계절이 바뀌면 자연스럽게 그 반찬들을 떠올리며 장을 본다. 할아버지는 반찬을 골고루 먹어야 한다고 하셨지만 억지로 먹이진 않으셨다. 사람마다 타고난 기운이 다르니 좋아하는 맛도 다를 수밖에 없다고 하셨다. 내가 잘 먹지 않는 반찬이 있으면 나무라기보다 "우리 경화는 이건 좋아하지 않는구나. 그럼 더 맛있게 다르게 만들어 보자" 하고 말씀하셨다.

처음 먹어보는 반찬이 나오면 할아버지는 꼭 나부터 먹어보게 하셨고,

그 반응을 유심히 보셨다. 생선구이가 나오는 날이면 늘 무생채가 함께 놓였고 어른이 된 지금도 나는 그 습관을 따른다. 할아버지는 내가 밥을 흘리면 떨어진 밥풀까지 주워 드셨다. 밥 앞에서는 언제나 가장 조심스러운 사람이었다.

할아버지는 밥을 가르치며 삶을 말하지 않으셨다. 다만 둥근 상 위에 음식을 놓고 잠시 기다리셨다. 그 안에서 무엇이 먼저 식는지 무엇이 끝까지 남는지를 보게 하셨다. 나는 아직도 밥상을 차리면 무심코 가운데를 본다. 찌개가 있는지, 반찬이 흩어지지 않았는지 숟가락이 어디를 향하는지. 그렇게 한 상을 바라보고 나서야 비로소 밥을 먹기 시작한다. 누군가와 함께 앉을 때도 마찬가지다. 말을 먼저 꺼내기보다 그 사람이 어떤 속도로 밥을 먹는지, 무엇을 남기고 무엇을 끝까지 집어 드는지를 본다. 그 오래된 습관 속에서 나는 가끔 내가 어떤 사람으로 살고 있는지 알게 된다. 무엇을 중심에 두고 하루를 견디는지 무엇을 쉽게 흘려보내지 못하는지. 그날의 밥상은 내게 오래 우주처럼 남아 있다.

국물 같은 사람

국물은 늘 밥상에서 가장 늦게 남아 있었다. 그때의 나는 그 이유를 알지 못했고 할아버지 옆에서 숟가락만 든 채 앉아 있었다. 반찬이 하나둘 사라진 뒤에도 된장국 그릇만은 제자리를 지키고 있었고 할아버지는 그것을 가리키며 말씀하셨다. "경화야 국물은 말이야 반찬이 다 지나가고 난 뒤에도 남아 있는 거여." 그러고는 숟가락을 들어 국을 한 모금 떠내셨다. 나는 조심스럽게 그 모습을 따라 했다. 작은 손에 쥔 숟가락이 국물 속의 파 한 조각을 데리고 천천히 올라왔다. 왜 국물만 남아 있느냐고 묻자 할아버지는 잠시 웃으셨다. 고기나 나물은 배를 채우지만 국물은 속을 채운다고 하셨다. 그럼 반찬보다 국물이 더 좋은 거냐고 다시 묻자 좋고 나쁘고의 문제가 아니라며 국을 한 번 더 저으셨다.

"국물은 말이 없어도 끝까지 남아 있잖아." 그 한마디가 오래 귀에 남았다. 나는 여전히 이해가 되지 않아 국물이 없으면 안 되냐고 물었다. 안 되는 날도 있다며 허허 웃으시던 할아버지는 그래도 있으면 밥이 훨씬 덜 목멘다고 하셨다. 나는 국을 한 모금 더 마셨다. 뜨겁고 짰고 구수했다. 뜨겁다고 하자 그래서 조심해서 먹는 거라고 하셨고 식으면 어떡하냐고 묻자 그땐 후룩 마시면 된다고 답하셨다. 그러고는 사람 마음도 국물 같아야 한다고 덧붙이셨다. 뜨거워도 다치게 하지 않고 식어도 미워지지 않는 것. 그게 좋은 국물이고 좋은 마음이라고 하셨다.

나는 된장국을 다시 한 모금 마셨다. 맛은 여전했는데 이상하게 눈물이 날 것 같았다. 할아버지는 더 말하지 않고 숟가락을 국에 푹 담근 채 잠시 멈춰 계셨다. 국물 없으면 밥이 목멘다는 말. 그건 밥상도 인생도 크게 다르지 않다는 말처럼 그 침묵 속에 함께 내려앉았다. 그날 밥상 위에서 고기와 반찬은 하나둘 사라졌지만 국은 끝까지 남아 있었다. 그 국물의 온도와 맛은 시간이 지나도 쉽게 식지 않았다. 지금도 나는 누군가를 떠올릴 때 그 사람이 내 곁에 어떤 방식으로 남아 있었는지를 먼저 생각한다. 함께 있을 때 얼마나 말을 많이 했는지가 아니라 다 지나간 뒤에 무엇이 남아 있는지. 기쁜 순간보다 힘든 시간이 끝난 뒤에도 조용히 곁에 머물러 주었는지.

살다 보면 대부분의 관계는 반찬처럼 먼저 사라진다. 한때는 분명 존재했고 화려했지만 어느 순간 보면 그릇만 남아 있다. 그럴 때마다 속이 조금 허전해지고 그 허전함이 어디서 오는지 한참을 생각하게 된다. 그리고 나서야 알게 된다. 그 자리에 국물이 없었다는 것을. 말을 다 하고도 마음이 덜 데워졌던 이유를 함께였는데도 끝내 혼자였던 순간들을.

그래서 나는 이제 누군가와 함께할 때 너무 앞서지 않으려 한다. 무엇을 더 보여 줄지보다 무엇으로 남을지를 먼저 생각한다. 뜨거울 때는 조심스럽게 다가가고 식어갈 때는 조용히 곁을 지키는 사람. 필요할 때만 존재를 증명하지 않고 아무 일 없는 날에도 같은 자리에 있는 마음. 나는 오늘도 누군가에게 그런 국물 같은 사람이 되고 싶다. 눈에 잘 띄지 않아도 끝까지 남아 있는 사람. 다 지나간 뒤에야 비로소 기억되는 사람. 그날의 국물은 유난히 오래 남아 있었다.

마음이 먼저 앉는 자리

살다 보면 마음이 밥상 앞에 앉지 못한 날이 있다. 배는 분명 고픈데 밥을 먹을 수가 없다. 숟가락을 들어 올리면 밥알이 모래알처럼 흩어져 보이고 입 안에 넣는 순간 혀가 먼저 굳는다. 씹히지 않고 넘어가지 않는다. 목은 딱딱하게 굳어 있고 삼키려 하면 가슴이 먼저 비어 버린다. 국을 떠서 입에 대보지만 뜨거운 김만 허공에 남고 국물은 끝내 목을 타지 못한다. 그런 날의 몸은 이상하다. 위장은 비어 있는데 가슴은 꽉 막혀 있고 배고픔보다 먼저 억울함이 올라온다. 누구에게 설명하지 못한 말들이 식도에 걸린 것처럼 내려가지 않는다. 괜찮은 척 하루를 견뎌냈는데 집에 돌아와 혼자 밥상 앞에 앉는 순간 다리가 풀린다. 버려진 건 아닌데 버려진 기분이 들고 아무도 나를 밀어내지 않았는데 스스로 상에서 밀려난 것 같은 저녁이다. 몸이 먼저 굶고 마음이 그 뒤를 따른다.

어른이 된다는 건 이런 날이 늘어난다는 뜻인지도 모른다. 먹을 것이 없어서가 아니라 먹을 마음이 없어서 굶는 날들. 누군가와 다투지 않았는데도 가슴이 휑하고 아무 일도 없었는데 하루가 통째로 빠져나간 것 같은 밤. 그럴 때마다 나는 이유를 찾으려 애쓴다. 왜 이렇게 허한지 누구에게 화가 난 건지 무엇을 놓쳤는지. 하지만 대부분의 허기는 이유를 붙잡는다고 사라지지 않는다. 마음이 아직 자리에 앉지 못했을 뿐이다.

그럴 때 문득 할아버지의 밥상이 떠오른다. 둥글고 오래된 나무 밥상. 네 다리에 고무 덧신이 씌워져 있어 움직여도 소리를 내지 않던 상. 다섯 살이었던 나는 늘 할아버지 옆자리에 앉았다. 밥은 늘 따뜻했고 국은 조용히 김을 뿜었으며 반찬은 많지 않았지만 그 밥상에는 언제나 빈자리가 없었다. 할아버지는 밥을 뜨기 전 숟가락을 잠시 내려놓고 밥상을 바라보셨다. 조용히 말없이. 왜 바로 드시지 않느냐고 묻는 내게 할아버지는 나지막이 말씀하셨다. 밥은 말이지 먼저 마음이 앉아야 먹는 거란다. 그때는 그 말이 잘 이해되지 않았지만 속을 울리는 종소리처럼 오래 남았다.

그날 이후 나는 따라 하기 시작했다. 숟가락을 들기 전 잠시 숨을 고르고 밥상을 바라보는 일. 그것은 배를 채우기 위한 준비가 아니라 내 안에 흩어져 있던 마음을 불러 모으는 일이었다. 슬픔이 있으면 슬픔이 앉고 기쁨이 있으면 기쁨이 앉도록 자리를 내어주는 것. 밥을 먹기 전에 나 자신을 먼저 앉히는 일이었다. 지금도 그 버릇은 남아 있다. 바쁜 날에도 괜히 억울한 날에도 이유 없이 버려진 기분이 드는 날에도 나는 한 번 숟가락을 멈춘다. 그리고 묻는다. 지금 내 마음은 밥상 앞에 앉아 있는가.

　그래서 나는 오늘도 마음을 먼저 밥상에 앉힌다. 아무도 나를 부르지 않았다는 사실을 부정하지 않기 위해서다. 기다려준 사람이 없었다는 걸 인정한 채 나를 굶기지 않으려고 앉는다. 버려졌다고 느낀 날에도 실제로 밀려난 자리가 있었다는 걸 애써 덮지 않는다. 다만 그 자리에 나까지 등을 돌리지는 않는다. 밥을 먹지 못한 날은 있었지만 나 자신을 치운 적은 없다고 말하기 위해서다. 이 글을 읽는 당신도 다르지 않다. 당신이 혼자가 아니라고 말해 주고 싶지 않다. 그런 말은 너무 쉽게 사람을 속인다. 다만 이것만은 분명하다. 당신이 떠나지 않는 한 이 자리는 사라지지 않는다. 아무도 당신을 상에 앉히지 않았다면 당신이 당신을 앉히면 된다. 밥상은 이미 차려져 있고 국은 아직 남아 있다. 나는 그 자리에 끝내 남아 있었다.

총각무 지짐이 익던 날

나는 다섯 살이었다. 엄마가 부엌에서 김치통을 꺼내 뚜껑을 여는 순간 코끝이 찌릿해졌고 나는 반사적으로 코를 막고 눈을 찡그렸다. 방 안의 공기가 한 번에 달라졌고 숨을 들이마시는 일조차 괜히 조심스러워졌다. 엄마는 그런 나를 보고 웃으며 김치통을 조금 옆으로 밀어놓고 "냄새 많이 나지." 하고 묻듯이 말했다. 나는 말 대신 고개를 끄덕였다. 그러자 엄마는 "괜찮아. 이 냄새는 조금 있으면 달라져." 하고 말하며 기다리는 시간을 먼저 내 쪽으로 건네주었다. 그 말에 나는 코를 막았던 손을 천천히 내렸다.

엄마는 총각김치를 한 포기만 꺼내 찬물에 담갔다. 손으로 살살 흔들며 "너무 세게 하면 김치가 놀라." 하고 설명했다. "왜 씻어 엄마?" 하고 내가 묻자 "김치가 숨 좀 쉬라고." 하고 대답했다. 물은 한 번만 갈았다. 양념을 전부 씻어내지 않은 채 김치의 결을 살려 채반에 올려두고 "이만하면 됐어." 하고 말했다. 손바닥 위에 김치를 올려놓고 한 번 더 살폈다. 엄마의 손은 늘 바로 결정하지 않고 한 박자 늦게 움직였다.

석유곤로 위에 냄비를 올리며 엄마는 "이리 와서 불 봐." 하고 나를 불렀다. 심지를 돌리자 파르르 떨리는 작은 불꽃이 켜졌다. "불이 너무 크면 김치가 아파. 그러면 맛이 못 나."라는 말을 들으며 나는 불을 한참 들여다보았다. 냄비에 버터를 넣자 지글지글 소리가 났고 엄마는 "소리 들리지. 이 소리가 나야 맛있어져." 하고 말했다. 설탕을 한 숟가락 넣다가 절반을 다시 덜어냈다. "왜 조금만 넣어?" 하고 묻자 "김치가 원래 가진 단맛이 있어. 그걸 기다리는 거야."라고 답했다. 기다린다는 말이 그날따라 오래 남았다.

총각김치를 냄비에 눕히기 전 엄마는 다시 나를 불러 "아까 냄새랑 지금 냄새랑 달라." 하고 물었다. 나는 코를 킁킁거리다 고개를 끄덕였다. "이제 괜찮지." "응." "그래서 지지는 거야."라는 말과 함께 엄마는 김치를 조심스럽게 냄비에 넣었다. 국물을 끼얹을 때도 "국물은 위에서 아래로 흘러야 해. 그래야 다 같이 익어." 하고 설명했다. 나는 김치 줄기 사이로 흐르는 국물을 눈으로 따라갔다. 엄마는 불을 낮춘 채 냄비 앞을 떠나지 않았다. 서두르지 않는다는 게 어떤 태도인지 나는 그때 처음 보았다.

"경화야 먹어 볼까." 엄마는 가장 얇은 무를 골라 숟가락에 얹어주며 "뜨거우면 말해." 하고 덧붙였다. 나는 조심스럽게 베어 물었다. 살캉 하는 소리와 함께 겉은 부드럽고 안쪽은 아직 단단한 무 안에서 국물이 조용히 터졌다. "어때." "맛있어." "그래 그럼 잘 된 거야." 짧은 대화 뒤에 엄마는 내 머리를 쓰다듬었다. 그 손은 불처럼 뜨겁지 않았고 국물처럼 오래 남았다.

살다 보면 마음이 아직 밥상 앞에 앉지 못한 날이 있다. 수저를 들었는데 밥알이 모래알처럼 느껴지고 목이 딱딱하게 굳어 아무것도 삼켜지지 않는 날이 있다. 가슴 한가운데가 횅해서 씹는다는 감각 자체가 사라지는 날이다. 그런 날에는 무엇을 먹어도 허기가 가시지 않는다. 배가 아니라 마음이 굶고 있다는 걸 그제야 알게 된다. 그럴 때 나는 엄마의 부엌을 떠올린다. 무엇이든 바로 결론 내리지 않던 사람. 냄새를 맡게 하고 불을 낮추고 기다리게 하던 사람. "조금만 기다려." "지금은 아니야." "아직 버릴 때 아니야." 그 말들은 음식에게 하던 말이었지만 동시에 나에게 하던 말이기도 했다. 지금 당장 괜찮아지지 않아도 된다는 허락이었다.

그래서 나는 아직도 익어 버린 총각김치를 쉽게 버리지 못한다. 냄새를 맡고 물에 담가보고 불을 켜고 지켜본다. 그렇게 기다려서 살아난 것들이 있었고 그 기억이 나를 여기까지 데려왔다. 그렇게 총각무는 천천히 익어 갔다. 엄마는 그 방식을 다정한 말과 정확한 손길로 내 몸에 남겨주었다. 나는 지금도 그 방식으로 나를 돌본다. 불을 조금 낮추고 한 번 더 기다리면서.

할아버지와 한 잔의 반주

우리 집 밥상에는 아버지가 없었다. 어릴 적 나는 "아빠" 하고 불러볼 기회를 한 번도 가져본 적이 없었다. 골목에서 아이들이 공을 차며 뛰어놀 때 나는 그 소리 속에 섞여 있으면서도 문득 혼자 멈춰 서곤 했다. 다른 집 창문 너머로 들려오는 낮은 남자 목소리나 저녁 무렵 골목 끝에서 누군가를 부르는 소리가 들릴 때면 나는 그 소리가 어디로 가는지 괜히 따라가 보았다. 내 기억 속 아버지는 액자 속에 조용히 웃고 있는 남자였고 그 사진은 늘 같은 자리에 놓여 있었다. 엄마는 아버지 이야기가 나오면 잠시 눈을 감았다가 아무 일 없다는 듯 밥숟가락을 들었다. 그 짧은 멈춤 속에서 나는 말보다 먼저 내려앉는 마음 같은 것을 보았다. 나는 그 눈을 보며 아버지를 상상했다. 어떤 날에는 골목 어귀에서 나를 불러줄 것 같은 사람이었다가 어떤 날에는 저녁 그림자처럼 길게 늘어지는 사람이었다. 그 상상은 늘 완성되지 않았고 그래서 더 오래 남았다.

할아버지는 그런 내 옆에 늘 조용히 앉아 계셨다. 말을 많이 하지는 않으셨다. 대신 내가 무엇을 보고 무엇을 삼키고 있는지 오래 지켜보는 사람이었다. 저녁 밥상이 끝나면 방 안의 공기는 조금 느슨해졌다. 접시들이 치워지고 밥숟가락 소리가 잦아들 즈음 할아버지는 서랍을 열어 술병을 꺼내셨다. 병을 여는 소리는 크지 않았지만 그 소리가 나면 방 안의 기운이 달라졌다. 할아버지는 작은 유리잔을 꺼내 술을 아주 조금만 따르셨다. 늘 한 모금이었다. 더도 말고 덜도 말고. 그 잔은 작았고 조용했고 느렸다. 마치 시간을 마시는 사람처럼 하루를 나누어 삼키는 사람처럼.

"경화야 이건 어른의 물이야." 할아버지는 그렇게 말하며 잔을 내 쪽으로 기울이셨다. 나는 그 잔을 한참 바라보다가 "맛있어?" 하고 물었고 할아버지는 잠시 잔을 들었다가 내려놓으며 "기쁜 날 마시면 감사해지고 슬픈 날 마시면 괜찮아진단다."라고 말씀하셨다. 그 말이 어릴 적의 나에겐 잘 와닿지 않았다. 왜 슬픈 날에 술을 마시면 괜찮아지는지 왜 웃고 싶은 날이 아니라 가슴이 무거운 날에 잔이 놓이는지 나는 알 수 없었다. 다만 할아버지가 그 잔을 기울일 때마다 방 안이 조금 더 조용해진다는 것만은 분명히 느꼈다. 말이 줄어들고 숨소리가 느려지고 어디선가 비어 있던 자리가 잠시 채워지는 느낌이었다. "할아버지는 왜 마셔?" 하고 내가 다시 묻자 할아버지는 잔을 내려놓고 잠시 생각하다 "생각이 너무 많아질 때가 있거든."이라고 말했다.

"그럼 술 마시면 생각이 없어져?"라는 내 질문에 할아버지는 고개를 저으며 "아니 생각이 제자리에 돌아와."라고 답하셨다. 그날 나는 그 말의 뜻을 알지 못했다. 하지만 할아버지가 그 말을 하고 한동안 아무 말도 하지 않은 채 창밖을 바라보던 모습은 오래 남았다. 그 침묵에는 무게가 있었고 그 무게는 이상하게도 나를 불안하게 하지 않았다. 오히려 괜찮아도 된다는 기분이 들었다.

시간이 지나 어른이 되고 나서야 나는 알게 되었다. 밥을 먹고 나서도 허기가 가시지 않는 날이 있다는 것을. 몸은 가만히 있는데 마음만 헛헛한 날들이 있다는 것을. 말 한마디 건네기엔 너무 많은 생각이 쌓여 있는 날에는 설명보다 조용한 무언가가 필요하다는 것을. 그럴 때마다 할아버지의 잔이 떠올랐다. 할아버지의 반주는 취하려는 것이 아니었다. 그것은 마음의 결을 고르게 펴는 시간이었고 허기와 그리움 사이에 놓인 징검다리 같은 것이었다. 누룽지처럼 눌어붙은 외로움을 조금씩 떼어내는 시간이었고 무엇보다 그 잔에는 늘 아버지의 빈자리가 함께 있었다. 아무도 그 자리에 대해 말하지 않았지만 모두가 알고 있었다.

나는 그 잔을 보며 자랐다. 아버지를 몰랐지만 할아버지의 잔을 통해 어떤 어른이었을지를 상상했고 어떤 어른이 되고 싶은지를 배웠다. 할아버지는 나에게 아버지를 대신하려 하지 않았다. 그저 비어 있는 자리를 함부로 채우지 않는 법을 가르쳐 주었다. 침묵으로 남겨 두는 용기 같은 것을. 어른이 된 지금도 나는 가끔 작은 잔을 꺼낸다. 혼자 밥을 먹고 난 뒤 방 안이 너무 넓게 느껴질 때 한 모금은 지난날의 회한으로 한 모금은 오늘을 견디겠다는 다짐으로 그리고 남은 자리는 아직 만나지 못한 아버지를 위해 비워 둔다. 할아버지가 그러셨듯 나도 나만의 방식으로 빈자리를 견디고 기리며 품는다. 술은 반이었다. 나머지 반은 언제나 마음이었다. 그날의 술은 오래 남았다. 잊기 위한 것이 아니라 사랑을 천천히 식히지 않기 위한 것. 나는 할아버지의 잔을 마시며 아버지를 상상했고 그 상상으로 여기까지 걸어왔다.

반찬이 모자랄 때

반찬이 하나만 남아 있는 밥상 앞에서는 공기마저 조용해지고 그 앞에 앉은 사람은 잠시 어른이 된다. 동그랑땡 하나를 남겨 둔 채 나는 조심스럽게 "할아버지 이거 더 먹어도 돼?" 하고 물었다. 접시 위에는 딱 한 조각뿐이었고 그 한 조각이 그날따라 유난히 커 보였다. 기름이 살짝 밴 가장자리가 노릇했고 젓가락을 대기만 해도 미끄러질 것 같았다. 먹고 싶은 마음이 먼저였지만 괜히 민망해서 목소리는 작아졌고 나는 의자 위에서 몸을 조금 비틀었다.

할아버지는 국을 뜨던 손을 잠시 멈추고 내 얼굴을 바라보시더니 "그거 많이 먹고 싶니?" 하고 물으셨다. 나는 말 대신 고개를 끄덕였다. 끄덕이는 동안 마음속에서는 욕심과 부끄러움이 동시에 흔들리고 있었다. 더 먹고 싶은데 혼자 차지하는 건 아닌지 스스로에게도 묻고 있었다. 할아버지는 말을 조금 늦추며 "그럴 땐 말이다 경화야 먼저 생각해 보는 거야. 이걸 누가 더 좋아할까" 하고 말씀하셨다. 그 늦춤이 꼭 반찬을 아끼는 마음처럼 느껴졌다.

　나는 젓가락을 내려놓고 동그랑땡을 손가락으로 반쯤 굴려보았다. 기름기가 손에 묻었다. 그러자 할아버지는 "먹고 싶다는 네 마음도 참 귀해. 그런데 말이야 나누고 싶은 마음은 더 귀하단다" 하고 덧붙이셨다. 내가 잠시 망설이다 "그럼 반으로 나눌까?" 하고 묻자 할아버지는 고개를 저으며 웃으셨다. 내가 동그랑땡을 집으려는 순간 할아버지는 내 손 위에 조용히 젓가락을 포개며 "그래 그 한 조각이 너를 아주 크게 키우는구나" 하고 말씀하셨다. 그 말이 이상하게도 배보다 먼저 가슴을 채웠다. 동그랑땡은 여전히 접시에 있었지만 나는 이미 뭔가를 받은 기분이었다.

　그날 이후로 나는 밥상에서 반찬이 모자라는 순간을 만나면 먼저 젓가락을 들기보다 잠깐 멈춘다. 예전처럼 눈치를 보지는 않지만 마음속에서는 꼭 같은 질문이 먼저 나온다. 이걸 누가 더 좋아할까 어떻게 나누면 좋을까. 시간이 흘러 어른이 된 지금도 가끔 누군가와 밥을 먹다 보면 다시 그 딱 한 조각 앞에 서 있는 나를 만난다. 마음이 바쁘거나 허기가 클수록 그 장면은 더 또렷해진다. 그럴 때마다 나는 그날의 동그랑땡을 떠올리며 스스로에게 묻는다. 지금 이건 내가 가져도 되는 몫일까 아니면 나누어야 할 몫일까. 입보다 마음이 먼저 씹는 질문 앞에서 나는 아직도 다섯 살 경화이고 동시에 그 말을 이해하게 된 어른이기도 하다.

어쩌면 그래서 나는 지금도 조금 모자란 밥상을 좋아한다. 반찬이 넉넉하면 금세 배는 차지만 마음이 설 자리는 줄어든다. 그날 밥상은 유난히 조용했다. 누군가가 젓가락을 멈추는 순간 나는 꼭 그날의 할아버지를 떠올린다. 혼자 밥을 먹다가도 접시에 반찬이 하나 남아 있으면 괜히 아쉽다. 누군가와 나눌 수 있었다면 그 한 조각이 오늘을 얼마나 다르게 만들었을까 생각하게 된다. 세상에 차려지는 밥상마다 반찬은 하나쯤 모자라도 좋겠다. 그걸 나누며 웃을 수 있는 사람이 곁에 있다는 건 이미 충분히 배부른 일이니까.

수저를 내려놓는 법

밥을 대접받는 자리에서는 누구나 처음엔 반듯해진다. 말투도 조심스러워지고 식사 속도도 상대에 맞추게 된다. 하지만 식사가 끝난 뒤 수저를 어떻게 내려놓는지를 보면 그 사람이 하루를 마무리하는 태도가 남는다. 나는 아주 어릴 때부터 그 장면을 밥상에서 보며 자랐다.

우리 집에서는 식사가 끝났다고 해서 곧바로 자리에서 일어나지 않았다. 할아버지는 늘 숟가락을 입에서 떼고도 잠시 그대로 앉아 계셨고 그 사이 엄마는 상 위를 한 번 더 훑었다. 김칫국이 너무 식지는 않았는지 밥그릇이 어긋나 있지는 않은지 말없이 손으로 정리했다. 그 시간이 흐른 뒤에야 할아버지는 수저를 내려놓으셨다. 탕그랑 소리 없이 숟가락과 젓가락을 나란히 두고 밥그릇을 두 손으로 살짝 앞으로 밀어 두셨다. 그 손놀림은 늘 같았고 망설임이 없었다.

"경화야 밥 다 먹었으면 수저부터 내려놔야지." 할아버지가 그렇게 말하면 나는 괜히 서두르지 않고 그 손을 그대로 따라 했다. 숟가락을 어떻게 잡아야 하는지 어디에 놓아야 하는지를 묻지 않아도 할아버지는 다시 한번 보여 주셨다. "이렇게. 소리 나지 않게." 내가 흉내를 내다 숟가락 끝이 그릇에 닿아 소리가 나면 엄마가 웃으며 "괜찮아 다시 해 봐." 하고 말했고 할아버지는 고개를 끄덕이며 "밥은 급하게 먹는 게 아니고 끝도 천천히 해야 하는 거다."라고 덧붙였다.

어느 날 내가 수저를 내려놓고 할아버지를 올려다보자 할아버지는 내 손을 가볍게 눌러 멈추게 하며 "잠깐." 하고 말했다. 그러고는 수저를 다시 들어 올렸다가 천천히 내려놓으며 "이 수저로 오늘도 생명을 받은 거다. 그러니까 내려놓을 땐 고맙다 하고 놓는 거야."라고 말했다. 그 말 옆에서 엄마는 말없이 밥그릇을 한쪽으로 옮기며 "밥 잘 먹었지. 그럼 된 거야." 하고 조용히 웃었다. 그날 나는 수저를 내려놓는 일이 끝이 아니라 인사라는 걸 처음 알았다.

그 이후 우리 집 밥상에서는 식사의 끝이 늘 조금 길었다. 엄마는 서두르지 않았고 할아버지는 마지막까지 앉아 계셨다. 나는 그 사이에서 수저를 내려놓는 연습을 했다. 잘못 놓아도 괜찮았고 다시 해도 괜찮았다. 아무도 나를 보채지 않았고 아무도 대충 넘어가지 않았다. 그 반복 속에서 나는 밥을 먹는 일이 단순히 배를 채우는 일이 아니라 하루를 무사히 통과했다는 표시라는 걸 자연스럽게 배웠다.

어른이 된 지금도 나는 식사를 마치고 곧바로 일어나지 않는다. 수저를 쥔 채 잠시 멈춰 오늘을 한 번 더 돌아본다. 누군가 차려준 밥이었든 스스로 버텨낸 하루였든 상관없다. 중요한 건 그 시간을 함부로 끝내지 않는 일이다. 그날 이후로도 나는 종종 그 순간을 떠올린다. 할아버지의 손끝과 엄마의 조용한 움직임 사이에서 배운 하루의 마무리다. 나는 아직도 밥상 앞에서 그 방식을 따라 한다. 천천히 고맙다 하고 하루를 내려놓는다.

밥이 마지막에 오는 이유

밥을 대접받는 자리에 앉아 있으면 사람의 태도가 보인다. 수저를 드는 손이 얼마나 조심스러운지 반찬을 앞에 두고 얼마나 기다릴 줄 아는지. 하지만 나는 식사가 끝난 뒤에야 비로소 그 사람을 다시 본다. 수저를 어떻게 놓는지 그 하루를 어떻게 마무리하는지. 밥상은 처음보다 끝에서 더 많은 것을 말해 준다.

우리 집 밥상은 늘 엄마가 차리셨다. 작고 단정한 괴나리 호족반 위에 엄마는 말없이 상을 닦았고 마른 수건을 따라 움직이는 손끝은 하루의 바쁨보다 더 조용했다. 작은 사기그릇들이 하나씩 자리를 잡아가고 김이 오르는 국이 오른편에 놓이면 그제야 밥이 국 옆으로 마지막에 올라왔다. 어릴 적 나는 그 순서가 늘 궁금했다. "왜 밥은 맨 마지막에 올려요. 밥부터 먹는 건데요."

그러자 할아버지는 웃으며 나를 무릎에 앉히고 천천히 말씀하셨다. "밥

은 말이다 제일 중요한 거야. 그런데 중요한 건 언제나 마지막에 오는 거란
다. 김치도 먼저 오고 나물도 먼저 오고 국도 제자리를 잡고 나서야 밥이
조용히 앉을 수 있는 거지. 밥이 먼저 오면 다른 것들이 어디 앉아야 할지
몰라서 자꾸 흔들려. 그러면 밥상도 마음도 어지러워지는 거야.”

밥상은 엄마가 차렸지만 그 질서의 이유를 설명해 준 사람은 할아버지였
다. 엄마는 반찬 하나하나를 손으로 모양을 잡아 가며 담으셨다. 시금치는
된장에 조물조물 무쳐 작은 유리그릇 안에 가지런히 놓았고 멸치볶음은 마
지막까지 식지 않도록 뭉근한 불을 거친 뒤 조심스럽게 옮겨 담겼다. 그날
그날 반찬 수는 달랐지만 엄마는 말없이 자리를 채우셨고 나는 그 상 앞에
앉아 늘 먼저 배보다 마음이 차오르는 기분을 배웠다. 할아버지는 밥이 올
라오기 직전 한마디를 더 보태셨다. “밥그릇은 무겁잖니. 무거운 건 나중에
있어야 해. 그래야 상이 기울지 않아. 밥이 무겁다는 건 그 안에 힘이 있다
는 뜻이야. 살아갈 힘 말이다.” 그 말은 식사 예절이 아니라 삶의 균형에 대
한 이야기였다. 모든 것이 제자리를 찾은 뒤에야 중심이 흔들리지 않는다는
것. 무게는 드러내지 않아도 가장 마지막에 와서 전체를 받쳐야 한다는 것.

이제 내가 밥상을 차리는 사람이 되었다. 젖은 행주로 상판을 닦을 때면
엄마가 물기를 꼭 짜내던 손의 감촉이 떠오르고 국이 뭉근히 끓는 동안에
는 할아버지가 무릎 위에서 들려주던 목소리가 자연스럽게 따라온다. 나
는 여전히 밥을 가장 마지막에 올린다. 모든 반찬이 제자리를 찾고 국이 조

용히 김을 피우고 젓가락이 가지런히 놓인 뒤에야 조심스럽게 밥그릇을 국 옆에 둔다. 그 순간 상은 하나의 풍경이 되고 내 마음도 비로소 자리를 잡 는다.

그리고 어느 날 문득 이런 생각이 들었다. 메인 반찬이 나중에 오는 건 어쩌면 환호를 받기 위해서일지도 모른다고. 모두가 자리를 잡고 젓가락이 잠시 멈추는 그 순간을 위해서. 그렇다면 가장 환호를 받아야 할 음식은 밥 이 아니라는 말이 된다. 밥은 늘 그 자리에 있다. 매일 같은 얼굴로 같은 무 게로 국 옆에 앉아 있다. 없어서는 안 되지만 박수를 받지는 않는다. 밥은 환호를 원하지 않는다. 그저 버티고 받쳐 주는 역할을 맡는다. 아무 말 없 이 배를 채우고 하루를 건너가게 하는 힘. 그날도 밥은 마지막까지 자리를 지켰다.

엄마는 그걸 알고 있었던 것 같다. 밥을 제일 늦게 올리면서도 누구보다 먼저 밥을 걱정했다. 밥이 식지 않았는지 물이 많지는 않은지 오늘 쌀은 잘 퍼졌는지 말없이 살폈다. 반찬이 아무리 화려해도 밥이 흐트러지면 상은 오래 가지 않는다는 걸 엄마는 설명하지 않고 몸으로 남겼다. 할아버지는 다른 말로 그 뜻을 남기셨다. "사람도 말이다 꼭 환호를 받는 자리에만 서 지 않아도 된다." 밥처럼 옆에 앉아 묵묵히 자리를 지키는 사람이 결국 상 을 무너지지 않게 한다고. 그 말은 밥상 이야기였지만 나는 오래도록 사람 의 얼굴로 기억했다.

살다 보니 환호는 생각보다 짧았다. 박수가 끝나면 자리는 금세 비어 버렸고 그 옆을 지키던 것이 무엇이었는지는 나중에야 돌아보게 되었다. 그래서 나는 오늘도 밥을 국 옆에 둔다. 가장 중요한 것은 늘 가장 요란하지 않은 자리에 있다는 걸 잊지 않기 위해서. 환호를 받지 않아도 무너지지 않는 쪽을 선택하기 위해서. 밥처럼 살고 싶다는 마음으로.

삶의 간 조물조물

조물조물은 손바닥이 닿지 않게 손가락의 감각으로만 재료에 간을 스며들게 하는 일이다. 손바닥의 무게는 피하고 손끝으로만 살며시 집어 들었다 풀어놓기를 반복한다. 재료의 결을 다치지 않게 어루만지듯. 힘을 주지 않고 서두르지 않는다. 잡지 않고 얹듯이 비비지 않고 풀듯이. 그 반복 속에서 먹는 사람을 향한 마음이 먼저 배어든다. 말은 없지만 손끝은 분명히 말하고 있다. 오늘도 잘 먹어. 너를 생각하며 하고 있어.

나는 어릴 적부터 엄마가 나물을 무치는 모습을 유심히 바라보곤 했다. 저녁이 되면 엄마는 시금치의 물기를 꼭 짜서 볼에 올려두고 작은 그릇에 옮겨 담았다. 들기름을 한 바퀴 두르고 소금을 집어 넣을 때도 손은 늘 조심스러웠다. 한 번에 끝내지 않고 손가락으로만 집어 들었다 놓기를 반복하며 간이 재료 안쪽으로 스며들 시간을 주었다. 시금치가 눌리지 않도록 숨이 죽지 않도록 결을 따라 손이 오갔다. 나는 부엌 한편에 앉아 그 손의 움직임을 숨도 쉬지 않고 지켜보았다.

엄마는 잠시 손을 멈추고 손끝에 묻은 나물을 입에 가져갔다. 간을 보는 그 짧은 순간 엄마의 얼굴이 아주 잠깐 풀어졌다. 싱긋 웃는 얼굴이었다. 누구에게 보여 주기 위한 웃음이 아니라 스스로에게 확인하는 표정 같았다. 괜찮다. 지금이 딱 좋다. 엄마는 고개를 돌려 나를 바라보며 "경화야 한 번 먹어 볼래" 하고 물었고 나는 고개를 끄덕이며 다가갔다. 엄마는 손가락 끝으로 나물을 집어 내 입에 넣어 주었다. 짜지도 싱겁지도 않은 맛이 혀에 닿자 엄마는 다시 한번 웃었다. 말은 없었지만 그 웃음에는 확신이 담겨 있었다.

나는 "엄마 조물조물은 왜 이렇게 살살 해" 하고 물었다. 엄마는 내 손을 잡아 시금치를 쥐어주며 말했다. "손바닥은 힘이 세거든. 나물은 부드러워서 세게 만지면 다쳐. 손가락으로 해야 간이 안쪽까지 들어가고 나물도 아프지 않아." 내가 어설프게 따라 하자 엄마는 옆에서 다시 보여 주었다. 잡지 말고 얹듯이. 힘주지 말고 기다리듯이. 엄마는 한 번 더 간을 보고 고개를 끄덕이며 "이제 됐다" 하고 짧게 말했다.

같은 재료 같은 양 같은 순서로 무쳐도 나물 맛은 사람마다 다르다. 이유는 손의 온도가 다르기 때문이다. 손이 뜨거운 사람이 나물을 무치면 재료는 금세 숨이 죽고 물러져 곤죽이 된다. 간이 들어가기 전에 결이 먼저 상한다. 반대로 손이 너무 차가우면 아무리 시간을 들여도 양념이 안쪽까지 닿지 않는다. 겉만 간이 돌고 속은 뻣뻣하게 남는다. 조물조물은 힘의 문제가 아니라 온도의 문제다. 따뜻하되 뜨겁지 않고 차갑지 않되 멀어지지 않는 상태. 엄마의 손은 늘 그 사이 어딘가에 있었다.

살아 보니 조물조물은 부엌에서만 쓰이는 말이 아니었다. 같은 말을 건네도 같은 시간을 보내도 누군가는 사람을 무르게 만들고 누군가는 사람을 굳게 만든다. 너무 뜨거운 마음은 상대를 감당하지 못하게 하고 너무 차가운 태도는 아무리 옳아도 스며들지 않는다. 삶에서 필요한 건 적당한 온기다. 오래 닿아도 상하지 않고 시간을 두고도 속까지 전해지는 마음의 온도. 엄마는 나물로 그걸 가르쳐 주었다. 기술이 아니라 태도로.

그래서 조물조물은 조절이다. 오늘의 상태를 살피고 재료의 숨을 듣고 손의 온도를 낮추거나 올리는 일. 사람을 대할 때도 나 자신을 돌볼 때도 마찬가지다. 너무 뜨거워지지 않게 너무 차갑게 물러서지 않게. 삶의 간은 그렇게 맞춰진다. 매일 손끝으로. 이제는 엄마 없이 혼자 나물을 무치지만 손끝이 기억하고 있다. 엄마가 간을 보고 웃던 얼굴. 나를 불러 한 입 건네던 순간. 숨결만큼의 힘으로 하던 그 조물조물. 오늘도 나는 손바닥은 들지 않고 손끝으로만 나물을 무친다. 그렇게 스며든 작고 반복된 습관들이 결국 나를 여기까지 데려왔다는 걸 알기 때문이다. 그 감각이 오래 남아 있다.

밥을 씹는 일

사람의 떼루아를 알면 그 사람을 이해하는 데 시간이 덜 걸린다. 떼루아란 원래 흙과 기후와 바람 같은 조건이 만들어 내는 맛의 성질을 말하지만 사람에게도 각자의 떼루아가 있다. 어떤 밥상에서 자랐는지 무엇을 어떻게 먹으며 살아왔는지. 언어보다 먼저 몸에 남는 기억은 대개 밥상에서 시작된다.

어느 날이었다. 방바닥에 앉아 다리를 접고 낮은 밥상 앞에 있었다. 발은 바닥에 닿아 있었고 상은 눈앞에 가까웠다. 밥 냄새가 먼저 방 안에 퍼졌고 국에서는 김이 가늘게 올라왔다. 엄마는 이미 부엌에서 밥을 퍼 상에 올려놓고 들어오셨다. 밥그릇을 내려놓는 손길이 조심스러웠고 국그릇의 위치를 한 번 더 살피며 상을 바로잡았다. 숟가락과 젓가락을 가지런히 놓고 나서야 상은 비로소 숨을 고르는 것처럼 보였다. 할아버지는 말없이 그 모습을 지켜보고 계셨다.

그 자리에 가만히 앉아 계셨을 뿐인데 방 안의 중심이 자연스럽게 그분

쪽으로 기울어 있었다. 나는 괜히 등을 조금 곧게 세웠다. 그때 엄마의 손이 내 등에 닿았다. 바닥에 앉은 내 등을 위에서 아래로 한 번 천천히 쓸어내렸다. 재촉도 지시도 아닌 손짓이었다. 지금부터 할아버지 말씀을 잘 들어야 한다는 무언의 신호처럼 느껴졌다.

할아버지는 밥그릇을 내 쪽으로 밀어주시며 말씀하셨다. "이건 그냥 배를 채우는 일이 아니란다." 그리고 숟가락을 내 손에 쥐여 주셨다. 손을 감싸 쥐는 힘이 거의 느껴지지 않을 만큼 가벼웠다. "밥은 꼭꼭 씹어야 해. 그래야 네 속이 놀라지 않고 마음도 천천히 자란다." 그 말은 설명이라기보다 당부에 가까웠다. 나는 그대로 숟가락을 입에 넣고 밥을 씹었다. 씹고 또 씹자 밥알이 입 안에서 풀어졌고 처음에는 느끼지 못했던 단맛이 조금씩 올라왔다. 할아버지는 그 모습을 보고 계시다가 덧붙이듯 말씀하셨다. "씹다 보면 밥이 달아진다. 그 단맛은 쌀만의 맛이 아니야. 사람 손을 거치고 흙에서 자라온 시간이 같이 오는 거지." 엄마는 말없이 내 등을 한 번 더 쓸어내렸다. 그 손길은 말보다 먼저 안심을 건네는 방식이었다.

그날 이후로 나는 밥을 먹을 때 자주 그 장면을 떠올린다. 하지만 어른이 되면서 밥을 꼭꼭 씹지 못하던 날들도 있었다. 하루가 왜 이렇게 짧은지 알 수 없던 시절이었고 해야 할 일은 늘 다음 순서로 밀려 있었다. 밥은 꿀꺽꿀꺽 삼켜졌고 씹는다는 감각은 자주 생략되었다. 국은 뜨거웠고 밥은 목으로 급히 넘어갔다. 배는 찼지만 속은 늘 허전했다. 그렇게 먹은 밥들은 오래 남지 않았고 어느 날은 속이 먼저 탈이 나기도 했다. 그럴 때마다 문득 생각했다. 밥을 급히 넘기던 날들에는 말도 감정도 비슷하게 다뤄졌다는 걸. 충분히 씹지 못한 말들. 서둘러 삼켜버린 마음들. 그렇게 남겨진 것들은 어느 순간 소화되지 않은 채 다시 올라왔다. 아프게.

지금에 와서야 그날의 말을 다시 떠올리게 된다. 할아버지가 밥을 꼭꼭 씹으라던 말과 엄마가 아무 말 없이 내 등을 쓸어내리던 손짓이 같은 방향을 보고 있었다는 걸. 급히 넘기지 말라는 뜻이었고 서두르지 않아도 된다는 허락이었고 어떤 것들은 입보다 마음이 먼저 받아야 한다는 신호였다는 걸. 요즘도 밥을 먹다 보면 문득 속도가 빨라질 때가 있다. 그럴 때면 숟가락을 잠시 내려놓는다. 방바닥에 앉아 있던 그날의 밥상이 자연스레 떠오른다. 김이 오르던 국. 등을 스치던 엄마의 손. 길지 않았지만 오래 남았던 할아버지의 목소리. 그 장면을 한 번 떠올리고 나서야 다시 씹는다. 조금 더 천천히.

밥을 씹는다는 건 결국 살아가는 속도를 가늠하는 일에 가깝다. 서두르지 않고 넘기지 않고 지금 이 자리의 온도를 느끼며 머무는 것. 나는 그렇게 배웠고 여전히 그 리듬으로 하루를 다시 맞춰 본다. 그날 이후로 나는 밥을 씹는 속도가 달라졌다.

2부

가르침은

말보다 먼저

도착했다

살림이라는 방식

우리가 일상적으로 말하는 살림은 불교에서 온 말로, 가진 것을 늘리는 기술이 아니라 사람을 살리는 태도를 뜻한다. 엄마는 그 살림을 말이 아니라 하루의 손짓으로 가르쳐 주셨다.

"경화야, 살림이 뭔지 아니." 엄마가 나지막한 목소리로 물으셨다. "밥하고 빨래하고 청소하는 거잖아." 엄마는 웃으며 내 머리를 쓰다듬으셨다. "그렇지. 그런데 그건 눈에 보이는 살림이고, 진짜 살림은 사람을 살게 하는 일이란다." 사람을 살게 하는 일이라는 말이 잘 이해되지 않아 나는 다시 물었다. 엄마는 찬장을 열어 쌀을 꺼내 오시며 말했다. "쌀을 씻을 때 첫 물은 버리고, 두 번째 물부터는 조심히 씻어야 해. 그건 쌀이 깨어나고 숨 쉬기 시작하는 시간이거든."

나는 쌀 씻는 엄마 옆에 서서 뽀드득 소리를 내는 쌀알을 들여다봤다. "그럼 밥은 숨 쉬는 거야?" "그럼. 밥도 너처럼 살아 있는 거야. 그래서 정성을 다해야 해. 쌀 한 톨을 귀하게 여기면, 그 밥을 먹는 사람 마음도 함께 따뜻해지거든." 된장국을 끓이던 엄마는 다시 말했다. "살림은 기다림이야. 무가 국물 속에서 달큰해질 때까지 조용히 기다리는 것처럼. 성급하게 휘저으면 맛이 달아나.” 나는 그 말이 사람을 대하는 법 같다고 생각했다. " 그럼 사람도 휘젓지 말고 기다려야 돼?” 엄마는 고개를 끄덕였다.

“맞아. 살림하는 마음으로 사람을 바라보면, 조금 덜 다그치고 더 다정해 지지.” 빨래를 널던 날, 엄마는 햇살을 올려다보며 말했다. “이 냄새 맡아 봐. 이게 바로 햇살 냄새야. 살림은 이렇게 보이지 않는 것들을 지키는 일 이야. 햇살이 드는 자리, 바람이 지나가는 길, 누가 다녀가도 어지럽지 않 은 마음.” 내가 물었다. “엄마, 살림은 꼭 여자만 해야 돼?” 엄마는 빨랫줄 에 수건을 하나 더 널며 대답하셨다. “살림은 사람이면 누구나 해야 해. 살 림을 안 하면 몸은 버틸 수 있어도 마음은 병이 들어. 살림은 집을 닦는 게 아니라 마음을 닦는 일이야.” “그럼 나중에 나도 잘할 수 있어?” 엄마는 내 눈을 마주보며 웃으셨다. “너는 벌써 하고 있어. 추운 날 내가 감기 걸릴까 봐 손수건을 내 무릎에 덮어 줬지. 그게 바로 살림이야.” 살다 보니 이제야 알겠다. 엄마의 살림은 집안을 돌보는 일이 아니었다. 그건 사랑을 다루는 일이었다.

물건이 아니라 마음을 정리하고, 먼지를 닦는 게 아니라 삶의 틈 사이에 스며드는 고단함을 닦아 내는 일이었다. 어느 날 늦은 밤 설거지를 하다 문 득 그릇 하나를 내려놓고 울었다. 엄마가 그러셨던 것처럼 나도 소리 없이 눈물을 삼켰다. 삶은 생각보다 지저분하고 사랑은 생각보다 자주 깨진다.

그 깨진 조각을 주워 다시 닦는 일이 살림이라는 걸 이제는 안다.

복숭아병을 씻어 말려 잼을 담고 붉은 체크무늬 리본을 묶어두던 엄마의 손길이 떠올랐다. "경화야, 누가 오든 갈 땐 빈손으로 보내지 마라." 그 말은 선물에 대한 예의가 아니라 사람을 대하는 태도였다.

어릴 적 엄마는 늘 살림을 하며 나에게 무언가를 가르쳤다. 하지만 말로 알려 준 것은 많지 않았다. 거의 모든 것은 그녀의 손과 시간과 냄새와 기다림 속에 있었다. 지금 나는 쌀을 씻고 찌개를 끓이며 조용히 먼지를 닦아내며 그 시간을 이어 살고 있다. 가끔은 이웃을 식탁으로 부르고 명절이 오면 혼자 살림을 시작해야만 하는 아이들을 불러 함께 밥을 먹는다. 특별한 일을 하는 마음은 아니다. 밥은 혼자 먹기보다 같이 먹을 때 덜 식고 사람도 그렇게 해야 조금 덜 외로워진다는 걸 살아오며 배웠기 때문이다.

명절이 되면 나는 그 아이들의 일일 엄마가 된다. 하루쯤은 누군가 밥을 먹었는지 묻고 국이 짜지는 않았는지 살피고 너무 늦지 않게 들어오라고 말하는 사람이 된다. 아이들은 그걸 엄마라고 부르지 않는다. 다만 여기 오면 밥이 있고 불이 켜져 있고 기다리는 사람이 있다는 걸 안다.

밥을 먹다 한 청년이 내게 묻는다. "혼자 밥을 드시면 외롭지 않으신가요." 나는 잠시 젓가락을 멈추었다. 그 질문이 밥보다 먼저 목으로 내려갔다. 외로움은 내가 나를 살릴 수 없을 때 찾아오는 감정 같았다. 그래서 나는 먼저 나를 살리려고 한다. 그래야 다른 사람도 살릴 수 있으니까. 청년은 밥을 문 채 입꼬리를 올렸다. 이제야 알겠다는 얼굴이었다. "외롭다는 건 인간의 숙명 같아. 그래도 우리가 우리를 살리고 다른 이를 살리려는 생각을 하면 이상하게 기운이 나더라."

식탁 위에 잠깐의 침묵이 내려앉았다. 누군가는 젓가락을 내려놓았고 누군가는 국그릇을 두 손으로 감쌌다. 말이 더 이어지지 않아도 괜찮은 순간이었다. 그 질문과 대답은 이미 각자의 속도로 내려가고 있었다. 나는 더 말하지 않았다. 대신 국이 식기 전에 먹자고 했다. 그러자 누군가 작게 웃으며 밥을 다시 떴고 다른 누군가는 국을 한 숟갈 더 담았다. 그렇게 식탁은 다시 움직이기 시작했다.

말보다 먼저 살아나는 순간들이 있다는 걸 나는 안다. 마음속으로 조용히 덧붙인다. 엄마, 나도 당신처럼 살고 있어요. 당신이 내게 물려준 살림은 이제 내 하루의 방식이 되었고 누군가의 하루를 잠시 덜 허기지게 만드는 일이 되었어요.

먹는다는 것의 의미

나에게 있어서 먹는 행위는 무엇일까 생각해 본다. 먹는다는 것은 인간이 스스로 살아갈 수 없는 존재라는 사실을 날것 그대로 드러내는 일이다. 우리는 외부의 생명에서 영양을 빌려와야만 겨우 목숨을 이어 간다. 그 의존은 우리의 본질을 폭로하고 우리의 나약함을 증명한다. 세 살까지 젖을 떼지 못했던 나에게 어머니는 마지막 결심처럼 젖꼭지에 연고를 바르고 입에 물리셨다. 나는 그 쓰디쓴 맛을 처음 삼키던 순간 생애 첫 단절을 배웠고 첫 상실을 배웠고 첫 절망을 배웠다. 어머니가 갑자기 나를 밀어내는 것처럼 느껴졌고 내 안의 세계가 한 번 무너졌다. 인간으로 산다는 것은 결국 이 쓰디쓴 기분과 맞서며 앞으로의 생을 버텨야 한다는 예고처럼 다가왔다. 나는 그 절망을 이기려는 듯 오히려 더 세차게 젖을 빨았다. 그때 처음 알았다. 이 세계는 달콤함보다 쓴맛으로 시작되는 곳이며 때로는 그 쓴맛이 사람을 자라게 한다는 사실을.

어린 나는 그 쓰다 남은 뒷맛을 생애 첫 공포로 기억하고 있다. 그 기억은 이후 내가 맞닥뜨린 모든 두려움의 원형이 되었다. 세상은 나를 언제든 밀어낼 수 있고 나는 그때마다 다시 빨아들여야 살아남았다. 먹는 일은 그래서 본능이었고 저항이었고 생존이었다. 내 유년의 밥상은 이미 전쟁이었고 그 전쟁은 오십이 넘은 지금까지도 내 식탁에 그림자처럼 드리워져 있다.

나는 할아버지와 겸상을 할 수 있는 유일한 아이였다. 둥그런 소반 위에서 우리는 둘이서만 세계를 나누어 가졌다. 할아버지의 밥상은 단순한 식사가 아니었다. 수많은 학문의 뿌리가 한 그릇에 담긴 강의였고 인간이 어떻게 살아야 하는지에 대한 오래된 지혜의 전수였다. 반찬은 계절을 품고 있었고 음식의 순서는 만물의 질서를 닮아 있었다. 나는 할아버지로부터 밥상에서 세계를 배웠다. 밥 한 공기를 먹기 위해 얼마나 많은 사람의 땀과 수고가 들어가는지 헤아릴 줄 알아야 하고 밥을 남기는 사람은 자신을 가볍게 여기는 사람이라고 하셨다. 자연을 대하는 태도는 음식 앞에서의 태도와 같다고 하셨고 밥을 짓는 일은 생명을 다루는 일과 다르지 않다고 하셨다.

나는 할아버지의 음식 달력을 아직도 기억하고 있다. 첫바람이 불기 전에 먹어야 하는 나물과 비 오는 계절에 먹어야 하는 생선과 바람이 차가워지는 시기에 피어나는 무의 기운. 할아버지는 음식을 통해 시간을 가르쳤고 나는 그 밥상에서 삶의 질서를 배웠다. 어떤 음식은 몸을 데우고 어떤 음식은 마음을 가라앉히며 어떤 음식은 죄책감을 잠재우고 어떤 음식은 슬픔을 내려놓게 했다. 할아버지의 밥상은 하나의 우주였고 나는 그 우주에서 생을 배우는 작은 존재였다. 음식은 생명이었고 생명은 책임이었으며 책임은 살아가는 태도로 남았다.

암 수술을 마치고 동위원소 치료를 앞두고 있었을 때 나는 또 다른 종류의 굶주림과 마주했다. 소금도 허락되지 않았고 간장도 허락되지 않았으며 장류는 당연히 금지되었다. 아무 맛도 없어야 하는 식단이었다. 맛을 잃는 일은 삶의 의지를 잃는 일과 닮아 있었다. 치료를 위해 삼박사일 독방에 머물러야 했고 그 시간 동안 밥을 먹는 시간에만 세 여자가 거실로 나왔다. 식판이 놓인 순간 우리 셋은 동시에 울었다. 밥을 먹어야 살 수 있었지만 목구멍은 좀처럼 열리지 않았다. 우리는 먹기 위해 살아왔다고 믿었지만 그 자리에서 알게 되었다. 먹는 일은 생존만의 문제가 아니라 인간이 끝까지 붙들고 싶은 존엄이라는 사실을 알고야 말았다.

우리는 셋이서 한 목소리로 말했다. 여태 먹기 위해 살아온 짐승에 불과했다고. 그 고백은 부끄러웠고 동시에 우리를 가볍게 했다. 밥 앞에서 울어본 사람만이 안다. 그릇 앞에서 무너지는 순간이야말로 인간이 가장 적나라해지는 자리라는 것을. 식욕은 욕망이 아니라 영혼의 취약함을 드러내는 얇은 막에 가깝다. 그 치료의 날들 동안 나는 다시 배웠다. 음식은 생명을 살리는 동시에 마음의 상태를 비추는 거울이라는 사실을 말이다.

나는 그래서 먹는다는 행위를 쉽게 여기지 못한다. 허기를 느끼는 순간에도 마음이 먼저 반응한다. 배가 고프다는 감각은 단순한 신호가 아니라 내가 아직 이 세계에 붙들려 있다는 증거처럼 느껴진다. 먹지 않으면 사라질 수 있고 먹어야만 남아 있을 수 있다는 사실은 나를 늘 긴장하게 만든다. 밥 앞에 앉으면 나는 여전히 어린아이처럼 조심스러워진다. 이 한 숟가락이 나를 살릴지 아니면 또 다른 기억을 깨울지 알 수 없기 때문이다. 그래서 나는 천천히 먹는다. 일부러 속도를 늦춘다. 음식이 몸으로 들어오는 동안 마음이 먼저 반응하는 걸 알기 때문이다. 어떤 날은 밥알 하나가 지나간 자리에 오래된 두려움이 남고 어떤 날은 국 한 숟가락이 지나간 자리에 설명할 수 없는 안도가 깃든다. 먹는 일은 늘 지금 일어나지만 그 안에는 지나온 시간과 아직 오지 않은 불안이 함께 들어 있다. 나는 그 복잡함을 피하지 않으려 한다. 그 모든 감각을 통과하며 살아 있음을 확인하려 한다.

　　같이 밥을 먹자는 말은 인간이 서로에게 내미는 가장 원초적이고 성스러운 초대다. 그것은 생명을 나누는 일이며 영혼의 문턱을 내어주는 행위다. 니체가 토리노의 거리에서 맞고 있던 늙은 말을 끌어안고 울부짖으며 무너졌던 장면은 오래도록 내 마음에 남아 있다. 그는 말의 고통을 대신 짊어지려 했고 그 순간 인간의 한계를 넘어섰다. 예수가 자신의 살과 피를 나누며 생명을 건네주었던 오래된 진리는 그 울부짖음과 닮아 있다. 먹는 일은 허기를 채우는 행위가 아니라 타인의 고통을 몸 안으로 들이는 의식에 가깝다. 어두운 마음에도 뜨거운 밥 한 숟가락이 들어오면 다시 살아야겠다는 마음이 올라온다. 인간은 그렇게 몇 번이고 돌아온다.

　　먹는다는 것은 나를 이 세계에 붙잡아두는 가장 오래된 그물이다. 씨앗

이 흙을 뚫고 나오기까지의 어둠과 기다림이 나에게로 흘러 들어오고 햇
빛과 바람과 땅의 기억이 내 세포에 스며들어 나를 살린다. 나는 먹는 순간
창조의 끝이 아니라 그 연속 위에 서 있다.

그래서 나는 밥 앞에 앉으면 늘 조심스러워진다. 한 숟가락이 지나간 자
리에는 기억이 남고 또 한 숟가락이 지나간 자리에는 살아야 할 이유가 남
는다. 세상은 종종 나를 상하게 했고 사람들은 나를 흩뜨려 놓았지만 밥은
다시 나를 붙들었다. 나는 오늘도 천천히 씹는다. 살아 있음을 확인하듯이.

둥글게 살아라

옛 어른들의 말씀에서 나는 종종 삶의 지혜를 깨운다. 그들은 사람의 생을 돌에 비유하기를 좋아했다. 모난 돌이 정 맞는다는 말과 둥글게 살아라는 말은 단지 입에 맴도는 격언이 아니라 삶을 오래 통과한 자들이 남긴 고요한 철학이었다. 처음엔 그 말이 불편했다. 세상의 이치를 따라 무뎌지고 순응하라는 뜻처럼 들렸다. 고집을 꺾고 내 결을 죽이라는 말로 여겨졌다. 그래서 나는 한동안 모서리를 감춘 적이 없었다. 각을 세우고 살아야 정직하다고 믿었다. 그러나 삶은 생각보다 더 많이 부딪히고 더 깊게 나를 깎아 내렸다.

어느 날 쭈그리고 앉은 자리에서 유난히 맨들맨들하게 닳은 돌 하나를 집어 들었다. 손에 감긴 차가운 감촉 안에 말없는 생이 담겨 있었다. 겉은 닳아 있었지만 가벼워 보이지 않았다. 오히려 침묵 속에서 오래 견뎌온 시간의 무게가 느껴졌다. 작았지만 내 손 안에서 묵직한 존재였다. 그 돌 앞에서 나는 나를 돌아보았다. 나는 지금까지 얼마나 굴러왔는가. 얼마나 깎였고 또 얼마나 깎이는 중인가. 다쳐온 흔적은 내 안에 어떻게 새겨졌는가. 나는 아직도 날을 세운 채 살아가고 있는가. 그렇게 돌 하나를 바라보다가 문득, 그 돌이 오래전부터 나를 알고 있었던 것만 같았다.

삶은 결국 그렇게 깎이고 다듬어지는 과정이었다. 어릴 적 들었던 둥글게 살아라는 말은 그저 순응과 타협의 말처럼 들렸지만 이제 와 보니 그것은 생을 오래 살아 낸 자만이 남길 수 있는 조용한 권유였다. 누군가를 다치게 하지 않으면서도 나를 지키는 방식. 부드럽지만 단단한 삶의 결. 그것이 둥글게 사는 일이었다. 너무 늦게 알아들은 말은 가슴속에 오래 남는다더니 그 말은 이제 누군가의 충고가 아니라 내 삶의 문장이 되었다.

돌은 가만히 있는 것 같지만 실은 돌고 돈다. 물길을 따라 계절을 따라 사람 손을 따라 흘러가고 굴러간다. 그리고 그 돌이 다시 누군가의 손에 닿을 때 그 사람은 또 자기 삶을 비추어본다. 그렇게 돌은 침묵의 거울이 된다. 나도 그렇다. 살아온 시간 속에서 나는 수없이 깎였고 때로는 멈추었다가 다시 흘러왔다. 내가 흘려보낸 말 한 줄이 언젠가 나에게 돌아왔고 내가 외면했던 누군가의 고통이 다른 얼굴로 나를 찾아왔다. 모든 것은 그렇게 돌고 돌았다.

사랑도 마찬가지였다. 내어준 사랑은 사라지지 않았다. 언젠가 다른 이름으로 다른 모양으로 내게 돌아왔다. 눈빛이 되어 돌아오고 말없는 위로가 되어 찾아왔다. 주는 것 같지만 실은 흐르게 하는 일이었다. 사랑은 쥐는 것이 아니라 흘리는 일이었다. 그렇게 흘러야만 사랑은 살아 있었다. 고통도 그랬다. 참아낸 고통은 언젠가 기쁨을 이해하게 만들었고 넘치는 행복은 다시 고요한 슬픔을 불러왔다. 고통이 있어야 기쁨이 깊어졌고 기쁨이 깊어질수록 다시 고통을 감당할 힘이 생겼다. 삶은 그렇게 순환했다.

이제 나는 흐르지 않는 것은 썩는다는 사실을 안다. 멈춘 신념은 독선이 되고 고여 있는 사랑은 집착이 되며 나누지 않는 재능은 허영이 된다. 흐르지 않는 선의는 자기만족이 되고 흐르지 않는 지식은 오만이 된다. 그래서 나는 흐르기로 했다. 흐르기 위해 비우고 비우기 위해 깎인다. 깎이는 일은 아프지만 그 아픔 속에서 새로운 결이 생겨난다.

이 돌 하나 앞에서 나는 삶의 많은 것을 배운다. 고요한 것들이 더 많은 말을 한다는 사실과 침묵이 가장 진실한 위로가 될 수 있다는 사실을. 말이 없어도 삶의 무늬를 보여 줄 수 있는 사람 가만히 있어도 마음이 닿는 사람. 나는 그런 사람이 되고 싶다. 단단하되 상처를 주지 않고 둥글되 흐르는 돌 고요하지만 생명을 품은 돌. 누군가의 길을 막지 않고 누군가의 손에 쥐어졌을 때 잠시 온기를 건네는 돌. 그렇게 오래 살아 낸 돌처럼 나도 내 삶의 자리에서 조용히 닳아가고 싶다.

눈물의 연대기

나이가 들수록 눈물이 많아진다. 똑바로 눕지 못하는 밤들이 늘고 끝내 해석되지 못한 문장들이 몸 어딘가에 남아 있기 때문이다. 조금만 더 잘했어야 했는데라는 생각 앞에서 감정보다 몸이 먼저 반응한다. 생각은 늘 한 박자 늦고 감정은 그보다 더 뒤처진다. 몸은 이미 알고 있었던 것처럼 먼저 움직이고 먼저 멈춘다. 철학이 사유의 문제로 다뤄온 많은 질문들이 실제 삶에서는 신체의 선택으로 먼저 결정된다는 사실을 나는 나이가 들수록 분명하게 느낀다. 나는 울음이 없던 아기였다고 한다. 태어날 때 한 번 울고 첫 예방주사를 맞을 때 두 번째로 울었다고 들었다. 사람들은 그 이야기를 순하다는 말로 정리하지만 나는 오래 그 말 앞에 멈춰 있었다. 울음은 성격의 문제가 아니라 구조의 문제일지도 모른다는 생각이 들었기 때문이다. 언제 울었는가보다 언제 울지 않았는가를 떠올리게 되었고 감정이 사라지지 않은 채 다른 시간표를 갖게 되는 순간들을 되짚게 되었다.

엄마가 돌아가시던 날도 그랬다. 나는 먼저 엄마의 몸을 눕히고 피가 묻은 얼굴을 닦았으며 입가에 붙은 누룽지 같은 침 자국을 지웠다. 그 다음에야 울음이 쏟아졌다. 내 울음이 엄마의 마지막 작별에 방해가 되지는 않을까 하는 생각 앞에서 잠시 멈춰 있었던 것 같다. 그 이십여 분 동안 나는 울고 있었지만 감정에 휩쓸리지는 않았다. 울고 있으되 멈춰 있는 상태였다. 그것은 다행한 일이었다. 그 덕분에 해야 할 일들을 끝낼 수 있었기 때문이다. 그 이후로 나는 울어야 할 일에 잘 울지 않게 되었다. 슬픔이 줄어든 것도 감정이 메말랐던 것도 아니다. 눈물이 제때 도착하지 못했을 뿐이다. 감정은 남아 있었고 눈물은 다른 시간에 찾아왔다. 나는 그것을 눈물에 대한 예의라고 생각하게 되었다. 눈물은 즉각적으로 쏟아내는 반응이 아니라 충분히 견딘 뒤에야 도착하는 감각에 가까웠다.

연극적 감수성은 언제나 아름답게 도착한다. 조명이 내려앉고 배우의 숨이 객석까지 번질 때 우리는 준비된 마음으로 슬픔을 맞이한다. 고통에는 순서가 있고 눈물이 허락되는 지점이 분명하다. 그 자리에서 우는 일은 어렵지 않다. 한 편의 영화 앞에서 한 권의 책 앞에서 나는 여러 번 울었다. 그 울음은 진짜였다. 그러나 극장을 나서면 마음은 빠르게 제자리를 찾았고 조금 전의 울음은 금세 과거가 되었다. 연극적 감수성은 슬픔을 경험하게 해 주되 슬픔과 함께 살도록 요구하지는 않는다. 감정은 정리된 통로를 따라 흘러가고 정해진 출구로 빠져나간다.

문득 나는 스스로에게 묻게 되었다. 무대 위의 고통에는 쉽게 마음을 내어주면서 무대 밖의 고통 앞에서는 한 박자 늦게 혹은 너무 빨리 물러나고 있지는 않았는지. 설명되지 않은 슬픔과 서사가 없는 얼굴들 앞에서 나는 얼마나 자주 계산했는지. 현실의 고통은 연극처럼 정리되어 있지 않다. 음악도 없고 이해를 돕는 독백도 없다. 때로는 나의 시간과 선택과 편의를 요구한다. 그래서 나는 그 앞에서 감정을 꺼내기 전에 먼저 거리를 재고 있었을지도 모른다. 그 순간 눈물은 멈춘다. 차가워져서가 아니라 너무 많은 것을 요구받을 것 같아서다.

그래서 이제는 눈물 한 방울의 무게가 다르게 느껴진다. 그 눈물이 어디에서 흘러왔는지보다 어디를 향해 떨어지는지가 더 중요해졌기 때문이다. 무대 위에서 흘린 눈물인지 책장을 덮으며 남긴 감정인지 아니면 내 곁의 누군가 앞에서 끝내 참아내다 고인 한 방울인지. 눈물은 많아질수록 가벼워지지 않는다. 오히려 아껴질수록 더 깊어진다. 나는 더 이상 쉽게 울지 않으려 한다. 대신 눈물이 요구하는 자리로 한 걸음 더 다가가려 한다. 울음이 멎은 뒤에도 그 곁에 남아 있는 일. 감정을 소비하지 않고 삶으로 이어 가는 일. 눈물은 나를 대신해 울어주지 않는다. 다만 내가 멈춰 서야 할 곳을, 조용히 가리킨다.

나를 견디는 법

나는 어떤 문장일까 생각해 본다. 주어를 앞세우기보다 동사로 버텨온 문장일까. 누군가의 고개를 끄덕이게 만드는 문장일까 아니면 읽는 사람이 돌아서다가도 문득 다시 떠올리는 문장일까. 문장은 언제나 나를 닮아 있었다. 내가 숨을 고르는 법을 배우기 전에는 문장도 숨을 몰아쉬었고 내가 나를 다독이기 전에는 문장도 늘 나를 재촉했다. 그래서 나는 가끔 내 인생을 원고지로 상상해 본다. 칸칸이 채워야만 살아 있는 줄 알았던 시절이 있었고 흰 칸이 생기면 불안해지던 시절도 있었다. 하지만 이제는 여백이 포기가 아니라 회복이라는 걸 안다. 게으름이 아니라 숨이라는 것도. 그 숨이 없으면 문장도 사람도 오래 버티지 못한다.

문득 내가 잘 살고 있는 걸까라는 문장이 머리를 쓰다듬는다. 그 문장은 나를 몰아세우지 않는다. 정답을 요구하지도 않는다. 다만 손바닥 온도로 지나간다. 그 순간 이상하게도 안심이 된다. 이 질문이 생겼다는 사실이 어쩌면 내가 나를 살피기 시작했다는 신호처럼 느껴진다. 예전의 나는 질문

하기도 전에 달려야 했고 달리면서도 더 달릴 이유를 만들어야 했다. 그래서 이 질문은 불안이 아니라 변화에 가깝다. 몸이 나를 배신한 것이 아니라 나를 살리려 보내온 신호처럼.

어떤 날은 진심을 다했을 때 느끼는 희열과 좌절이 나란히 나를 내려다본다. 그 시선은 차갑지 않다. 판결이라기보다 확인에 가깝다. 너는 진심을 썼고 끝까지 가보았다. 그래서 기쁘고 그래서 아프다. 두 감정이 동시에 존재한다는 건 내가 대충 살지 않았다는 증거다. 대충 살면 희열도 좌절도 얕다. 나는 오랫동안 나를 몰아세우며 살아왔다. 너 아니면 안 되라는 말을 기다리는 경주마처럼. 그 말이 오면 살아도 된다는 허락을 받은 것 같았고 그 말이 오면 존재해도 된다고 인정받는 기분이 들었다. 그래서 더 빨라졌고 더 숨이 찼다. 숨이 차오르는 걸 열정이라 착각했고 심장이 아파도 살아 있다는 증거라 우겼다. 내 안에는 늘 어떤 심사위원이 있었고 그 심사위원은 친절하지 않았으며 기준은 자꾸 높아졌다. 통과선은 늘 뒤로 밀렸고 나는 통과하기 위해 살았다.

내 몸에는 채찍의 기억이 남아 있다. 같은 자리를 반복해 내려친 흔적들. 어떤 날은 그 자리를 만지며 아직 아프다는 걸 확인했고 어떤 날은 그 자리를 만지며 아직 살아 있음을 느꼈다. 그 상처는 부끄러움도 자랑도 아닌 내 삶의 궤적이었다. 몸이 시간을 기억하는 방식이었다. 나는 나를 견디는 법을 배워야 했다. 수없이 무너졌다가 다시 일어나는 일을 반복하며 내 안에 내성이 생겼다. 바로 그 지점이 나의 평화였다. 그 평화는 특별한 사건이나 누군가의 찬사에서 오지 않았다. 아주 사소한 순간에서 왔다. 더 이상 나를 채찍질하지 않아도 되는 순간. 나를 혼내는 대신 손을 얹어 주는 순간. 그 때 비로소 알았다. 평화는 감정의 천장이 아니라 태도의 바닥이라는 걸. 반짝이는 선물이 아니라 매일의 자세라는 걸.

나는 이제 나를 몰아세우지 않고 사는 법을 알아간다. 완성했다기보다 여전히 배우는 중이다. 내 안의 폭력을 줄이는 법을 배우고 작은 독재자를 하루의 끝에서 퇴근시키는 연습을 한다. 하루를 마치며 나를 평가하는 대신 묻는다. 오늘은 얼마나 숨을 쉬었는지 누구에게 친절했는지 나에게도 그랬는지. 질문이 바뀌자 삶의 방향도 달라졌다. 나는 종착역이라는 말을 믿지 않는다. 인생에는 환승역이 더 많다. 이제는 고개를 들어도 된다. 지키려 했던 것과 사랑하려 했던 것과 정말로 가고 싶은 곳을 물어도 된다. 내 호흡과 내 맥박 그리고 내가 가장 자유로울 자리를 찾는 이 여정을 나는 조용히 축복한다. 그 축복을 이제는 내가 나에게 건넨다.

살아남았다는 사실, 포기하지 않았다는 사실, 여전히 사랑을 믿고 있다는 사실을. 나는 매끈해지기를 목표로 하지 않는다. 거친 결 또한 나의 일부다. 상처는 나를 예민하게 만들었지만 동시에 섬세하게 만들었다. 그 감각을 버리지 않되 나를 소진시키지 않는 법을 배우려 한다. 그래서 이렇게 말해 본다. 너는 더 이상 경주마가 아니어도 된다. 너는 이미 여기 있다. 오늘은 조금 성글게 살아도 된다. 그렇게 살아도 괜찮다고 나에게 허락한다. 그 허락이 쌓여 흔들리면서도 나를 잃지 않는 안정에 이르기를, 나는 조용히 믿는다.

삶이란 거대한 무늬

　나는 사람의 경험에는 얇은 씨실과 날실이 있다고 믿는다. 처음부터 두툼한 천이 주어지는 삶은 없다. 삶은 대개 빈손을 내밀게 한 뒤 아주 가느다란 실 하나를 쥐여 준다. 그리고 그 실로 시간을 건너보라고 말한다. 그 뜻을 사람은 처음에는 알지 못한다. 젊을 때는 더 그렇다. 그 시절 우리는 실이 아니라 빛을 찾는다. 빠르게 빛나는 성취를 붙잡고 굵은 줄로 자신을 묶어 세상 앞에 서려 한다. 그러다 어느 순간 알게 된다. 빛은 지나가고 굵은 줄은 끊긴다. 마지막까지 남는 것은 늘 얇은 실 하나다. 많은 고통과 관계를 통과한 끝에 사람은 조용해진다. 얻어냈다고 말하기도 어렵다. 대부분은 손에 쥐었다기보다 손에서 떨어져 나갔고, 나는 남은 것을 받아들였을 뿐이다. 잃어보며 남는 것을 알게 되고, 버텨보며 자신을 지탱하는 힘을 알아간다. 이 실은 내가 고른 상이 아니라 삶이 내게 남긴 흔적이다.

　이 얇은 실 하나를 쥐기까지 우리는 비싼 수업료를 치른다. 어떤 날은 몸으로, 어떤 날은 잠으로, 어떤 날은 자존심으로 낸다. 관계가 수업료가 되는 날도 있다. 사랑이라 불렀던 것들이 흩어지고 믿음이라 여겼던 것들이 부서진다. 그렇게 쌓인 날들 사이로 아주 가는 실이 한 번씩 손가락을 스친다. 그때는 알아보지 못한다. 몇 번의 계절이 지나서야 떠오른다. 그때 내 손을 스친 것이 내 삶의 결이었다.

실은 겹쳐지고 덧대어진다. 겹쳐짐은 축적이면서 동시에 변형이다. 같은 실이 반복되는 것이 아니라 닮은 실들이 다른 방향으로 얽힌다. 어떤 실은 나를 부드럽게 만들고 어떤 실은 단단하게 만든다. 조용하게 하는 실도 있고 예리하게 만드는 실도 있다. 우리는 그 모든 실을 동시에 의식하지 못한다. 시간이 흐른 뒤에야 알아차린다. 내가 사람을 바라보는 방식이 달라졌다는 사실을. 그때 무늬가 내 안에 자리를 잡는다. 그래서 처음에는 이것을 패턴이라 부르려 했다. 반복되는 삶의 모양, 비슷한 사람을 만나고 비슷한 방식으로 상처받는 나. 늘 책임을 떠안고 남들이 외면한 뒤에 정리하는 쪽으로 남는 나. 패턴이라는 말이 어울려 보이기도 했다. 그러나 곧 망설이게 된다. 그 말은 사람을 너무 빨리 굳혀 버린다.

삶은 한 번의 상처로도 방향을 틀고, 한 번의 만남으로도 다른 결이 된다. 나 자신조차 단정하고 싶지 않다. 사람은 한 무늬로 설명되지 않는다. 같은 말을 들어도 어떤 날은 웃고 어떤 날은 무너진다. 같은 사건 앞에서도 하루는 담담하고 하루는 흔들린다. 사람은 다치고 배우고 다시 다치며 다르게 배운다. 정체는 완성된 조각이 아니라 계속 직조되는 직물에 가깝다.

살다 보면 상처 앞에서 새로 생겨난 무늬에 스스로 놀라는 순간이 온다. 내가 이렇게 무너질 수 있는 사람인지, 이렇게 냉정해질 수도 있는지. 상처는 무늬를 강요하지 않는다. 다만 안에 있던 결을 밖으로 드러낸다. 어떤 무늬는 인연 하나로 흐려지고 어떤 무늬는 또렷해진다. 사람은 관계 안에서 달라진다. 그래서 '원래'라는 말은 인연 앞에서 힘을 잃는다. 관계는 의도하지 않아도 사람을 옮긴다. 그것은 교정이 아니라 이동이다. 그래서 나는 무늬를 두고 판단하기 전에 먼저 생각하려 한다. 그 무늬가 생기기까지 지나온 밤들을. 그 밤을 모른 채 무늬만 보는 일이 얼마나 잔인해질 수 있는지를.

무늬는 완성되지 않는다. 무늬는 덧대어지며 살아진다. 나는 이 말이 좋다. 계획해서 만든 모양이 아니라 살아 내다 남은 문양이기 때문이다. 어떤 무늬는 선택이 아니었고 어떤 무늬는 성격이 아니었다. 버틴 시간이 남긴 흔적이었다. 그러다 드물게 방향을 틀게 하는 인연을 만난다. 그런 인연은 소란스럽지 않다. 가르치지도 설득하지도 않는다. 그런데도 그 앞에서는 과장이 힘을 잃고 변명이 얇아진다. 나는 더 깊은 결로 살아야 할 이유를 발견한다. 깊은 결은 거창하지 않다. 더 성실해지고 더 정직해지는 일, 쉽게 단정하지 않고 쉽게 포기하지 않는 일, 타인을 도구로 삼지 않는 일에 가깝다.

키르케고르는 인생은 뒤로 돌아볼 때 이해되고 앞으로 나아가며 살아야 한다고 말했다. 돌아보면 많은 것이 보인다. 그때의 선택과 집착과 망설임이 이해된다. 그러나 이해와 상관없이 우리는 다시 나아가야 한다. 다시 선택하고 다시 관계하고 다시 사랑한다. 그리고 다시 무늬를 덧댄다. 나이가 들며 내 색이 보이기 시작한다. 그 알아봄은 위로가 되기도 한다. 더 이상 증명하기 위해 몸을 태우지 않아도 되는 날이 생긴다. 그렇다고 무늬를 고집하고 싶지는 않다. 고집하는 순간 다른 결을 만날 기회를 잃는다.

나는 앎에서 멈추지 않으려 한다. 사람은 장면이 아니라 시간이다. 한 번의 선택이 아니라 반복된 견딤이다. 실수 뒤의 고백과 수습과 침묵과 다시 시작이다. 그래서 누군가의 무늬를 보며 전부라 말하지 않으려 한다. 나 자신의 무늬 앞에서도 마찬가지다. 거친 결을 만나면 부드러운 결로 덧대는 인연이 되고 싶다. 부드러움은 약함이 아니라 기술이다. 굵은 결은 큰소리가 아니라 감당이다. 대신 서는 것이 아니라 곁에 서는 일이다.

내 무늬는 아직 고착되지 않았다. 여전히 직조 중이다. 인연이 오고 상처가 오며 계절은 다시 방향을 틀 것이다. 나는 그 가능성을 닫아두지 않으려 한다. 이미 안다고 믿는 것 위에 편히 눕지 않으려 한다. 오늘도 손바닥을 펼쳐본다. 남은 것을 확인하려는 것이 아니라 다시 들어올 수 있도록 비워두기 위해서다. 누군가의 무늬를 지나치고 누군가가 내 무늬를 스칠 때, 나는 단정 대신 질문을 택한다. 아직 덧대고 있는지, 아직 곁에 설 수 있는지. 그 질문을 놓지 않는 한 나는 패턴이 되지 않는다. 무늬는 더디게라도 따뜻한 쪽으로 옮겨간다. 상처가 남긴 결을 숨기지 않되, 그 결에만 머물지 않으면서.

이해라는
뒤늦게 찾아온 손님

쇠렌 키에르케고르의 문장 하나가 오래 마음에 남아 있었다. "삶은 뒤돌아보며 이해되지만 앞으로 나아가며 살아야 한다." 이 문장을 처음 읽었을 때 내 안에서는 두 방향이 동시에 일어났다. 하나는 당시에는 전혀 이해되지 않았던 인간의 미련함에 대한 뒤늦은 슬픔이었고, 다른 하나는 그럼에도 앞으로 나아가야 한다는 감각이었다. 두 마음은 서로를 설득하지도 밀어내지도 않은 채 오래 교차되었고, 나는 그 교차 지점에서 쉽게 움직이지 못했다.

나는 언제나 뒤를 보는 쪽에 더 익숙했다. 지나간 장면을 다시 불러오고 말의 결을 되짚으며 왜 그렇게 말했는지, 왜 그렇게 머물렀는지를 곱씹었다. 이해는 늘 늦게 왔고, 그 늦음은 나를 단단하게 하기보다 멈추게 했다. 이해되지 않은 채 지나온 시간들이 쌓여 있다가 예기치 않은 순간 다시 고개를 들었다. 그럴 때마다 나는 과거를 정리하려 하기보다 그 자리에 한 번 더 서보는 쪽을 택했다. 차갑게 이별을 통보받던 날도 그중 하나였다. 준비되지 않은 이별이었고 설명은 끝내 오지 않았다. 나는 얼굴이 아니라 등을 보았다. 멀어지는 등을, 돌아보지 않는 등을 한참 바라보고 있었다. 붙잡지도 부르지도 않았지만, 그렇다고 등을 돌린 것도 아니었다. 그 장면은 움직임보다 정지에 가까웠고, 나는 그 정지 속에 오래 머물렀다. 말이 사라진 자리에서 또렷해진 것은 방향이었다.

그날의 햇살은 유난히 따뜻했다. 그러나 그 따뜻함은 위로나 회복으로 다가오지 않았다. 햇살은 몸에 부딪히며 엿가락처럼 늘어졌고 시간마저 함께 늘어지는 듯했다. 경계가 느슨해지고 감각이 길어지는 동안 나는 서 있는 자세를 유지하지 못했다. 그대로 접힌 종이처럼 그 자리에 주저앉았다. 주저앉음은 선택이 아니라 그 순간을 견디는 유일한 형태였고, 나는 그 형태를 오래 유지했다. 앉아 있는 동안 '왜'라는 질문이 반복해서 떠올랐다. 이유를 모른다는 사실보다, 이유가 끝내 오지 않을지도 모른다는 가능성이 더 깊이 나를 얼어붙게 했다. 질문은 나를 앞으로 데려가지 않았고 같은 자리를 맴돌게 했다. 생각은 느려지고 감정은 빠르게 소진되었다. 질문을 붙잡고 있었지만, 그 질문은 더 이상 나를 움직이지 못했다.

질문이 멈춘 것은 결론에 도달했기 때문이 아니었다. 내가 바닥을 짚고 일어난 순간은 '왜'가 더 이상 마음에서 일어나지 않던 때였다. 이해해서도 납득해서도 아니었다. 다만 질문이 나를 붙들지 못하게 되었을 뿐이었다. 그 변화는 생각보다 먼저 몸에서 시작되었고, 나는 그것을 거부하지 않았다. 일어섬은 결심이 아니라 반사에 가까웠다. 계속 앉아 있기에는, 내 주위에 나 없이 돌아갈 수 없는 것들이 있었다. 그것들은 말을 하지 않았고 이유를 요구하지도 않았다. 이미 그 자리에 놓여 있었고, 나의 개입을 필요로 했다. 결국 그것들이 나를 일으켜 세웠다. 나는 살아가고 있었다. 이 문장은 선언이 아니라, 이미 작동 중이던 상태를 뒤늦게 알아차린 기록에 가깝다. 말은 그제야 따라왔고, 몸은 이미 그 방향으로 가고 있었다.

그러면서도 나는 넘어졌던 자리를 계속 뒤돌아보았다. 앞으로 걷는 동안에도 시선은 자주 뒤에 머물렀고, 나는 그 시선을 억지로 거두지 않았다. 미련이라기보다 습관에 가까웠다. 한 번 멈췄던 이유, 한 번 넘어졌던 방식을 잊지 않기 위해서였다. 나는 이해하지 못한 채로 걷고 있었고, 그 미해결의 상태가 오히려 나를 움직이게 했다. 완전히 정리되지 않았다는 사실은 불안을 키우기보다 조심성을 남겼다. 삶은 대체로 이런 식으로 흘러왔다. 선택은 이해보다 먼저 이루어졌고, 이해는 늘 뒤늦게 도착했다. 나는 완전히 이해한 뒤에 움직인 적이 거의 없었다. 대부분의 시간은 이해되지 않은 상태로 살아 내는 시간이었고, 그 상태 자체가 삶에 섞여 있었다. 그래서 그 문장은 조언이 아니라, 이미 지나온 시간을 조용히 비추는 빛에 가까웠다.

나는 그 문장을 따라 살았다기보다, 이미 그렇게 살아온 시간을 그 문장이 가만히 가리키고 있다고 느꼈다. 오늘도 나는 완전히 이해하지 못한 채 하루를 보낸다. 질문은 사라졌지만 의미는 아직 흩어져 있다. 나는 여전히 뒤를 본다. 그리고 그 시선을 완전히 거두지 않은 채 앞으로 걷는다. 멈추지 않기 위해서가 아니라, 이미 멈추지 않게 되었기 때문이다. 이 걸음이 언제까지 이어질지는 알 수 없다. 다만 지금의 나는, 그 불확실함 속에서 발을 내딛고 있다.

나와 사귀는 법

오십이 넘어서야 사람은 자기 자신과 깊은 우정을 맺을 수 있다는 사실을 알아차린다. 그전에는 늘 남을 통해 나를 보았고 관계를 통해 나의 결을 짚었으며 타인의 눈빛에 비친 모습으로만 나를 가늠했다. 하지만 이제는 조금 다르게 나라는 존재가 단독으로 서 있는 풍경을 바라보아야 한다. 남이 있어야만 나를 알 수 있는 것이 아니라 남이 사라진 뒤에도 꺼지지 않는 등불 같은 내가 분명히 남아 있음을 인정해야 한다. 우리는 그 등불 곁에 앉아야 한다. 그 조그마한 불씨를 외면하지 말아야 한다. 바로 그 자리에서 나와의 우정이 시작된다.

그래서 이제는 벗을 멀리서 찾기보다 먼저 나와 사귀어야 한다. 일부러 고독해져야 할 때도 있다. 관계의 피로에서 한 발 물러나야 할 때도 있다. 타인의 기대를 잠시 내려놓고 이어진 끈을 풀어둔 채 오롯이 나와 걷고 나와 이야기하고 나와 눈을 맞추어야 한다. 그제야 평생을 함께 살아온 이 나라는 존재가 얼마나 많은 말을 품고 있었는지 드러난다. 얼마나 오래 사랑받지 못한 채 기다리고 있었는지도 보인다. 외로움을 피하려 사람 사이를 바쁘게 오가던 날들 속에서 정작 놓치고 있던 것은 나 자신과의 대화였다. 내 안의 목소리는 언제나 나를 불러왔다. 나는 너무 바쁘거나 너무 아파서 그 소리를 듣지 못했을 뿐이다. 오십을 넘기며 그 소리를 다시 듣는다.

벗이 많다고 삶이 풍성해지는 것은 아니다. 모임의 수가 많다고 외로움이 줄어드는 것도 아니다. 성숙은 외부의 소란이 아니라 내부의 깊이에서 온다. 수많은 말과 웃음 속에서도 나는 사라질 수 있다. 반대로 단 한 사람 바로 나와 마주 앉아 숨을 고르는 시간에는 이상하리만큼 고요하고 충만해진다. 나는 나를 외면한 채 누구와 진정한 벗이 될 수 있었을까. 남에게는 친절하면서도 내 마음에는 모질게 굴었다. 남에게는 존중을 다 바치면서 정작 나에게는 아무런 배려도 하지 않았다. 그러고도 누군가 나를 귀하게 대하지 않는다고 섭섭해했다.

그러나 그것은 결국 나에게서 시작되는 일이다. 내가 나를 귀하게 대하지 않는데 누가 그러겠는가. 나는 나를 손님처럼 대접할 줄 아는 사람이 되어야 한다. 가장 소중한 손님을 맞이하듯 따뜻한 차를 준비하고 좋은 음악을 들려주며 작은 선물을 건네는 사람. 화초를 돌보듯 마음을 살피고 햇빛이 강하면 그늘을 만들고 바람이 차가우면 블랭킷을 덮어주는 사람. 누군가에게 해왔던 섬세한 배려를 이제는 나에게도 돌려주어야 한다. 나를 돌보지 않으면 언젠가는 허무와 마주하는 날이 온다. 수십 년 동안 남에게 맞추며 살아온 마음은 어느 순간 비어 있는 방처럼 공허해진다. 그 방 안에는 오래 방치된 외로움이 고여 있다. 하지만 그 허무는 나라는 존재가 나에게 돌아오라는 신호이기도 하다. 이제라도 나를 돌보라고 나와 친해지라고 나를 귀하게 여기라고 말하는 안내다. 그 신호를 받아들이는 순간 삶은 다시 숨을 쉰다. 나라는 존재도 서서히 온기를 되찾는다.

나에게 선물을 준다는 것은 물질에만 국한되지 않는다. 때로는 시간을 주어야 한다. 쉼을 허락해야 한다. 사소한 관심을 건네야 한다. 무엇보다도 용서를 선물해야 한다. 오십이 넘어서는 용서해야 할 사람이 많다. 남도 용서해야 하지만 더 중요한 것은 나 자신이다. 헤매고 다치고 놓쳤던 날들. 후회했던 선택들. 너무 이르거나 너무 늦게 알게 된 것들. 사랑을 잘 받지 못했던 어린 날의 나와 사랑을 잘 주지 못했던 어른의 나. 그 모든 시절을 껴안고 괜찮다고 말해 주어야 한다. 그래야 나라는 사람은 다시 회복한다.

나와 벗하며 사는 사람에게는 묘한 균형이 있다. 삶의 무게를 그대로 견디면서도 가볍다. 세상을 바라보는 시선에는 따뜻한 빛이 남아 있다. 말은 들끓지 않고 마음은 우물처럼 깊다. 뜨겁되 넘치지 않는 온도로 삶을 데우는 사람. 그런 사람에게서는 성숙한 온도의 향기가 난다. 우리는 매일 나와 벗하는 법을 다시 배운다. 솔직한 인간으로 살기 위해서는 먼저 나에게 솔직해져야 한다. 욕망과 두려움. 꿈과 상처. 결함과 아름다움. 그 모든 것을 인정해야 한다. 그것들이 모여 비로소 내가 된다.

나와의 우정은 인생 후반에 찾아오는 큰 선물이다. 젊을 때는 몰랐던 깊이와 오래된 외로움 속에서 자라난 작은 용기들이 다시 나에게 돌아온다. 나는 나와 함께 늙어가고 나와 함께 깨어나며 나와 함께 하루를 살아간다. 이 관계는 오래가고 쉽게 흔들리지 않는다. 나와 사귀는 일은 내 영혼과 화해하는 일이다. 내 인생과 손을 잡는 일이다. 세월이 지나도 빛이 남는 사람은 결국 자신을 귀하게 여긴 사람이다. 그 귀함은 언제나 스스로의 손끝에서 시작된다.

사람의 격

어떤 밤은 누웠는데 하루가 충만해 잠이 쉽게 든다. 감사한 일로 가득했던 날이다. 어떤 밤은 최선을 다해 살았는데도 좀처럼 잠들지 못한다. 나는 그 불편함의 정체를 오래 들여다보았다. 실패한 하루도 아니었고 후회할 선택을 한 날도 아니었다. 해야 할 일은 차분히 마쳤고 관계에서도 무례하지 않았다. 그럼에도 몸 어딘가에 남아 있는 잔여감 때문에 잠은 오지 않았다. 그 감각은 분명한 얼굴을 갖고 있지 않았다. 슬픔도 분노도 아니었다. 마음을 긁기보다는 조용히 눌러앉아 있는 감각에 가까웠다. 눈을 감으면 말의 내용보다 말이 오가지 않았던 순간들이 먼저 떠올랐다. 대화가 끝난 뒤의 침묵. 그 침묵 속에서 드러났던 태도들. 같은 말을 나누고 같은 시간을 보냈는데도 어떤 만남은 체온처럼 오래 남고 어떤 만남은 금세 식어버렸다. 그 차이는 사건의 크기나 말의 분량이 아니라 사소한 태도의 결에서 비롯되었다.

사람을 바라보는 기준은 저마다 다르다. 말의 성실함을 보는 사람도 있고 결과와 능력을 먼저 살피는 사람도 있다. 나 역시 그런 기준을 가졌던 사람이었다. 그러나 그 기준은 시간이 흐르며 달라졌다. 처음에는 말의 완성도를 보았고 그다음에는 관계의 지속성을 보았다. 어느 순간부터는 함께 시간을 보낸 뒤의 나 자신을 기준으로 삼게 되었다. 그 만남이 나를 확장시키는지 아니면 조금씩 소모시키는지. 말은 충분했고 형식도 완벽했지만 온도가 느껴지지 않았던 순간들이 있었다. 예의는 갖추어져 있었고 역할도 충실히 수행되었지만 그 완벽함 앞에서 나는 자주 멈칫했다. 무엇 하나 흠잡을 데 없는데도 마음이 닿지 않는 순간이었다. 그때마다 나는 나 자신을 의심했다. 내가 예민한 것은 아닐까. 기준이 지나치게 엄격해진 것은 아닐까. 그러나 같은 감각이 반복될수록 그 의심은 힘을 잃었다. 몸은 늘 같은 신호를 보내고 있었다.

말과 태도의 간극이 분명한 관계에서는 만남 뒤에 공허만 남았다. 다정함은 형식으로 존재했고 존중은 문장 속에만 남아 있었다. 그 공허함은 실망이나 분노가 아니라 애초에 채워진 적이 없어서 남는 감각에 가까웠다. 정교하고 세련된 언어로 포장된 소모의 관계들 앞에서 나는 점점 조용해졌다. 말이 많아질수록 감각은 더 또렷해졌기 때문이다. 특히 고마움을 전하는 방식의 차이가 크게 다가왔다. 어떤 사람은 고마움을 문장으로 남겼고 어떤 사람은 태도로 남겼다. 말은 충분했지만 그 말이 머무는 시간은 달랐다. 고마움이 관계를 이어 가기 위한 장치로 쓰일 때도 있었고 아무 말이 없어도 이미 충분히 전해진 경우도 있었다. 고마움이 반복될수록 가벼워지고 표현될수록 가치가 닳아가는 관계에서는 결국 사람보다 기능만 남았다.

　고마움에 계산이 섞여 있을 때 나는 그 온도를 바로 느꼈다. 감사가 끝이 아니라 다음 요청을 부드럽게 만들기 위한 예열처럼 쓰일 때 그 말은 이미 관계를 떠나 있었다. 그래서 나는 고마움을 들을 때보다 고마움 이후의 태도를 더 오래 보게 되었다. 말이 끝난 뒤에도 존중이 남아 있는지. 더 이상 얻을 것이 없어 보이는 순간에도 태도가 달라지지 않는지. 그 기준은 누군가를 가르기 위한 잣대가 아니라 나를 보호하기 위한 경계가 되었다. 반대로 고맙다는 말이 단 한마디였지만 그 한마디로 이미 충분한 경우도 있었다. 더 설명하지 않아도 되고 다음을 예고하지도 않는 감사. 그 말 뒤에 여백이 남아 있는 관계. 서두르지 않는 태도와 달라지지 않는 시선 앞에서 나는 비로소 마음이 내려앉았다.

　그런 고마움은 언제나 늦게 남았다. 시간이 지나도 다시 떠올랐고 만남이 끝난 뒤에도 오래 머물렀다. 그것이 무엇을 얻기 위한 말이 아니라 이미 충분히 받았다는 고백처럼 느껴졌기 때문이다. 그때 나는 알게 되었다. 고마움은 많이 말해서 깊어지는 것이 아니라 정확한 자리에서 멈출 때 온도를 갖는다는 사실을. 사람의 격은 위기나 성취의 순간에서 드러나지 않는다. 특히 고마움을 전한 뒤 더 이상 요구할 것이 없을 때 어떤 태도로 남는지 그 지점에서 가장 분명해진다.

그래서 이제 나는 말이 끝난 뒤의 침묵을 더 오래 남겨 둔다. 관계가 이어지지 않아도 괜찮은 침묵. 계산이 개입하지 않은 여백. 사람의 격은 자신을 드러내려 하지 않는 자리에서 또렷해진다. 고마움을 다 전하고 난 뒤에도 상대를 그대로 두는 힘. 얻을 것이 없어도 태도를 지키는 품위. 나는 이제 그 격을 알아보는 사람이 되기보다 그 격을 흉내 내지 않고 살아 내는 사람이 되고 싶다. 말보다 태도로 남고 요구보다 여백으로 머무는 사람. 그렇게 조용히 관계를 통과하는 사람. 그 정도면 충분하다.

조용한 노크

오십이 넘은 삶은 축복이다. 이 말은 나를 위로하기 위해 꺼낸 문장이 아니다. 살아오며 나는 비로소 알게 되었다. 하루를 마치고 몸을 내려놓을 자리가 있다는 것. 생각을 잠시 멈추어 둘 수 있는 공간이 있다는 것. 그리고 하루의 시작과 끝에서 신 앞에 앉을 수 있는 고요가 있다는 사실이 삶을 얼마나 단단하게 지탱해 주는지를.

밤이 찾아오면 몸을 쉬게 할 자리가 있다는 사실이 얼마나 감사한가. 하루는 언제나 몸부터 먼저 통과한다. 생각보다 앞서 지치고 마음보다 먼저 무너지는 것이 몸이다. 젊은 시절의 나는 몸이 보내는 신호를 거의 듣지 않았다. 피곤함은 의지로 넘길 수 있다고 믿었고 통증은 잠시 참으면 된다고 여겼다. 그러나 이제는 안다. 몸을 눕힐 수 있는 자리가 있다는 것은 하루를 무사히 끝낼 수 있는 최소한의 조건이라는 것을. 그 자리에서는 오늘을 잘 살았는지 묻지 않는다. 실수했는지 미뤄둔 것이 있는지도 따지지 않는다. 그저 몸이 오늘 하루를 통과해 여기까지 왔다는 사실만으로 충분하다고 말해 준다. 나는 그곳에서 삶을 평가하지 않는다. 몸이 먼저 쉬는 것을 허락할 뿐이다. 이 단순한 허락이 이 나이에 와서야 얼마나 귀한지 알게 되었다.

그리고 생각을 잠시 내려놓을 수 있는 자리가 있어 그것 또한 내겐 감사다. 생각은 쉬지 않는다. 몸을 눕힌다고 해서 생각까지 함께 눕지는 않는다. 오히려 고요해질수록 생각은 더 큰 소리로 몰려온다. 지나간 말들 하지 못한 선택들 옳았다고 믿었던 판단들 그렇지 못했다고 여겼던 순간들이 한꺼번에 떠오른다. 그 자리는 이 모든 것을 몰아내는 곳이 아니다. 생각이 결론을 내지 않아도 괜찮고 질문이 답을 찾지 못한 채 며칠을 머물러도 괜찮은 자리다. 나는 그곳에서 생각을 해결하려 하지 않는다. 다만 흩어지지 않게 잠시 눕혀 둘 뿐이다. 휘몰아치는 생각을 정리하고 들벅이는 마음을 다독일 자리가 있어 나는 풍요롭다. 풍요롭다는 말이 무언가를 많이 가졌다는 뜻이 아니라는 것을 이 자리에서 배웠다. 이 풍요는 비워둘 수 있는 여백에서 온다. 생각들은 서로를 재단하지 않고 과거의 판단은 현재의 나에게 해명을 요구하지 않는다. 나는 시간이 지나며 생각이 스스로 이동하는 것을 지켜본다. 어떤 생각은 중심에서 물러나고 어떤 생각은 오래 남아 다음 선택의 기준이 된다. 그 과정에 나의 의지가 전부 개입하지 않아도 된다는 사실이 이제는 편안하다.

하루를 시작할 때 나는 조용한 자리에서 신과 만난다. 크게 기도하지도 말을 길게 꺼내지도 않는다. 그저 앉아 어제의 나를 내려놓고 오늘의 나를 아직 부르지 않은 채 숨을 고른다. 그곳에서 신은 나를 다그치지 않는다. 더 나아가라고도 더 버티라고도 말하지 않는다. 다만 오늘도 살아갈 존재라는 사실을 침묵으로 확인해 줄 뿐이다. 나는 그 침묵 속에서 무엇을 이루어야 할지보다 어떤 태도로 하루를 건너갈지를 떠올린다. 이런 자리들을 갖기까지 나는 지난 삶을 치열하게 살아왔다. 의도하지 않은 선택들 예상하지 못한 방향들 수없이 흔들리며 그럼에도 포기하지 않았던 시간들 위에 지금의 삶이 놓여 있다. 그래서 나는 안다. 이것은 사치가 아니라 견뎌온 삶의 결과라는 것을. 이 자리가 나를 특별하게 만들지는 않지만 적어도 나를 흩어지지 않게 붙들어 준다는 것을.

가끔은 문 앞까지 와서 노크를 했는지조차 분명하지 않은 사람을 떠올린다. 문고리를 잡지 않았고 문을 열라고 요구하지도 않았지만 분명 그 앞에 오래 서 있었던 사람. 안에서 들리는 기척을 들었는지 아니면 자신의 숨소리만 들었는지는 알 수 없다. 나는 그가 들어오지 않은 것을 탓하지도 못하고 돌아섰다는 사실을 붙잡지도 못한다. 다만 문 앞에 남았을 망설임의 온도를 생각한다. 노크하지 못한 것이 아니라 노크해도 괜찮은지 끝내 확신하지 못했던 마음. 그 조심스러움이 관계를 지키기도 하지만 때로는 스스로를 밖에 남겨 두기도 한다는 것을 나는 이제 안다. 그래서 그가 돌아선 자리 앞에서 오래 서 본다. 열리지 않은 문보다 닫히지 않았던 마음을 생각하면서. 그 마음이 아직도 어딘가에서 나를 향해 조용히 숨을 고르고 있을 것 같아서.

　오십이 넘은 삶은 축복이다. 속도가 줄어들었기 때문이 아니라 이제는 몸을 눕히고 생각을 눕히고 신 앞에 앉을 자리를 스스로 마련할 수 있게 되었기 때문이다. 나는 이 자리들 사이를 오가며 오늘도 하루를 산다. 증명하지 않아도 되고 설명하지 않아도 되는 조용한 동선으로. 그리고 사람을 만나면 나는 그에게도 이런 자리가 있는지 가만히 살핀다. 몸을 뉘일 수 있는 자리가 있는지 생각이 쉬어갈 수 있는 자리가 있는지 신과 마주 앉을 고요가 있는지 조심스럽게 확인한다. 나는 문을 열라고 요구하지 않는다. 다만 그 자리 앞에 서서 노크한다. 그것이 이제 내가 사람을 대하는 방식이 되었기 때문이다. 그리고 그 사실 하나만으로 오늘은 충분하다.

어둠에 대한 사유

나는 흔들릴 때마다 처음을 생각한다. 그래서 나의 물음은 창세기로 돌아간다. 아니 그 이전의 카오스 상태로 향한다. 말도 개념도 아직 태어나기 전 이름 붙이기 이전의 순도 높은 혼돈. 나는 요즘 그 태초의 어둠에서 나를 다시 발견하고 그 시간을 행복이라 부르고 있다. 어두움은 밀어내지 않는 존재였다. 나를 품었던 최초의 공간이었고 빛이 오기 전 이미 나를 부드럽게 호명하고 있던 기원의 숨결이었다. 어두움은 나의 기원이었고 돌아갈 연옥이었으며 어쩌면 내가 평생 바라고 바랐던 지혜의 자리였다. 빛이 하루의 장막을 걷어내고 저물어 갈 때 인간은 비로소 욕망과 허울을 내려놓는다. 밝음에서 어두움으로 건너갈 때마다 나는 긴 한숨을 내려놓는 느낌을 받았다. 낮 동안의 숨가쁨은 어둔 빛 속에서 천천히 가라앉고 내 안의 오래된 울음 같은 정적이 펼쳐졌다. 그래서 어두움은 피하는 것이 아니라 맞아들여야 하는 것이다. 어두움은 가면을 내려놓고 가장 나다운 나로 돌아가는 시간이다. 나는 이 사실을 예순에 가까워진 지금에서야 온전히 이해한다.

그런 의미에서 나는 과거의 어두움을 다시 바라본다. 나의 어두움은 상처와 절망의 자리가 아니었다. 기억이 아프고 상실로 쓰라릴지라도 나는 그 자리를 오십이 넘어 탄생의 자리로 다시 명명한다. 젊은 시절에는 어두움이 나를 짓누르고 무너뜨리기 위해 존재하는 줄 알았다. 그러나 세월을 지나 돌아보니 어두움은 단 한 번도 나를 부러뜨리지 않았다. 그것은 내가 기대지 못한 방식으로 내 곁에 머물며 숨을 고르게 해 주던 현명한 그림자였다. 자연과 우주와 신과 영성을 오래 들여다보면 결국 같은 질문에 닿는다. 나는 어디에서 왔는가. 나는 왜 이곳에 태어났는가. 나는 무엇을 지향하며 살아야 하는가. 그 물음들은 거창한 진리의 추적처럼 보였지만 결국 나의 기원을 올바로 아는 일이었다. 영성은 나로 시작해 나로 걸어오는 여정이다. 누군가가 정해 준 길을 따르는 것이 아니라 내 안에 이미 새겨진 소리를 듣고 그 소리를 따라 고요히 걸어오는 일이다.

그 길을 걸어오는 동안 빛도 통과하고 어두움도 늘 함께한다. 어떤 날은 빛이 나를 완전히 감싸 새로 태어난 존재 같았고 어떤 날은 어두움이 내 뒤를 붙잡고 늘어진 그림자처럼 따라왔다. 나는 착각했다. 어두움이 나를 밀어내고 빛만이 나를 이끈다고. 그러나 지나고 보니 전혀 그렇지 않았다. 어두움은 한 번도 나를 밀어낸 적이 없었다. 오히려 내 곁에서 나를 지켜 주었다. 내가 휘청거릴 때 빛은 너무 눈부셔 나를 보지 못하게 했지만 어두움은 떨리는 손을 붙잡아 바닥을 딛게 해 주었다. 어두움은 나를 쓰러뜨린 적이 없었다. 오히려 불안이라는 감각으로 나를 살려냈다. 불안은 채찍이 아니라 깨어 있으라는 신호였다. 삶의 방향을 점검하라는 은밀한 안내문이었다. 그래서 나는 깨달았다. 내가 어두움에서 벗어난 것이 아니라 어두움이 나를 살려냈다는 것을. 누구도 대신 걸어줄 수 없는 심연의 길에서 나는 몇 번이고 다시 일어났고 그 과정이 나를 깊게 만들었다. 나는 앞으로도 창세 전의 흑암 내 근원의 자리와 공명하며 살아갈 것이다.

나는 안다. 그림자는 다시 따라올 것이고 빛은 어깨를 스치며 지나갈 것이다. 살아 있는 존재에게 어두움은 본래부터 악이 아니었고 빛은 언제나 축복만은 아니었다. 빛은 때로 너무 눈부셔 나를 보지 못하게 했고 어두움은 때로 너무 다정해 나를 앉혀 쉬게 했다. 그래서 나는 알게 되었다. 내 여정의 스승은 어느 하나가 아니라 둘이 얽혀 만들어 낸 진폭이었다는 것을. 그 진폭 속에서 나는 흔들리고 주저앉고 다시 한 걸음 앞으로 나아갔다.

삶은 그렇게 계속된다. 나를 미는 힘과 끌어당기는 힘이 엇갈리며 나를 천천히 그러나 분명히 내 자리로 데려간다. 나는 그 자리에서 오래 머뭇거렸다. 익숙한 상처가 뒤를 잡아당겼고 새로운 탄생의 빛이 앞에서 손을 흔들었다. 그때 나는 알았다. 선택해야 할 것은 한 방향이 아니라 그 둘을 넘나드는 나의 궤도라는 것을. 그 궤도는 이미 정해진 길이 아니라 내가 걸을 때마다 생성되는 살아 있는 길이었다. 그래서 나는 이제 두렵지 않다. 어두움이 다시 찾아와도 빛이 갑자기 사라져도 그 모든 변조 위에 나는 여전히 존재할 것이기 때문이다. 어두움이 나를 감싸면 나는 귀를 기울이고 빛이 나를 비추면 나는 눈을 뜰 것이다. 그 둘의 방문이 반복될 때마다 나는 조금 더 나답게 깨어날 것이다.

언젠가 나는 내가 어디에서 왔는지를 더 분명히 이해하게 될 것이다. 창세전의 깊은 흑암 말조차 닿지 않는 어머니의 숨 같은 자리 신의 숨결과 우주의 첫 떨림이 스며 있던 그 근원. 나는 그 자리에서부터 시작된 존재였고 앞으로도 그 자리로부터 끊임없이 공급받는 존재였다. 그러므로 나의 모든 상실과 모든 탄생은 그 근원을 잇기 위한 변주였을 뿐이다.

이 깨달음은 조용한 바람처럼 내 어깨에 닿는다. 한때 나를 쓰러뜨렸다고 믿었던 순간들이 사실은 숨을 고르게 해 준 휴식이었음을 한때 나를 버렸다고 느꼈던 이들이 사실은 내 길을 가로막지 않으려 비켜 서 있었음을 나는 오십이 넘어서야 읽어낸다. 그것은 늦은 시간이 아니라 정확한 시간이다. 심연과 우주가 나를 불러낸 바로 그때다.

그래서 나는 결심한다. 남은 생을 근원과 더 오래 공명하며 살겠다고. 다시 흔들릴 것이고 다시 고독해질 것이다. 그러나 그 고독은 더 이상 나를 삼키는 골짜기가 아니라 나를 다시 태어나게 하는 비밀의 방이다. 나는 그 방을 두려워하지 않을 것이다. 나는 그 방에서 다시 나와 빛을 향해 걸을 것이고 다시 어두움 속으로 들어갈 것이다. 그렇게 왕복하며 나는 내 생을 완성할 것이다. 마침내 나는 안다. 나의 어두움과 나의 빛 모두 나를 버린 적 없었다는 것을. 어두움은 나를 되살리는 힘이었고 빛은 목적지가 아니라 방향을 알려 주는 징후였다. 영성은 나로 시작해 나로 돌아오는 길이었다. 그 길을 비추어온 것은 거대한 계시가 아니라 내 안의 오래된 울림이었다.

그러니 나는 오늘도 다시 태어난다. 잿빛의 하루가 와도 다시 태어나고 눈부신 날이 와도 다시 태어난다. 나를 흔드는 모든 진폭이 나를 자라게 할 것이기에 나는 기꺼이 흔들리고 기꺼이 다시 일어선다. 흔들렸던 모든 시간을 한데 모아 하나의 탄생으로 다시 명명하며 나는 조용히 나 자신에게 인사한다. 이제는 나에게 그 인사를 건넬 수 있게 되었다.

3인칭 관찰자 시점

나는 한동안 먼 세계를 동경해왔다. 어쩌면 지금도 그러한지 모른다. 나에게 먼 세계란 아직 이름 붙이지 못한 가능의 여백이었다. 지금의 나를 훼손하지 않고도 다른 내가 될 수 있다는 하나의 신념에 가까웠다. 삶이 지나치게 선명해질 때마다 나는 일부러 시선을 멀리 두었다. 그것은 도망이라기보다 나를 지키는 방식이었다. 그래서 나는 늘 이곳에 살면서도 완전히 이곳에 속하지 않은 채 살아왔고 그 미묘한 거리감은 나를 삶의 삼인칭 관찰자로 만들었다. 한가운데 있으면서도 한 발 비켜 서서 나와 세계를 동시에 바라보는 사람으로.

그 먼 세계를 데려오는 시간은 길었다. 기다림이라 부르기에는 너무 많은 계절을 통과했고 준비라 말하기에는 망설임이 많았다. 나는 그 세계를 곧장 삶으로 옮기지 못한 채 오래 바라보기만 했다. 가까이 다가가면 사라질 것 같았고 손에 쥐는 순간 훼손될 것만 같았다. 그러는 동안 나는 선택보다 보류에 익숙해졌고 도착보다 통과에 머무르는 사람이 되었다. 때로는 희미해진 나 자신을 단 한 문장으로 겨우 붙들며 하루를 건넜다. 그 문장이 나를 살려두는지 더 초라하게 만드는지는 알 수 없었다. 다만 다음 날이 오면 나는 다시 한 문장을 고르고 품에 안았다. 그것이 나를 배반하지 않는 유일한 방식임을 알고 있었기 때문이다.

그렇게 나를 견디며 살아 내던 날들 속에서 작은 파문이 일어난 날에도 나는 쉽게 잠들지 못했다. 크지 않은 파문이었지만 고요를 깨뜨리기에는 충분했다. 밤이 되면 그 파문은 몸 안에서 다시 살아나 나를 붙잡았다. 그것은 늘 같은 방향을 향한 화살 같았다. 크게 휘두르지 않아도 분명한 궤도를 가진 화살이었다. 나는 그것이 악의인지 무심함인지 구분하지 못한 채 몸을 비틀어 피하는 일에 익숙해졌다. 상처를 피하기 위해 감각부터 낮추는 법을 배웠다. 화살이 스치고 지나간 자리에는 피 대신 말이 남았고 그 말들은 오래도록 몸 안을 떠다녔다.

그리고 나는 그 상처를 통과한 나 자신과 마주했다. 거울 앞이 아니라 멈춰 선 시간의 한가운데에서였다. 더 이상 움츠리지 않는 얼굴과 무엇이 나를 다치게 했는지 말하지 못하면서도 이미 방향을 알고 있는 눈. 나는 그 앞에서 오래 서 있었다. 위로하지도 다그치지도 않은 채 살아남았다는 사실 하나만으로 충분한 존재처럼.

그때부터 나는 이 감각을 글로 남겨야겠다고 생각했다. 설명하거나 증명하기 위해서가 아니었다. 통과해 온 시간을 잃지 않기 위해서였다. 말로 옮기지 않으면 흐릿해질 것 같았고 문장이 되지 않으면 없던 일처럼 사라질 것만 같았다. 그래서 나는 상처의 크기나 이유가 아니라 그 시간을 건너온 몸의 방향과 마음의 무게를 기록하듯 적기 시작했다. 기록은 나를 출발해 다시 나에게 닿는 일이었다. 세상을 향한 말이 아니라 나 자신에게 되돌아오는 길이었다. 증명이나 설명이 아니라 확인에 가까웠다. 나는 기록을 통해 다른 사람이 되기보다 내가 어디까지 와 있는지를 알게 되었다. 그 사실 하나로 숨을 고를 수 있었다.

나는 여전히 관찰의 시선으로 살아간다. 한가운데로 뛰어들기보다 반 발짝 물러나 사물과 사람과 나 자신을 바라본다. 그 거리는 나를 고립시키지 않았다. 오히려 숨 쉬게 했다. 지나간 감정들이 함부로 왜곡되지 않도록 지켜 주었다. 나는 여전히 쉽게 결론에 닿지 않는다. 사라지는 것들을 붙잡아 이름 붙이기보다 오래 바라본다. 기록은 그래서 지금도 진행 중이다. 나를 출발해 다시 나에게 닿는 이 느린 왕복의 길 위에서 나는 오늘도 하나의 문장을 고르며 살아간다.

모든 것은 흘러야 맞다

제주 이주 10년 차가 되어가니 주변에는 정말 좋은 인연들만 남았다. 소모적인 만남을 의식적으로 줄이고 삶을 성실하게 살아 낸 사람들과 벗하며 지내다 보니 자연스럽게 그렇게 되었다. 관계도 결국 선택의 결과라는 것을 이 나이에 와서야 분명히 안다. 이 섬에 살다 보면 종종 이상한 질문을 받는다. 어떻게 그렇게 주변에서 이것저것 많이 가져다주느냐는 물음이다. 나는 그 질문이 오히려 낯설다. 가져다주지 않는 쪽이 더 이상하지 않은가 싶기 때문이다.

나는 분명 사랑을 많이 받는 편이다. 그러나 그 사랑은 저절로 쌓인 것이 아니다. 내 삶의 바닥에는 아주 단순하고 분명한 생각 하나가 놓여 있다. 모든 것은 내 것이 아니라는 믿음이다. 물질이든 비물질이든 우리가 사는 동안 잠시 빌려 쓰는 것일 뿐이라는 감각이다. 지식도 그렇다. 아무리 많이 알아도 자신 하나를 통과하지 못하면 그것은 축적이 아니라 정체에 가깝다. 물질 역시 흐르지 않으면 썩는다. 고여 있는 물이 가장 먼저 상하듯 관계도 신념도 사랑도 멈추는 순간 생명을 잃는다.

이 생각은 다섯 살까지 나를 키운 할아버지와 가족들에게서 배운 것이다. 우리 집에는 늘 선물이 많았다. 받은 것이 많아서가 아니라 오는 사람을 빈손으로 돌려보내지 않았기 때문이다. 엄마는 손수건과 립스틱을 미리 포장해 두었고 할아버지는 은단과 예쁜 성냥을 늘 준비해 두셨다. 그것은 넉넉함이 아니라 태도였다. 환원의 삶이 일상이었던 집이었다.

할아버지는 무엇을 받으면 이십 퍼센트만 남기고 팔십 퍼센트는 곧바로 나누셨다. 남을 위해 팔십 퍼센트 자신을 위해 이십 퍼센트. 그것은 계산이 아니라 경계였다. 욕심이 나를 삼키지 않도록 남겨 둔 최소한의 선이었다. 나는 그 가르침을 오십이 넘어서야 몸으로 살게 되었다. 무엇을 받으면 그것이 전부 내 몫이 아니라는 생각이 먼저 앞선다. 소유란 가지는 일이 아니라 흘리고 쓰며 그 너머의 가치를 남기는 일이라고 믿게 되었다.

그래서 다 가지려는 마음은 폭력에 가깝다고 느낀다. 아무리 신에게 매일 기도하고 높은 깨달음을 말해도 그것이 삶과 연결되지 않으면 생명은 없다. 살아 있는 존재로서 나는 흐르게 해야 한다. 그것이 내가 맡은 몫이다.

그래서 나는 스스로에게 자주 묻는다. 지금 내가 가진 것은 살아 있는가 아니면 멈춰 있는가. 멈춘 것은 언젠가 반드시 썩는다. 물도 관계도 신념도 사랑도 예외는 없다. 흐르지 않는 신앙은 독백이 되고 흐르지 않는 선의는 자기만족이 된다. 흐르지 않는 지식은 오만이 되고 흐르지 않는 재능은 허영이 된다. 그래서 나는 내가 쥐고 있는 것들을 늘 의심한다. 이것이 내게 머물 자격이 있는지 아니면 나를 통과해야 할 차례인지를. 사람들은 종종 베푼다는 말을 쓰지만 나는 그 말이 조금 불편하다. 베푼다는 말에는 위와 아래가 생기기 쉽기 때문이다. 대신 나는 나눈다고 말하고 싶다. 나눔에는 높낮이가 없다. 흐름만 있다.

오늘 내가 건넨 것은 언젠가 다른 형태로 돌아온다. 웃음으로 말없는 도움으로 절묘한 타이밍의 위로로. 돌아오지 않아도 괜찮다. 그 감각이 나를 자유롭게 한다. 그래서 나는 받는 일을 두려워하지 않는다. 받는다는 것은 빚을 지는 일이 아니라 다시 흘려보낼 책임을 맡는 일이라고 믿기 때문이다. 받았다는 사실은 곧 다음 사람을 향해 열어둘 문 하나를 가진 셈이다. 그 문을 닫는 순간 자원은 생명을 잃는다.

이 섬에서 살며 나는 더 분명히 알게 되었다. 자연은 한 번도 독점하지 않는다. 바다는 자신을 가두지 않고 숲은 자신을 쌓아두지 않는다. 계절은 돌아가며 역할을 나누고 죽음조차 다음 생을 위한 준비처럼 조용히 비켜선다. 인간만이 움켜쥐고 불안해한다. 그러나 그렇게 쌓인 것들은 삶을 덜 살아 있게 만든다.

나는 풍요를 많이 가진 사람이 아니라 풍요가 흐르는 자리에 오래 머문 사람이라고 생각한다. 그 차이는 크다. 전자는 잃을까 두렵고 후자는 흘려보내도 흔들리지 않는다. 다시 돌아온다는 것을 알기 때문이다. 그리고 돌아오지 않아도 괜찮다는 감각을 이미 배웠기 때문이다. 그래서 나는 오늘도 일부러 비워 둔다. 공간을 마음을 시간의 여백을. 무엇인가 들어올 수 있도록 무엇인가 나갈 수 있도록. 내 삶이 막힌 저수지가 아니라 흐르는 물길이 되기를 바라며 산다. 모든 것은 흘러야 맞다. 물질도 관계도 신념도 사랑도. 살아 있는 것은 흐르고 멈춘 것은 썩는다. 나는 오늘도 살아 있는 쪽을 선택한다.

늑대 잡는 법

가끔은 인간의 마음 깊은 곳에 있는 고독을 비춰보기 위해 우화 하나를 꺼내야 할 때가 있다. 사실 여부가 중요한 이야기는 아니다. 오래된 설화도 아니고 교훈을 강요하는 이야기 또한 아니다. 그저 인간의 내면을 조용히 흔들기 위해 누군가 남겨 둔 하나의 이미지일 뿐이다. 나는 이 이야기를 들을 때마다 인간이 어떤 방식으로 고독을 견디고 또 어떤 방식으로 고독에 무너지는지를 생각하게 된다. 고독은 언제나 인간과 함께 있지만 그 고독을 대하는 태도는 분명히 갈라진다. 하나는 본능의 고독으로 더 깊이 내려가고 하나는 관계에 중독되며 자신을 잃는다.

칼날에 동물의 피를 바르고 얼린다. 차갑게 굳은 피는 붉은 빛을 잃지 않은 채 단단한 표면을 드러내고 그 냄새는 바람을 타고 멀리 퍼진다. 늑대는 그 냄새를 따라 칼날 앞에 선다. 배고픔과 결핍과 욕망이 오래된 본능의 목소리로 울리고 늑대는 이끌리듯 혀를 내민다. 얼음은 감각을 빼앗고 늑대는 자신을 지키지 못한 채 더 깊이 칼날을 핥는다. 상처는 벌어지고 피는 흐르지만 늑대는 그 피를 자기 것이 아닌 듯 삼킨다. 고통은 사라지고 늑대는 결국 자신을 갉아먹으며 무너진다. 칼날은 아무 일도 하지 않았다. 늑대는 스스로의 피에 취해 사라졌다.

나는 이 장면 위로 인간의 고독을 겹쳐본다. 본능의 고독은 늑대의 고독과 닮아 있다. 이 고독은 외부를 밀어내고 안으로만 내려가며 세상과의 연결을 끊는다. 스스로를 숨기고 다치면서도 강한 척 버틴다. 감각이 사라진 자리에서 인간은 자신이 흘리는 피를 구분하지 못하고 고립 속에서 더 깊은 상처를 만든다. 이것은 파괴의 고독이다. 반대로 관계에 중독되는 고독도 있다. 이 고독은 외로움을 견디지 못해 외부의 손길과 시선과 인정에 매달린다. 누군가의 반응 하나에 흔들리고 작은 온기에 생을 거는 듯 자신을 소모한다. 이 고독은 본능보다 더 위험하다. 자신을 잃는 동안 그것이 파괴라는 사실조차 인식하지 못한 채 관계라는 칼날을 계속 핥기 때문이다. 이것은 소멸의 고독이다.

한쪽은 고독을 자존심으로 꾸미고 한쪽은 고독을 사랑으로 포장한다. 그러나 두 갈래는 결국 같은 자리로 향한다. 늑대가 자신의 피를 구분하지 못하듯 인간 역시 자신의 고독을 알아보지 못한 채 무너진다. 감각이 마비된 자리에서 인간은 조용히 자신을 잃는다. 그러나 인간에게는 늑대가 가지지 못한 가능성이 있다. 인간은 멈출 수 있다. 인간은 묻는다. 이 피는 누구의 피인가. 내가 견디고 있는 고독은 어떤 고독인가. 이 질문이 시작되는 순간 고독은 더 이상 칼날이 아니다. 본능의 고독인지 관계에 중독된 고독인지 알아차리는 순간 인간은 다시 인간에게로 돌아온다. 그 자각은 작고 희미하지만 분명히 생을 살린다.

본능에 휩쓸리는 고독은 늑대를 닮고 관계에 중독되는 고독은 그림자를 닮는다. 그러나 인간의 고독은 그 둘에 머물지 않는다. 스스로에게 귀를 기울일 때 고독은 비로소 빛을 갖는다. 아무도 필요 없다는 단호함도 누군가 없이는 버틸 수 없다는 절박함도 결국 같은 자리에서 출발했다. 사랑받고 싶었고 보호받고 싶었고 자신을 지키고 싶었던 마음. 그 순한 마음이 왜곡될 때 한쪽은 늑대가 되고 한쪽은 중독자가 된다. 그러나 그 마음은 여전히 인간 안에 남아 있다.

나는 이 두 갈래의 고독을 바라보며 인간이라는 존재를 다시 생각한다. 인간은 칼날 앞에서 무너질 수도 있고 관계 앞에서 사라질 수도 있다. 그러나 동시에 자신에게 가장 가까운 길을 선택할 수도 있다. 고독을 잃지 않으면서도 외부에 삼켜지지 않는 길이다. 나는 그 길이 인간을 성숙하게 만든다고 믿는다.

그래서 나는 오늘도 고독을 피하지 않고 중독에 휘둘리지 않으며 하루를 시작한다. 인간의 고독은 늑대의 고독보다 넓고 관계의 중독보다 깊다. 이 고독은 나를 다치게도 하지만 나를 깨우는 힘이기도 하다. 나는 그 고독을 품은 채 살아간다. 그 길은 나를 잃지 않는 길이며 다시 나에게로 돌아오는 길이다.

그리고 그 길의 어느 조용한 지점에서 아주 미세한 빛이 어둠의 결을 가만히 흔드는 순간이 있다. 그 순간 인간은 늑대도 중독자도 아니다. 칼날을 핥는 존재도 아니다. 하나의 고독을 지닌 하나의 마음으로 남는다. 나는 그 마음이 가리키는 방향이 어둠이 아니라 빛이라는 사실을 느끼며 조금 더 조용히 앞으로 걷는다.

3부

깨다에서

깨닫다로 가는

파열음

깨다에서 깨닫다로
가는 파열음

처음 나는 아무것도 알지 못했다. 무지는 어둠이라기보다 정지에 가까웠다. 움직임을 잃은 돌처럼 그 자리에 놓여 있었고 깨지지 않은 마음은 평온해 보였다. 그러나 그 평온은 생명이라기보다 고요의 가장자리였고 나는 그 고요를 나라고 믿은 채 오래 머물렀다. 어느 날 아주 작은 금이 내 안에 스며들기 시작했다. 누구도 듣지 못할 만큼 미세한 파열음이 깊은 곳에서 번져갔고 나는 그 소리를 외면했지만 금은 외면할수록 더 깊어졌다. 그때 처음으로 떠올랐다. 잔상은 사라지는 것이 아니라 예고일지도 모른다는 생각이. 깨다와 깨닫다 사이에 남아 있던 잔상들은 이미 돌아갈 수 없는 길로 들어섰다는 신호처럼 느껴졌다.

그 뒤로 삶은 내 안에 계속 금을 허락했다. 스쳐간 말들 오래된 기도의 냄새 상처받던 날의 숨 이유 없이 밀려오던 고독의 잔향 같은 것들이 잔상으로 남았다. 나는 그것들이 왜 나를 흔드는지 알지 못했지만 어딘가로 데려가고 있다는 감각만은 분명히 느끼고 있었다. 잔상은 소리 없는 전조였고 파열의 문턱에 가까웠다. 그 무렵 나는 앎을 향해 고개를 들었다. 그러나 그 앎은 얕았다. 삶을 겉에서 훑으며 이해했고 마음을 눈으로만 보려 했으며 사랑이라는 말을 소리로만 받아들였다. 그래도 그 정도면 안다고 착각하며 살았다.

시간이 흐르며 조금씩 알게 되었다. 앎은 배우는 것이 아니라 배이는 쪽에 가깝다는 사실을. 배우는 순간보다 배이는 시간이 더 길고 더 깊고 때로는 더 아프다는 것도. 배우다와 배이다는 다른 말처럼 보이지만 같은 결을 품고 있었다. 앎은 이해라기보다 스며듦에 가까웠고 그 스며듦은 서서히 태도와 방향으로 옮겨갔다. 배인 앎은 깊어질수록 무거워졌다. 반복된 경험과 상처와 사랑과 상실이 쌓이며 그것들은 나를 지탱하는 동시에 나를 붙들고 있었다. 앎이 쌓이면 탑이 된다는 말이 그제야 실감났다. 확신의 탑 자존의 탑 신념의 탑. 그 탑은 언젠가 스스로의 무게를 견디지 못하는 쪽으로 기울었다.

무너짐은 잔상에서 시작되었다. 말끝의 미세한 떨림 익숙한 행동이 낯설게 느껴지는 순간 오래된 확신이 조용히 흔들리는 감각. 잔상은 경고였고 파열의 시작이었으며 건너가기 전 반드시 지나야 할 문턱처럼 다가왔다. 그러나 무너지는 순간은 예상보다 조용했다. 산산이 부서질 것이라 여겼지만 그것은 깊은 물속에서 울리는 둔탁한 소리처럼 낮게 가라앉았다. 그 침묵 속에서 나는 이상한 안도감을 느꼈다. 나를 지탱한다고 믿었던 것들이 어쩌면 나를 붙들고 있었을지도 모른다는 생각이 들었기 때문이다.

무너짐 뒤에 남은 것은 폐허였다. 모든 앎이 잿더미가 된 것 같은 감각 속에서도 이상하게도 몸은 가벼워졌다. 견고했던 것이 사라지자 공간이 생겼고 그 공간에서 나는 숨을 다시 쉬고 있었다. 그 자리는 공에 가까웠다. 아무것도 남지 않은 자리이면서 동시에 시작을 품은 자리. 그 중심에는 아주 작은 빛이 흔들리고 있었다. 크지도 압도적이지도 않은 빛. 나는 붙잡지 않고 바라보는 쪽을 택했다. 붙잡는 순간 사라질 것 같았기 때문이다. 그때 깨달음이 찾아왔다. 그것은 폭발도 환희도 아니었다. 말하지 않아도 진실이 몸을 통과하는 감각 설명하지 않아도 조각들이 제자리를 찾아가는 상태에 가까웠다. 깨달음은 바깥에서 덮쳐오는 것이 아니라 안쪽에서 서서히 움직이는 일이었다. 그 움직임은 내 결을 조금씩 바꾸어 놓았다.

그제야 알게 되었다. 앎은 머리에서 멈추지 않고 삶으로 옮겨질 때에야 비로소 제 자리를 찾는다는 것을. 실천되지 않은 앎은 살을 갖지 못한 그림자처럼 떠돌 뿐이라는 것도. 배운다는 것은 배인다는 것이었고 배인다는 것은 살아 낸다는 것이었으며 살아 낸다는 일이 어쩌면 깨닫는 쪽에 더 가까웠다.

깨달음 이후 나는 잔상을 다시 바라보았다. 깨다와 깨닫다 사이를 떠돌던 미세한 그림자들. 그것들은 상처라기보다 안내에 가까웠고 끝이 아니라 시작처럼 보였다. 비워낼수록 공간은 넓어졌고 그 넓음 속에서 몸은 이전보다 자유롭게 움직였다. 그래서 나는 그 자리를 우주라고 불러보았다. 바깥의 별이 아니라 내 안에서 열리는 자리 침묵이면서도 가장 밝게 숨 쉬는 곳.

이 앎은 쉽게 무너지지 않을 것 같다. 배인 채로 남아 있고 살아 낸 시간 위에 놓여 있기 때문이다. 부서진 뒤에야 도착한 앎이라서. 그래서 지금의 나는 그 우주 안에 잠시 머물며 다음 파열음을 기다리고 있는지도 모르겠다.

당신이라는 시점

이 글은 당신이라는 한 사람에게 닿기 위해 세상의 많은 이름을 건너온 문장이다. 나를 주어로 글을 쓸 때마다 나는 스스로에게 묻게 된다. 어디까지 정직해도 되는지. 정직은 종종 뻔뻔함과 맞닿아 있고 말은 쉽게 수다로 기운다. 그렇다고 그를 주어로 삼자니 나로부터 그에게 건너가는 일이 늘 쉽지는 않다. 글이든 삶이든 1인칭만으로는 어딘가 부족하다. 인간의 삶은 혼자 서 있을 수 없고 언제나 타인의 그림자를 곁에 둔다.

1인칭의 곁에는 늘 그 혹은 그녀가 있다. 그러다 어느 날 무수한 3인칭 가운데 하나를 조심스럽게 끌어당기는 순간 그 혹은 그녀는 2인칭이 된다. 나는 이 변환을 여전히 쑥스럽지만 사랑이라 부르고 싶다. 3인칭을 '당신'이라 부를 수 있게 되는 몸과 마음의 이동. 우리는 그렇게 서로에게 단 하나의 당신이 되어 잠시 같은 방향을 바라본다. 그러나 시간은 그 자리를 오래 허락하지 않는다. 2인칭은 다시 3인칭의 자리로 돌아가고 어떤 관계는 끝내 남남이 된다. 그 사실을 부정하지 않게 되었을 때 비로소 삶은 조금 더 선명해진다.

　나는 글을 쓸 때 분명 다수를 향한 형식을 취하지만 실은 언제나 한 사람을 떠올린다. 내 글이 내밀성의 상태로 읽히기를 바라는 마음 때문이다. 세상과 나를 묶고 있던 매듭이 문장 사이에서 조금 느슨해지기를 바라며 글을 쓴다. 세상에 말을 걸지만 독자는 늘 당신 한 사람이다. 무수한 3인칭이 아니라 지금 이 문장을 읽고 있는 당신.

　나는 글로 당신에게 말을 건다. 눈치 채든 그렇지 않든 나는 하루를 당신이라는 시점으로 통과하며 문장을 고른다. 이 문장이 세상을 건너는 표지가 되어 당신이 스스로를 잃지 않도록 곁에 놓이기를 바란다. 나는 당신의 고통을 단순하게 정리하고 싶지 않다. 이해라는 이름으로 덮고 싶지도 않다. 고통이 고통인 채로 머물 수 있도록 그 온도에만 닿고 싶다.

　사람은 사랑받고 싶다는 말 대신 필요한 사람이 되고 싶다고 말한다. 그 말이 조금 덜 부끄럽기 때문이다. 그러나 이제는 알 것 같다. 사랑은 누군가의 곁에 머무는 능력에 가깝다는 것을. 고치려 들지 않고 달래지도 않으며 함께 어두워질 수 있는 태도. 당신이 말없이 무너지는 날에도 나는 그 무너짐 앞에 의자를 하나 놓고 앉아 있을 수 있기를 바란다. 질문하지 않고 재촉하지 않으며 당신의 침묵과 같은 속도로 숨을 쉬는 일.

우리는 너무 많은 것을 설명하려 한다. 감정의 이유와 행동의 동기를 밝히려 애쓴다. 그러나 어떤 날은 이해보다 동행이 먼저다. 당신의 침묵에 내 말이 스며들지 않도록 나는 오늘 한 발 물러나 여백으로 남는다. 글을 쓴다는 것은 나를 증명하는 일이기도 하지만 때로는 누군가를 위해 말 대신 담요를 펼쳐두는 일에 가깝다. 고치기 위해서가 아니라 무너지지 않도록 곁에 있기 위해서.

나는 오늘도 당신을 향해 문장을 건넨다. 당신의 고통이 이 글 앞에서 서둘러 설명되지 않아도 괜찮고 끝내 이름 붙이지 못한 채 남아 있어도 괜찮다는 사실을 이 문장이 먼저 알고 있기를 바라면서. 이 글이 당신의 하루 어딘가에 조용히 놓여 작은 숨구멍 하나가 되기를. 그래서 당신이 오늘을 조금 덜 외롭게 통과하고 내일로 가는 힘을 아주 미세하게나마 다시 건네받기를. 나는 그 가능만을 남겨 둔 채 이 문장을 당신 쪽에 조심스럽게 두고 물러난다.

사랑이 시작될 때의
두려움

　당신을 좋아한다는 마음이 내가 가진 어떤 말보다 먼저 나를 밀어냈던 순간이 있었다. 그날 나는 아무 말도 하지 못하고 그저 앉아 있었다. 말이 목까지 차올랐지만 꺼내는 법을 몰라 숨처럼 다시 삼켰고 의자에 앉아 두 손을 무릎 위에 올린 채 괜히 바닥만 내려다보며 시간을 흘려보냈다. 당신은 아무것도 묻지 않았고 나는 아무것도 말하지 않았다. 그 침묵이 배려라고 믿었고 그 고요가 서로를 다치게 하지 않는 방법이라 여겼다. 내가 먼저 다가가면 당신이 뒷걸음질 칠 것 같았고 내 마음이 당신의 하루를 어지럽힐까 두려웠다. 좋아한다는 말이 당신의 삶에 불필요한 짐처럼 얹힐까 봐 나는 나보다 당신을 먼저 생각했다. 그러나 그 조심스러움이 당신을 더 멀게 만들고 있었다는 사실을 나는 한참 뒤에야 알았다.

　나는 말하지 않은 마음은 시간이 지나면 저절로 사라질 거라 믿었다. 입 밖으로 나오지 못한 말은 어느새 증발해 버릴 거라고 생각했다. 하지만 말은 사라지지 않았다. 말하지 않은 진심은 문장이 되지 못한 채 내 안에서 방향을 잃고 맴돌았다. 당신에게 몇 번이나 말을 꺼내려다 끝내 삼켜 버린 밤들이 있었고 지금 말하면 너무 이르지 않을까 조금 더 기다리면 더 나은 말이 생기지 않을까 하며 미뤄둔 말들이 쌓여 어느 순간에는 무엇부터 말해야 할지도 알 수 없게 되었다. 말은 점점 무거워졌고 그 대신 마음은 조금도 가벼워지지 않았다. 나는 말하지 않아도 충분히 전해지고 있다고 믿고 싶었다. 눈빛으로도 태도로도 조심스러운 거리로도 다 전달되고 있을 거라고 스스로를 설득했다. 그러나 말하지 않은 진심은 전달되지 않았다. 그것은 그저 나에게만 남아 나를 더 조용하게 만들고 나를 더 늦게 움직이게 했다.

말하지 못한 것은 용기가 없어서가 아니었다. 그 말이 당신의 삶에 균열을 낼까 봐 그 말이 당신을 선택하게 만들까 봐 그 선택이 당신을 불안하게 할까 봐 나는 끝내 말을 고르지 못했다. 사랑이 시작되는 순간 책임도 함께 시작된다는 것을 이미 알고 있었기 때문이다. 그래서 나는 사랑을 말하지 않는 방식으로 사랑을 견뎠다. 누군가의 마음을 들여다보는 데는 익숙했지만 정작 내 마음은 꺼내지 못한 채 여러 겹으로 접어 두고 있었다. 당신에게조차도. 당신은 알았을까. 내가 당신을 향해 수없이 썼다가 지운 문장들 그 모든 망설임들이 결국 사랑이었다는 것을. 말하지 못한 문장들은 지금도 내 마음 어딘가에서 조용히 서성이고 있다.

그리고 어느 날 나는 당신의 등을 보았다. 이별이라는 말은 오가지 않았지만 당신의 어깨는 천천히 멀어지고 있었고 그 순간 내 안에서 무언가가 빠져나갔다. 숨이 아니라 영혼 같은 것이. 붙잡을 말도 불러 세울 문장도 끝내 나오지 않은 채 나는 그 등을 바라보고만 있었다. 그날 이후로 내 안의 시간은 조금 다른 속도로 흐르기 시작했다.

그래서 지금 이렇게라도 말하고 싶었다. 그땐 몰랐다고 아니 사실은 알았지만 모른 척했다고. 사랑한다는 말이 무거워서가 아니라 그 말이 당신에게 짐이 될까 봐 두려웠다고. 조심스럽게 아꼈던 만큼 그 모든 시간이 당신에 대한 애틋함이었다는 것을 이제는 고백하고 싶다. 우리는 서로를 향해 수없이 고개를 돌리면서도 끝내 마주 보지 못했고 그것이 우리의 서툼이었으며 동시에 진심이었다고 나는 믿고 싶다. 어떤 마음은 말보다 더 깊고 침묵보다 더 오래 남기 때문이다.

그래서 이 글의 끝에서 나는 당신에게 편지를 쓴다. 미안하다는 말을 먼저 꺼내고 싶다. 사랑이 부족해서가 아니라 사랑을 다루는 법이 서툴러 당신을 기다리게 했고 당신을 헷갈리게 했고 어쩌면 혼자 서 있게 했다는 것을 이제는 안다. 용기를 내지 못한 것은 신중함이 아니라 두려움이었고 배려라고 믿었던 것은 회피였다는 것도 이제는 인정한다. 그럼에도 이것만은 꼭 전하고 싶다. 말하지 못했던 마음은 없었던 마음이 아니었고 미뤄둔 고백은 가벼운 감정이 아니라 너무 무거워 차마 내려놓지 못했던 진심이었다는 것. 이 편지는 되돌리기 위한 것도 붙잡기 위한 것도 아니다. 다만 사실을 남기기 위한 것이다.

나는 당신을 아꼈고 그래서 늦었고 그래서 서툴렀다는 사실을. 혹시 당신이 이 글을 읽고 아무 감정도 들지 않는다면 그것 또한 받아들이겠다. 다만 언젠가 이 문장 어딘가에서 아주 잠깐이라도 이런 생각을 해 준다면 그것으로 충분하다. 아 그때 그 사람도 많이 무서워하면서 사랑하고 있었구나. 나는 이제 침묵으로 아끼기보다 말로 책임지는 사람이 되려 한다. 그 다짐의 첫 문장을 당신에게 남긴다. 늦었지만 미안했고 진심이었다고. 그 말이 당신의 삶에 짐이 되지 않기를 바라며 나는 이 편지를 조용히 접는다.

흔적보다 오래 남은 것

상처는 무엇일까. 아물었다고 믿었으나 사라진 것이 아니라 더 깊은 곳으로 자리를 옮긴 감정의 자국. 우리는 시간이 지나면 괜찮아진다고 말하지만 실은 괜찮아지는 것이 아니라 다른 방식으로 살아가는 법을 배울 뿐이다. 상처는 없어지지 않고 방향을 바꾼다. 어떤 흔적은 길이 되고 그 길은 사람의 태도가 된다. 말투가 달라지고 관계를 대하는 속도가 달라지고 침묵 앞에 머무는 시간이 달라진다. 그렇게 상처는 눈에 보이지 않는 방식으로 삶에 남는다.

관계는 언제나 정직하게 시작되지는 않는다. 침묵은 배려로 무관심은 조심성으로 둔갑하고 말하지 않는 선택은 깊은 이해처럼 보이기도 한다. 말의 공백은 의미의 여지를 남기고 사람은 타인을 있는 그대로 보기보다 보고 싶은 방식으로 해석한다. 조심스러운 말투는 다정함으로 읽히고 적당한 거리감은 존중처럼 느껴진다. 그렇게 관계는 사실보다 감정에 가까운 방식으로 굴러간다. 우리는 진실보다 감정이 먼저 도착하는 순간을 진심이라 착각하기도 한다.

특별하다는 감각은 그 지점에서 자라난다. 처음으로 이런 이야기를 나눈다는 말은 유일함처럼 들리고 어쩌다 마주친 말끝의 떨림은 중요한 신호처럼 느껴진다. 그러나 감정은 언제나 진실보다 앞서 달린다. 해석은 마음이 원하는 방향으로 기울고 우리는 그 기울어짐을 운명이나 연결이라 부른다. 그때는 그것이 얼마나 불안정한 토대 위에 놓여 있는지 알지 못한다. 감정은 빠르지만 오래 머무르지 못하고 진심은 느리지만 쉽게 사라지지 않는다.

감정은 종종 진심이라는 이름을 입는다. 그러나 진심은 감정보다 무겁다. 바람이 없다는 말로 포장될 수는 있어도 진심이란 결국 반응보다 깊은 자발성을 요구한다. 관계가 유지될 때보다 흔들릴 때 그 결이 더 분명해지고 기대가 꺾인 뒤에도 마음이 같은 온도로 남아 있는지 그 지점에서 드러난다. 진심은 외부의 증명으로 완성되지 않는다. 끝까지 지켜내는 태도 안에서 서서히 모습을 드러낸다.

어떤 진심은 타인의 이해 너머에 머문다. 충분히 설명되지 못하고 감당되지 못한 채 침묵으로 오해받거나 집착으로 오독되기도 한다. 그러나 진심은 상처를 입을지언정 사라지지 않는다. 진심은 방향이 아니라 온도이며 누구를 향하고 있느냐보다 얼마나 오래 같은 결로 지속되는가에 가까워진다. 그래서 진심은 말보다 오래 남고 선택보다 깊이 스며든다. 끝났다고 여긴 뒤에도 문득 떠오르는 마음이 있고 관계가 사라진 뒤에도 사람을 지키는 어떤 결이 남는다. 그것은 설명되지 않아도 삶의 태도를 바꾸고 타인을 대하는 손끝의 온도를 바꾼다. 그렇게 진심은 흔적보다 오래 남는다.

사람은 누구나 한 번쯤 빛이 꺼진 방에서 누군가를 만난다. 오래 닫혀 있던 공간. 불이 꺼져 있어야만 들어갈 수 있었던 자리. 그 방 안에서는 감정과 해석이 나란히 자라고 진심과 기대의 경계가 흐려진다. 우리는 그 어둠을 함께 견디고 싶어 하지만 결국 그 방에서 등을 켜야 할 사람은 자신이라는 사실을 알게 된다. 어둠을 통과하는 일은 언제나 혼자의 몫으로 남는다. 타인은 곁에 설 수는 있어도 대신 불을 켜주지는 못한다.

그래서 진심은 더 엄격해진다. 감정을 닮았지만 감정보다 오래가고 의도를 품었지만 그 위에 놓인 더 깊은 마음으로 남는다. 그리고 진심은 어떤 식으로로든 다시 돌아온다. 같은 사람에게가 아니라 더 분명한 사람으로 더 명료한 나로 더 정확한 관계로. 그것은 보상이라기보다 삶이 스스로를 정리해 가는 방식에 가깝다.

그 정도면 충분하다. 진심이 한 번이라도 삶을 통과했다면 이전과 같은 방식으로는 살 수 없기 때문이다. 조금 더 느려지고 조금 더 조심해지고 무엇을 건네고 무엇을 멈춰야 하는지 알게 된다. 그 변화는 드러나지 않아도 삶의 방향을 바꾼다. 흔적은 옅어져도 진심은 남는다. 오래 남아서 결국 사람을 조금 다른 사람으로 만든다.

발자국 하나와 단 한마디

그간 많은 말들이 오갔다. 어떤 말은 오래도록 가슴 안에 남았고 어떤 말은 그날 하루 만에 지워졌지만 쉽게 지나간 말은 없었다. 말은 때로 마음보다 더 정직했고 때로는 마음보다 더 잔인했다. 하지 않은 말이 상처가 되기도 했고 해버린 말이 되돌릴 수 없는 거리가 되기도 했다. 나는 그 모든 말을 지나 여기까지 왔다. 시간이 흐른 뒤에야 말의 무게를 알게 되었다. 무심코 건넸다고 생각했던 말이 누군가에게는 오래 준비된 고백이었을 수도 있고 아무렇지 않게 흘려보낸 한마디가 한밤을 울게 만든 진심이었을지도 모른다는 사실을. 그래서 나는 점점 말을 아끼게 되었고 마음이 다 다듬어진 뒤에야 입을 열게 되었다. 때로는 말보다 침묵이 따뜻했고 때로는 말보다 눈길이 깊었다. 사랑은 그렇게 점점 소리를 낮추며 내 안에 남았다.

두려움과 용기의 차이는 어쩌면 발자국 하나 차이였고 따뜻함과 차가움의 경계는 순간의 단 한마디였다. 끝이라는 말은 언제나 담담하게 들리지만 그 말이 나오기까지 마음 안에서는 수없이 많은 망설임과 떨림이 오갔을 것이다. 누군가는 먼저 돌아섰고 누군가는 아직 걸음을 멈추지 못한 채 같은 자리에 남아 있었을 뿐이다. 마음이 사라진 것이 아니라 표현하는 방식이 달라졌을 뿐이었다. 어떤 감정은 멀어진 뒤에야 또렷해진다. 마음을 닫았다고 말하지만 모든 마음이 지워지는 것은 아니다. 가까이 가지 않기로 결정한 뒤에도 여전히 멀리서 들여다보는 마음처럼 조용히 남아 있는 애틋함이 있다. 그것은 말이 되지 않아 침묵 속에 머물렀고 다가서지 못해 거리로 남았지만 분명 존재했던 마음이었다. 나는 그 마음조차 가만히 오래도록 들여다보며 배웠다.

마음을 들여다볼 수 있는 사람은 약한 사람이 아니라 오히려 더 오래 견딘 사람이라는 것을. 어느 날은 혼자 마시는 차 한 잔 안에 그 사람과의 대화가 녹아 있었고 어느 날은 바람에 흔들리는 나뭇잎 하나에 그 사람의 침묵이 스며 있었다. 그렇게 나는 여전히 그 사람과 닮은 순간들을 마주했다. 하지만 이제는 그 순간들을 밀어내지 않고 그대로 두기로 했다. 내가 사랑했던 시간도 나였고 그 마음을 견뎌낸 시간 또한 나였기 때문이다.

사랑이 내게 남긴 것은 상처만이 아니었다. 내가 얼마나 깊은 감정을 가질 수 있는 사람인지 알게 해 준 증거였다. 그래서 나는 이제 누군가를 사랑하게 되더라도 그것을 증명하려 애쓰지 않으려 한다. 사랑은 설명이 아니라 존재였고 굳이 보여 주려 하지 않아도 서서히 스며드는 진심이라는 것을 알게 되었기 때문이다. 다가갈 수 있는 만큼만 다가가고 머물 수 있는 만큼만 머물다 떠나야 할 때는 붙잡지 않기로 한다. 그것은 무심함이 아니라 나를 지키기 위한 선택이며 동시에 타인의 마음을 억지로 붙들지 않기 위한 존중이다.

나는 이제 내가 얼마나 사랑받았는지를 묻기보다 내가 얼마나 사랑했는지를 조용히 기억하려 한다. 그 마음이 어떤 대답을 받았는지보다 얼마나 순했고 얼마나 애틋했는지를 잊지 않으려 한다. 그 기억은 나를 부끄럽게 하지 않고 오히려 나를 지켜 주는 작은 온기가 된다. 그래서 나는 과거를 무겁게 들고 다니지 않는다. 사랑이 끝났다고 해도 나는 그 마음을 품었던 사람으로 남아 있을 것이다.

그리고 언젠가 또 다른 인연이 다가온다면 나는 서두르지 않을 것이다. 마음을 내어주는 일이 더 이상 두려움이 아니라는 것을 알게 되었고 진심은 언제나 천천히 흘러야 깊이 스민다는 것도 배웠기 때문이다. 나는 사랑을 가두지 않고 나 자신을 잃지 않은 채 그 안에 머물 것이다. 오래 묵은 그리움과 이별마저도 나의 일부로 받아들이며 살아가다가 아주 조용한 순간에 이렇게 생각하게 될지도 모른다. 나는 여전히 사랑했던 사람으로 남아 있다고.

아타락시아를 꿈꾸며

젊은 시절의 나는 아타락시아를 최고의 행복이라 믿었다. 온 세상이 요동치고 사람들의 감정이 폭풍처럼 부딪히는 한가운데에서도 흔들리지 않는 영혼 하나를 지니는 일. 그것이 삶이 허락하는 가장 고귀한 상태라고 생각했다. 그러나 지금 돌아보면, 미동조차 없는 영혼을 꿈꾸었던 그 믿음 자체가 어쩌면 삶을 오해한 결과였는지도 모른다. 삶은 한 번도 멈춘 적이 없었고 세상은 나를 가만히 두지 않았다. 나는 수없이 흔들렸고 다쳤고 때로는 울면서도 다시 일어나야 했다. 세상을 정면으로 마주하며 버티고 뿌리 내리려 애쓰는 동안, 내 안에서는 아주 천천히 금이 가고 있었다는 사실을 그때의 나는 알지 못했다.

그 균열을 전혀 몰랐던 것은 아니다. 다만 그것이 약함이라고 생각했을 뿐이다. 하지만 시간이 지나서야 알게 되었다. 그 틈이 햇빛이 들어오는 통로였고 바람이 스며드는 작은 골짜기였다는 것을. 아무리 단단해 보이는 존재라 해도 마음속에 틈 하나 없이 살아 낼 수는 없다는 사실을, 나는 아주 오랜 시간이 지나서야 받아들일 수 있었다. 무너지지 않기 위해 애쓰느라, 나를 지키느라 바쁘다는 이유로 그 틈으로 들어오던 작은 온기들을 오래 바라보지 못한 채 지나쳐 왔다. 한때는 누군가의 차가운 말 한마디에 주저앉을 만큼 연약했고, 또 한때는 삶이 아무리 무너져 내려도 묵묵히 걸어가야 했던 시간을 통과했다. 겨울이 끝날 것 같지 않던 시절도 있었고, 마음 한편이 텅 빈 채로 살아야 했던 계절도 있었다. 그 긴 시간 동안 나는 내가 버텨냈다고 믿었지만, 사실은 그 균열 덕분에 살아남고 있었음을 이제야 알게 된다.

지나온 시간을 천천히 되짚어보면, 내가 그토록 갈망했던 것들은 언제나 그 틈을 통해 이미 나에게로 오고 있었다. 나는 너무 멀리서 행복을 찾으려 했고, 너무 치열하게 싸워서 사랑을 얻으려 했다. 하지만 가장 소중한 것들은 언제나 힘을 들이지 않은 채 조용히 스며들었다. 아무렇지 않게 흘러간 하루, 잊힐 것 같던 인연, 별것 아닌 일에 깔깔거리며 웃던 순간들. 돌이켜보면 그 시간들이야말로 내가 오랫동안 이름 붙이고 싶어 했던 아타락시아에 가장 가까웠다. 가장 크고 빛나는 순간은 오히려 내가 미처 알아보지 못했던 시간들 속에 있었고, 가장 깊은 평화는 거창한 성취가 아니라 그저 살아 있다는 감각 안에서 조용히 피어나고 있었다.

무언가를 열망한다는 것은 늘 결핍과 갈증을 안고 있다는 뜻이기도 하다. 나는 오랜 시간 무엇을 소유하고, 이룩하고, 증명하려 애써왔지만, 그 모든 몸부림의 바닥에는 내 안의 공허가 있었다는 사실을 이제는 인정할 수 있다. 그리고 무엇을 더 이상 열망하지 않는 상태란, 그 공허를 부정하거나 없애는 일이 아니라 조용히 통과해 온 결과라는 것도 알게 되었다. 있는 그대로의 삶을 사랑할 수 있을 때, 나는 비로소 나 자신에게 다가갈 수 있었다. 인간은 본질적으로 결핍된 존재일지도 모른다. 우리가 끝없이 꿈꾸고 추구하는 이유는 완전함을 타고나지 않았기 때문이다. 그러나 그 결핍은 저주라기보다 문에 가깝다. 우리를 움직이게 하고, 성장하게 하고, 다른 존재를 향해 마음을 열게 만드는 통로다. 내가 이해하게 된 아타락시아는 결핍을 부정하는 평화가 아니라, 결핍과 나란히 걷는 평화에 가까웠다. 불완전한 자신을 받아들일 때, 오히려 흔들리지 않는 자유가 생긴다.

어쩌면 나는 나 하나의 문장을 얻기 위해 지금까지 살아온 것인지도 모른다. 누군가를 흉내 내지 않고, 누군가의 기대를 좇지 않으며, 정말 나답게 사는 법을 배우기 위해. 수없는 폭풍과 고요를 견디며 여기까지 걸어온 끝에, 나는 이제 아주 작고 조용한 목소리로 나만의 문장을 가슴에 새긴다. 누구에게 보이기 위한 내가 아니라, 나에게 따뜻한 사람으로 살아가겠다는 다짐. 나에게 칭찬과 격려를 아끼지 않는 사람이 되겠다는 약속. 그것은 어느 날 갑자기 얻은 깨달음이 아니라, 삶의 틈을 다시 바라보기 시작한 순간부터 천천히 이루어진 변화였다. 그리고 그 변화는 여전히 조용히, 그러나 분명하게 나를 살게 하고 있다.

얼굴에 대하여

세수를 하다 문득 고개를 들고 거울 속의 나를 바라본다. 누구나 세수를 마친 얼굴은 조금 어려 보인다. 아니, 어쩌면 어리고 싶어지는 얼굴이 그 안에 함께 들어 있는지도 모른다. 미간에는 약간의 주름이 패여 있다. 제주에서는 햇볕이 강해 인상이 자연스럽게 찌푸려지기 때문이다. 나는 그 주름을 나쁘게 보지 않게 되었다. 어떤 일에 몰두하고, 분명한 생의 방향을 향해 오래 집중한 사람에게만 남는 흔적이라는 생각이 들기 때문이다. 몰입의 다른 이름. 그래서 요즘의 나는 이 미간의 주름을 조금 더 아낀다.

나는 매일 아침 내 눈빛과 낯빛을 확인한다. 나 자신에게 가장 정직한 또 다른 내가 거기에 있다. 눈은 나의 상태를 숨기지 않고, 낯빛은 전날을 고스란히 들고 온다. 젊을 때보다 눈은 조금 흐릿해졌지만, 그 안쪽의 검은 눈동자는 여전히 맑다. 그 눈동자를 바라보다 보면 나도 모르게 입꼬리가 올라간다. 어떤 날은 거울 속의 내가 낯설게 느껴질 때도 있다. 전날 많은 생각으로 잠을 이루지 못한 아침도 있고, 설명할 수 없는 고독의 밤을 건너온 얼굴도 있다. 그러나 익숙한 얼굴이든 낯선 얼굴이든 나는 이제 그 얼굴을 피하지 않는다. 그 얼굴은 어제라는 험준한 계곡을 넘은 사람의 얼굴이기 때문이다. 눈가의 주름 하나, 작은 잡티 하나까지도 모두 지금의 나임을 받아들이게 되었다.

내 얼굴은 오래도록 변해왔다. 소녀였던 시절의 얼굴이 있었다. 세상의 언어보다 먼저 웃었고, 작은 상처에도 마음이 쉽게 흔들리던 얼굴. 웃음은 금세 번졌고 눈물은 겁 없이 흘렀다. 덜 조심스럽고 덜 계산되었던 얼굴. 아직 삶의 언어에 많이 물들지 않았던 얼굴이었다.

그 얼굴은 이제 사진 속에만 남아 있다. 사진 속의 나는 늘 밝았지만, 지금 와서 보면 그 밝음에는 누군가의 기대를 향한 긴장이 함께 섞여 있었던 것 같다. 나는 오래도록 '괜찮은 아이'의 얼굴을 살아 냈다. 그러는 사이 내 얼굴은 내가 아니라 타인의 평가에 맞춰 다듬어졌고, 그 무렵부터 나는 내 얼굴의 주인이 아니었다.

지금의 나는 그 시절을 지나 어느덧 중간쯤에 와 있다. 젊음이 아직 남아 있고, 노년이 조용히 예고된 얼굴. 두 시절의 경계 위에서 나는 비로소 내 얼굴을 나의 것으로 되찾아가는 중이다. 남이 좋아할 얼굴이 아니라, 내가 살아 낼 얼굴. 내가 끝까지 책임질 수 있는 얼굴이 되어간다. 다가올 나의 노년의 얼굴을 가끔 상상해 본다. 그 얼굴이 조금 더 부드러워지기를, 더 많은 사람의 이야기를 품을 수 있기를 바란다. 주름 하나마다 누군가를 용서한 흔적이 있고, 끝내 놓지 않았던 사랑의 결이 남아 있기를 바란다. 작은 잡티 하나조차 "나는 내 편이었어"라고 말해 주는 표식처럼 남았으면 좋겠다.

가끔은 이런 질문이 스친다. 거울 속의 이 얼굴이 과연 진짜 나일까, 아니면 수년 동안 다듬고 길들여 사람들이 편안해하는 방식으로 완성된 얼굴일까. 사람은 누구나 사회적 얼굴을 쓰고 산다. 어른의 얼굴, 딸의 얼굴, 누군가의 동료로서의 얼굴, 그리고 아무도 모르게 짊어진 '괜찮은 사람'의 얼굴까지. 그 모든 얼굴은 이해받고 싶었던 마음의 흔적이었고, 외면당하지 않기 위해 선택한 방식이었다. 나 역시 그런 얼굴로 오래 살았다. 기대에 맞추고, 침묵하고, 웃으며 넘겼다. 그러다 보면 어느새 진짜 내 표정은 가면 뒤로 숨어 버렸고, 가면을 벗은 얼굴이 오히려 낯설게 느껴지는 날도 있었다. 그러나 어느 순간부터 나는 그 뒤편에 언제나 조용히 앉아 있던 또 하나의 얼굴을 떠올리게 되었다. 아무것도 하지 않아도 괜찮은 얼굴. 가만히 있어도 이미 충분한 얼굴. 사람들에게 보여지는 얼굴이 아니라, 나에게 부끄럽지 않으려는 얼굴이다.

나는 다시 고개를 들어 거울 속의 나를 바라본다. 습관처럼 미간의 주름을 만져보고, 눈빛을 오래 들여다본다. 수많은 기억과 얼굴을 통과해 온 이 얼굴이 지금, 이 시간의 나라는 사실을 조용히 받아들인다. 예전보다 말간 얼굴은 아니지만, 더는 무언가에 쫓기지 않는 표정. 누군가의 시선에 맞추지 않아도 되는 눈빛. 사랑한 시간만큼 무너졌고, 무너진 만큼 살아 낸 얼굴이 바로 지금의 나라는 것을 이 아침, 나는 고개를 끄덕이며 인정한다. 나는 이제 더 이상 새로운 얼굴이 되려 하지 않는다. 이미 여기까지 살아온 이 얼굴에 조용히 동의하며 살아가려 한다.

말로 다 할 수 없는 것들

불가사의(不可思議)라는 말은 본래 생각으로 헤아릴 수 없고 말로는 끝내 닿을 수 없는 세계를 가리킨다. 삶에는 가끔 아무리 애써도 설명되지 않고 굳이 설명하지 않아도 온몸으로 먼저 와 닿는 순간들이 있다. 그런 감정과 인연의 결 앞에서 우리는 더 이상 언어를 찾지 않게 된다. 그저 그렇다고 느낄 뿐이다.

사람은 이해할 수 있는 것에 기대어 안도한다. 생각할 수 있고 정의할 수 있으며 말로 설명할 수 있는 것들만을 사실이라 믿고 삶의 틀로 삼는다. 그러나 삶은 언제나 그 틀의 바깥에서 움직인다. 가장 깊은 진실은 대개 말이 아니라 체험으로 먼저 도착한다. 설명되지 않는 감각으로 조용히 몸에 남는다.

어떤 인연은 시작도 끝도 분명하지 않다. 누가 먼저였는지 무엇이 계기였는지 알 수 없는 채 마음 한편에 머문다. 시간과 거리를 건너서도 여전히 영향을 미친다. 우리는 그 앞에서 묻는다. 이 감정은 어디에서 비롯된 것인지 왜 이 사람만이 나를 이토록 흔드는지. 그러나 그 질문은 대답을 요구하지 않는다. 질문을 품는 순간 이미 오래된 신비에 닿아 있기 때문이다.

모든 인연은 설명되지 않는다는 점에서 이미 신비의 영역에 속한다. 사랑도 이별도 다가감도 물러섬도 계산된 선택이라기보다는 보이지 않는 흐름에 가깝다. 그 흐름은 눈에 보이지 않기에 더 오래 마음에 남는다.

삶은 셀 수 없는 변수들로 이루어져 있다. 어떤 날은 기적처럼 맞물리고 어떤 날은 사소한 어긋남 하나로 전혀 다른 길로 흘러간다. 우리는 그 우연과 흔들림 속에서 이것이 단순한 오류가 아니라 삶이 택한 방식일 수도 있다는 생각에 이른다. 그때 불가사의는 회피가 아니라 삶을 받아들이는 하나의 태도가 된다. 인연 또한 반드시 설명되어야 할 대상은 아니다. 납득되고 해석되어야만 의미를 갖는 것도 아니다. 설명은 잠시 마음을 편하게 할 수는 있지만 진실에 닿게 하지는 못한다. 오히려 설명되지 않기에 오래 기억되고 이해되지 않기에 더 깊은 여운으로 남는다. 사랑이 모든 조건을 벗어나 피어날 수 있었던 것도 그런 영역에서만 가능한 일이었을 것이다.

사람 사이의 감정은 호의나 공감만으로는 다 담기지 않는다. 이유 없이 깊이 끌리는 사람이 있고 아무리 애써도 닿지 않는 관계가 있다. 때로는 마음보다 앞서 어떤 흐름이 길을 낸다. 그 흐름을 억지로 해석하지 않고 바람처럼 지나가게 둘 때 우리는 비로소 고요해진다. 불가사의는 어쩌면 그 고요로 들어가는 문턱이다.

　이해할 수 없기에 더 사랑하게 되는 일 설명할 수 없기에 더 오래 남는 사람 이유를 찾지 못해 끝내 가슴에 머무는 감정들. 그것들은 실패한 인연도 미완의 관계도 아니다. 말로 다 할 수 없었기에 오히려 더 진실에 가까웠다. 그 자체로 삶을 통과한 흔적이 되었을 뿐이다.

　불가사의라는 말은 가장 정직한 표현인지도 모른다. 감정을 감정 그대로 두고 인연을 인연 그대로 받아들이는 태도. 설명을 내려놓는 대신 삶을 더 가까이 끌어안는 방식. 우리는 그렇게 말의 끝에서 멈추고 침묵 쪽으로 한 발 물러선다. 그 자리에서 비로소 어떤 진실은 더 또렷해진다.

잘 쓴다는 말이
남긴 것

"글을 참 잘 쓰는 건 인정. 그러나 제 마음을 닫기로 했으니 더 이상의 연락은 사양합니다."

나는 그 문장을 읽는 데 오래 걸렸다. 문장은 짧았지만 그 안에 담긴 결정과 단절은 지나치게 단단했고 그 단단함은 설명 없이도 모든 가능성을 닫아버리고 있었다. 마음 아픈 이별의 순간 온 마음으로 마음에서 길어 올린 문장으로 화해를 청했는데 돌아오는 답은 단 한 줄이었다. 그날 밤 나는 다시는 열리지 않을 마음의 문 앞에 조용히 주저앉았다. 글로 전할 수 있는 모든 것을 다해 보냈기에 미련은 없다고 말하고 싶었지만 진심은 그렇지 못했다. 나는 여전히 그 문 안에 나의 목소리 한 조각 마음 한 자락이라도 머물고 있기를 바랐다. 그러나 상대는 담담했고 어쩌면 이미 오래전부터 내 마음의 울림을 들을 수 없는 곳에 있었던 것인지도 몰랐다.

나는 내 글을 다시 읽었다. 나의 간절함이 연민이나 자존심이 아니라 정말 사랑에서 비롯된 것이었음을 스스로라도 확인하고 싶었다. 아무 말도 못하고 앉아 있었던 순간들이 문장 사이에 남아 있었고 문득 떠난 사람의 등을 바라보던 그날 저녁 내 안에서 무언가가 빠져나가던 감각이 다시 살아났다. 이별의 등을 보는 순간 영혼이 먼저 자리를 뜬다는 말이 있다면 바로 그런 순간이었을 것이다. 그럼에도 나는 그 글을 부끄러워하지 않기로 했다. 때로는 아무리 진심을 담아 말해도 도달하지 않는 감정이 있고 그럴 때 우리는 그 진심마저 부끄러워하며 스스로를 탓한다. 하지만 이번만큼은 그러지 않기로 했다. 외면당한 것이 부끄러운 게 아니라 용기를 냈다는 사실이 더 중요했기 때문이다.

그 사람을 위해 쓴 마지막 문장은 결국 나 자신에게 쓰는 첫 문장이 되었다. 이제 나를 사랑해야겠다고 생각했다. 어쩌면 처음부터 그래야 했는지도 모른다. 타인의 마음을 붙잡느라 내가 나를 얼마나 오래 외면해 왔는지를 그 이별의 끝자락에서야 깨달았으니까. 내가 받은 그 답장은 차갑고 단호했지만 그 안에서 나는 더 이상 거기에 머물 필요가 없다는 신호를 읽었다. 끝이라는 말은 언제나 잔인하지만 동시에 정확하다. 그것은 잔여를 허락하지 않기에 오히려 다음 걸음을 가능하게 한다.

나는 다시 살아가야 했다. 누구의 이름도 입에 담지 않은 채 고요한 일상 속에서 천천히 나를 회복해갔다. 여전히 아프고 여전히 그립고 여전히 어떤 밤은 잠들기 어려웠지만 나는 한 걸음씩 내 안으로 돌아오고 있었다. 나를 지켜낸 나를, 나를 위로한 나를, 나를 다시 일으킨 나를, 안아 주는 시간이 이어졌다. 사랑은 끝났지만 내가 사랑했던 모든 순간은 끝이 아니었다. 그것은 나를 지탱해 주는 기억으로 남았고 나를 성숙하게 만든 흔적이 되었으며 결국에는 나를 더 다정한 사람으로 만들어 주었다.

　누군가에게 닿지 못한 말들은 허공에 흩어졌지만 그 말들을 꺼내기 위해 내가 얼마나 오랫동안 마음을 다듬고 문장을 고르고 숨을 고르며 기다렸는지를 나는 안다. 그래서 오늘 이 글을 통해 말하고 싶다. 이별은 끝이 아니다. 그것은 자기 자신에게로 돌아오는 가장 조용하고 깊은 귀환이다. 내가 보냈던 사랑이 틀리지 않았음을 그 사랑이 한때 나를 얼마나 따뜻하게 했는지를 그리고 그 사랑을 보낸 내가 지금도 여전히 사랑할 수 있는 사람임을 증명하기 위해 이 글을 남긴다.

　사랑은 언제나 관계의 성공이나 실패로만 남지 않는다. 어떤 사랑은 지속되지 못함으로써 비로소 그 본질을 드러낸다. 함께하지 못했기에 왜곡되지 않았고 소유하지 않았기에 부패하지 않았다. 인간의 감정은 붙잡히는 순간 형태를 갖지만 그 형태는 종종 진실을 가린다. 그러므로 끝났다는 사실은 사랑이 거짓이었다는 증거가 아니라 사랑이 더 이상 관계라는 그릇을 필요로 하지 않게 되었다는 신호일지도 모른다. 사랑은 관계 안에 머무르지 못해도 인간 안에서는 계속 작동한다. 태도를 바꾸고 시선을 바꾸고 타인을 대하는 온도를 바꾼다. 그렇게 사랑은 사라지지 않고 삶의 방식으로 이행된다.

그래서 이별 이후에 남는 것은 상실이 아니라 질문이다. 나는 어떤 사람이 되었는가. 무엇을 지킬 수 있었고 무엇을 내려놓을 수 있었는가. 이 질문 앞에서 인간은 비로소 자신에게 돌아온다. 타인의 선택에 의해 밀려난 자리가 아니라 스스로 서야 할 자리로. 이 귀환은 패배가 아니라 성숙이다. 사랑이 나를 떠났다고 해서 사랑이 나를 버린 것은 아니다. 오히려 사랑은 그 자리에 남아 나를 나 자신에게 데려다 놓는다. 그 순간 인간은 알게 된다. 사랑의 목적은 함께 있음이 아니라 인간을 인간답게 만드는 데 있다는 것을. 그리고 그 깨달음 하나면 충분하다는 것을….

상처에서 태어나다

　장인은 나무를 고를 때 흠을 약점으로 보지 않는다. 오히려 그 흠을 오래 바라보고 손끝으로 더듬는다. 어디가 패였는지 어떤 방향으로 금이 갔는지 그 상처가 어떤 시간을 통과해 생겨났는지를 천천히 읽어낸다. 흠은 작품을 망치는 요소가 아니라 그 나무만의 결을 만들어 내는 핵심이기 때문이다. 장인은 흠 없는 나무를 찾지 않는다. 흠을 견뎌낸 나무에서만 나는 향을 알고 있기 때문이다. 그러나 인간의 상처는 너무 쉽게 하대된다. 조금만 금이 가도 감추라 하고 깊게 패이면 잊으라 한다. 아직 아물지 않은 자리 위에 억지로 웃음을 덧칠하라고 한다. 우리는 서로의 상처를 흉터가 아니라 약점처럼 다룬다. 그래서 사람은 상처를 숨기다가 더 무너지고 상처를 지우려다가 더 찢어지고 상처를 외면하다가 더 고독해진다.

　누가 다른 이의 상처에 이름을 붙일 수 있겠는가. 누가 그 깊이에 값을 매길 수 있겠는가. 상처는 그 사람의 시간이고 기억이고 밤이며 생존의 증거다. 어떤 상처는 어린 시절의 울음에서 시작되고 어떤 상처는 사랑의 어굿남에서 터져 나온다. 또 어떤 상처는 세상이 씌운 폭력의 잔해로 남는다. 그런데 우리는 그 상처를 너무 쉽게 재단한다. 나보다 작은 상처 나보다 얕은 상처 나보다 사소한 상처라고 각자의 기준으로 줄을 세운다. 그러나 상처에 경중이 어디 있는가. 상처는 비교되는 순간 모욕이 된다.

그러나 간혹 우리는 같은 결의 상처를 가진 사람을 만난다. 마치 서로의 흉터가 서로를 알아보듯 말없이도 마음이 덜컹하고 흔들리는 순간이 있다. 설명할 수 없지만 마음이 먼저 반응한다. 오래 닫혀 있던 방 하나가 열리고 그 안에서 낡은 냄새와 오래된 울음이 흘러나온다. 상처는 상처를 알아보고 어둠은 어둠의 온도를 기억한다. 그래서 어떤 만남은 이상할 만큼 빠르게 깊어진다. 하지만 같은 상처가 만나는 순간은 언제나 편안하지만은 않다. 서로의 상처는 서로의 상처를 건드린다. 잊은 줄 알았던 눈물이 갑자기 목구멍까지 차오르고 오래 굳어 있던 결이 다시 뜨겁게 욱신거린다. 친밀함과 고통이 동시에 찾아온다. 그러나 그 순간에도 하나의 진실만은 분명해진다. 나는 혼자가 아니었다는 것. 내가 견뎌온 어둠을 누군가도 견뎌왔다는 사실. 그것만으로도 상처의 무게는 조용히 나뉜다.

상처는 혼자 가질 때 가장 아프다. 마음은 고립될수록 날카로워지고 외로울수록 오해에 민감해진다. 그러나 같은 결을 가진 누군가를 만날 때 상처는 완전히 치유되지는 않지만 방향을 바꾼다. 나를 무너뜨리던 자리에서 나를 설명하는 자리로 나를 고립시키던 자리에서 나를 이해하게 하는 자리로 상처는 비로소 언어를 얻는다. 나는 오래도록 내 상처를 잘못 다뤘다. 덮으려 했고 숨기려 했고 잊으려 했다. 그러나 상처는 그렇게 사라지지 않는다는 것을 알게 되었다. 나무처럼 상처는 오래 문질러야 닳는다. 오래 마주 보고 오래 견디고 오래 함께 살아 낼 때만 그 결이 부드러워진다. 상처는 지우는 것이 아니라 낡아질 때까지 함께 살아가는 것이다. 그것이 상처의 숙성이고 인간의 성숙이다.

장인은 상처 있는 나무를 귀하게 여긴다. 시간의 파임은 자연이 준 문양이고 비바람을 견딘 흔적은 그 나무가 살아온 증거다. 사람도 다르지 않다. 상처는 그 사람의 고유성이다. 그 사람만의 무늬이며 음색이며 깊이다. 상처 없는 사람은 평평하지만 상처 있는 사람은 입체적이다. 상처 없는 말은 얇지만 상처 있는 말은 울림이 있다. 상처 없는 영혼은 미끄러지지만 상처 있는 영혼은 오래 머문다.

그래서 나는 이제 상처를 미워하지 않는다. 상처 덕분에 나는 사람이 되었고 쓸 수 있게 되었고 느낄 수 있게 되었고 닿을 수 있게 되었다. 상처는 나를 꺾지 않았다. 상처는 나를 만들었다. 살아남은 자에게 상처는 부끄러움이 아니라 표식이고 흉터가 아니라 결이다. 나는 이제 안다. 상처가 없었다면 나는 이만큼 멈추어 서지 못했을 것이고 이만큼 깊이 들여다보지도 못했을 것이다. 상처는 나를 느리게 만들었고 그 느림 속에서 나는 처음으로 삶을 정확히 보았다. 빨리 지나갔더라면 보지 못했을 얼굴들 빨리 잊었더라면 남지 않았을 목소리들 빨리 회복하려 애썼더라면 끝내 이해하지 못했을 나 자신을 나는 상처 덕분에 만났다. 상처는 삶을 지연시키는 것이 아니라 삶을 통과하게 하는 문이었다.

그래서 나는 더 이상 상처 이후의 나를 이전의 나보다 불행하다고 말하지 않는다. 다만 다른 결의 사람이 되었을 뿐이다. 덜 쉽게 판단하고 덜 함부로 사랑하며 덜 서둘러 등을 돌리는 사람. 상처는 나를 약하게 만들지 않았다. 오히려 무엇이 나를 무너뜨리지 못하는지를 알게 했다. 견뎌낸 것이 아니라 살아남았다는 감각이 나를 다시 태어나게 했다. 우리는 상처에서 비로소 태어난다. 완전해서가 아니라 부서졌기 때문에. 단단해서가 아니라 금이 갔기 때문에. 상처는 나의 과거가 아니라 나의 형식이다. 내가 어떤 사람으로 살아가게 되었는지를 설명해 주는 가장 정확한 언어다. 그러므로 나는 이제 상처를 숨기지 않는다. 그것은 나를 정의하는 것이 아니라 나를 증명하는 것이기 때문이다.

지지직, 사랑의 흔적

사랑은 때때로 말없이 지나간 번개처럼 우리 몸 어딘가를 태우고 간다. 비가 오면 갑상선이 없는 나에게는 그것이 곧장 신호로 온다. 수술 부위에 전기선을 꽂은 것처럼 지리릭 지리릭 통증이 지나간다. 처음에는 이 통증이 두려웠다. 몸이 기억하고 있다는 사실이 견디기 어려웠다. 그러나 어느덧 이십 년이 지나자 이 감각도 익숙해졌다. 아프지만 놀라지 않는 상태. 사랑도 이와 비슷하지 않을까 나는 오래 생각했다.

누군가를 사랑하고 뒤돌아서고 헛헛함 속에서 그리워지는 그 모든 과정들에는 잠들지 않는 통증이 남는다. 처음에는 사랑도 시간이 지나면 무뎌질 거라 믿었다. 점점 희미해지고 언젠가는 기억처럼 정리될 거라 생각했다. 그러나 그것은 나의 바람이었다. 사랑의 통증은 예측하지 못한 지점에서 다시 살아났다. 수술로 도려낸 상처가 지지직거리듯 마음의 통증은 신체의 통증보다 더 깊게 울렸다. 살을 가른 것은 칼이었지만 마음을 가른 것은 사람이었기 때문에 그 아픔은 다른 결로 남았다.

어떤 날은 통증들이 한꺼번에 깨어난다. 하루 종일 몸에 내려앉은 무기력과 먹먹한 공기 속에서 통증들은 나란히 앉아 숨을 쉰다. 나는 그 통증들을 밀어내지 않는다. 견디고 안고 함께 산다. 그러는 사이 통증을 다루는 법을 아주 조금씩 배웠다. 이 아픔이 있다는 것은 내가 사랑 앞에서 거짓되지 않았다는 증거이기 때문이다. 낮은 기압과 어둠 그리고 이유 없이 부풀어 오르는 우울까지 겹치면 통증은 더 예리해진다. 그럴 때 나는 통증이 나를 삼키기 전에 먼저 껴안는다. 부정하지 않고 피하지 않고 살아 있음의 징후로 받아들인다.

통증은 소리를 낸다. 살갗을 찢는 소리가 아니라 심장을 두드리는 메아리다. 이름 없이 불리는 목소리. 잊은 줄 알았던 감정이 다시 태어나 비명을 지른다. 그럼에도 나는 안다. 이 소란 속에서도 나는 아직 무너지지 않았다는 것을. 통증이 있기 전에 나는 분명히 사랑했다. 그 사실 하나만으로 나는 아파하는 나를 더 깊이 끌어안는다. 그러다 보면 통증은 서서히 가라앉는다. 칭얼대던 아이가 엄마 품에서 잠들듯 내 통증도 그렇게 내 진심 안에서 숨을 고른다.

나는 같은 통증으로 살아가는 사람들을 떠올린다. 낮에는 아무렇지 않은 얼굴로 버티다가 밤이 되면 괜히 더 예민해지고 작은 소리에도 가슴이 저릿해지는 사람들. 친절한 말 한마디가 간절한 날에도 차가운 시선 하나에 무너지는 사람들. 일상 속에 끼어드는 고통을 누구에게도 말하지 못한 채

자기 자신을 부여잡고 있는 이들. 나는 그들을 위해 숨을 고른다. 내 안의 평화를 조금 떼어 건네고 싶어진다.

위로는 거창하지 않다는 것을 나는 안다. 나도 알아 라는 한마디 고개를 끄덕여 주는 침묵 하나만으로도 한밤의 통증은 조금 가라앉는다. 그래서 오늘도 나는 내 통증을 달래며 그들 편에 서기로 한다. 얼굴도 이름도 모르는 누군가일지라도 그 고통이 한때 나의 것이었음을 기억하며 내 평온을 나눌 준비를 한다. 어쩌면 내가 오래 품어온 통증은 타인을 향한 공감으로 이어지는 통로였는지도 모른다. 그 길 위에서 우리는 말없이 손을 잡고 있는 셈이다. 예전에는 몰랐다. 고통은 나만의 것이고 나만 이렇게 약한 줄 알았다. 그러나 이제는 안다. 내가 밤새 통증을 껴안고 있던 시간에도 누군가는 창밖의 별을 보며 같은 방식으로 버티고 있었음을. 우리의 통증은 결코 혼자가 아니다. 우리는 서로를 모르고 살아가지만 비슷한 방식으로 울고 비슷한 마음으로 참는다. 그렇게 각자의 자리에서 같은 방향으로 하루를 통과하고 있을 것이다.

그래서 이제 나는 나의 통증을 부끄러워하지 않는다. 그것이 누군가의 밤하늘을 스치는 작은 별빛이 될 수 있다면 나는 오늘도 이 통증을 조용히 품는다. 멀리서 빛나되 끝내 닿고 싶은 마음으로. 이름 없이 흘러가는 사랑의 궤도 위에서 아무도 모르게 그러나 분명히 누군가에게 가닿으며. 부디 누군가는 나처럼 오래 아프지 않기를 바라면서.

확증 편향

우리는 늘 자신의 판단이 옳다는 가정 위에서 움직인다. 누군가와의 분쟁 앞에서도 자신의 신념을 가장 정당한 것으로 여기며 그 신념 속의 '나'를 본능적으로 변호한다. 어쩌면 인간은 생존을 위해 확증편향을 진화시켜온 존재인지도 모른다. 그 편향은 세대를 거쳐 때로는 성격으로 때로는 가르침의 이름으로 조용히 대물림된다.

너무 친한 두 친구가 있다. 한 명은 무신론자였고 다른 한 명은 성직자였다. 그들은 어느 저녁 식당에 마주 앉아 여느 날처럼 이야기를 나누고 있었다. "며칠 전에 산에서 길을 잃었어."무신론자가 말했다. "날이 저무는데 어디로 가야 할지 모르겠더라." "그래서 어떻게 했어?" 성직자가 물었다. "멈췄어. 내가 어디 있는지도 모르고 방향도 모르니까 그냥 한 자리에 멈췄어. 서두르면 더 깊이 들어갈 것 같았고 무언가를 믿어보려 해도 그 순간엔 아무것도 떠오르지 않더라고." 식탁 위로 잠시 침묵이 흘렀다. 창밖에서는 저녁이 깊어가고 있었고 두 사람의 마음은 서로의 말을 따라 느릿하게 걸었다. 성직자가 조용히 말했다. "그게 기도였을지도 몰라."

무신론자는 웃지도 반박하지도 않았다. 그 말의 진심이 어디에서 비롯되었는지 그는 오래된 친구로서 너무 잘 알고 있었기 때문이다. 그저 고개를 끄덕였다.

"그때 처음 기도라는 걸 했어. 신이 만약 있다면 지금 이 절박한 상황에서 나를 살려달라고. 그렇지 않으면 산짐승의 먹이가 될지도 모른다고." 성직자의 눈이 반짝였다. "그렇다면 신이 너를 살려준 거잖아. 지금 살아 있다는 게 증거 아닌가?" 무신론자는 고개를 갸웃했다. "왜 그래야 하지? 그때 마침 마을 주민 두 명이 지나가서 길을 알려줬어." 성직자는 미소를 지으며 말했다. "그러니까 그것도 다 신의 섭리라는 거지." 두 사람은 자라온 배경이 달랐다. 성직자의 집안은 모든 일이 신의 계획 안에 있다는 가르침 속에서 살아왔고 무신론자의 집안은 모든 일에는 이유가 있으며 그 이유는 스스로 만들어 간다고 배웠다. 그러나 그들은 다투지 않았다. 각자의 해석을 끝까지 밀어붙이기보다 서로의 세계관이 어디에서 출발했는지를 알고 있었기 때문이다.

관계에는 늘 '이해'라는 말이 따라붙는다. 그러나 자세히 들여다보면 우리가 말하는 이해는 대부분 확증편향에 가깝다. 어떤 사람은 타인의 말과 행동 하나하나에 의미를 두고 어떤 사람은 그 맥락 전체를 한 번에 받아들인다. 인간관계는 언제나 이 다른 감각들이 마주치는 일이다. 그래서 관계는 이해해야 한다는 강박과 끝내 이해하지 못하는 균열 사이에서 아슬아슬한 줄타기를 한다.

어떤 이는 단어 하나의 뉘앙스를 오래 곱씹고 어떤 이는 말이 만들어 낸 결과에만 주목한다. 한 사람은 ‘왜 그런 말을 했는지’를 묻고 다른 사람은 ‘그 말이 어떤 영향을 남겼는지’를 본다. 관계는 이 차이를 틀림이 아니라 결로 받아들일 수 있을 때 비로소 깊어진다. 이해란 동의가 아니다. 이해란 머무름이다. 상대의 말에 곧장 반박하지 않고 감정 위에 해석을 덧입히지 않으며 그저 그 자리에 함께 머물러 주는 일이다. 침묵과 말 사이 어긋남과 맞닿음 사이 그 불편하고 낯선 공간에 머무를 수 있을 때 우리는 비로소 관계를 시작한다.

“나는 너를 이해해”라는 말은 때로 상대를 향한 문장이 아니라 스스로를 확신시키는 결론일 뿐이다. 진정한 이해는 동의가 아니라 동행이다. 그 사람이 어떤 생각과 감정을 거쳐 그 지점에 도달했는지를 조용히 따라 걷는 일이다. 다름을 알아차리고도 그대로 두는 용기. 그것이 이해의 다른 이름일지도 모른다.

중요한 것은 우리의 모든 판단이 기억과 경험 그리고 감정이라는 필터를 통과해 내려진다는 사실이다. 우리는 객관적인 관찰자라 믿지만 실은 자신이 겪은 불편함과 상처의 그림자를 타인의 말과 행동 위에 덧씌운다. 이해란 그 그림자를 알아차리는 연습이다. 타인의 말 속에 숨어 있는 의도와 감정을 충분히 살피고 그가 서 있는 자리에서 세계를 바라보려는 시도. 이것은 단순한 공감이 아니라 인식의 전환이다. 관계란 결국 내가 믿는 진실 하나로 설명되지 않는 수많은 시선이 만나는 공간이다. 그 안에서 우리는 각자의 렌즈로 타인을 바라본다. 그 렌즈는 살아온 시간과 환경 상처와 치유로 인해 이미 착색되어 있다. 문제는 그 렌즈를 벗지 않은 채 타인을 온전히 이해할 수 있다고 믿는 오만이다. 판단은 종종 그 오만에서 시작되고 관계는 그로 인해 쉽게 오해와 상처로 물든다.

우리는 자신의 가치가 보편적이라 착각한다. 그러나 신념은 언제나 경험의 산물이며 경험은 철저히 개인적이다. 타인의 다름은 우리의 경계와 부딪히며 불편함을 만든다. 그러나 바로 그 지점에서 성장은 시작된다. 나는 왜 이 말이 불편했는가. 왜 이 태도를 이해하지 못했는가를 묻는 순간 우리는 타인을 통해 자신을 들여다보게 된다. 어떤 관계는 오랜 시간을 들여 쌓았음에도 한순간의 오해로 무너진다. 다름을 견디지 못했기 때문이다. 반면 어떤 관계는 그 다름을 존중의 이유로 삼아 더 단단해진다. 상대를 바꾸려는 욕망 대신 자신의 경계를 조금씩 넓혀갈 수 있을 때 우리는 그 다름 앞에 머무를 수 있다.

다름을 이해하고 받아들이는 일은 쉽지 않다. 우리는 관계 속에서 수없이 오해하고 다시 풀어내며 자신이 얼마나 자기중심적인 시선에 갇혀 있었는지를 배운다. 인간의 많은 신념은 확증편향에서 출발한다. 선과 악에 대한 단순한 기준을 내면화한 사람일수록 타인의 실수는 쉽게 왜곡된다. 나의 도덕과 양심의 잣대로 타인을 재단하는 순간 판단은 이미 결론을 향해 기울어 있다. 판단에는 시의가 필요하지만 우리는 종종 서두르고 예단하며 관계를 멀어지게 만든다.

사람의 한 단편에 반응하며 다가온 관계는 또 다른 단편 앞에서 쉽게 떠나간다. 우리는 타인의 모순은 견디지 못하면서도 자신의 모순은 숨기고 싶어 한다. 이 이중성은 관계를 지치게 하고 끝내 소모시킨다.

사람을 판단하는 일을 미루는 것. 그것이야말로 관계를 있는 그대로 바라보고 나의 확증편향을 줄일 수 있는 가장 단순하고도 어려운 방법이다. 누군가를 깊이 이해하고 싶다면 그의 말과 표정과 침묵까지도 판단이 아닌 관찰로 남겨 두어야 한다. 때로는 멈추는 일이 가장 분명한 방향일 수 있음을 기억하면서.

헛꽃도 꽃이다

수국은 꽃이 아니다. 정확히 말하면 우리가 꽃이라 부르며 감탄하는 그 화려하게 부풀어 오른 잎들은 꽃이 아니라 헛꽃이다. 진짜 꽃처럼 보이기 위해 더 화려해진 장치 같은 것들이다. 진짜 꽃은 그 안쪽에 숨어 있다. 작고 수줍고 거의 눈에 띄지 않을 만큼 여린 모습으로. 그러나 바로 그 꽃이 씨를 맺는다. 헛꽃은 누군가를 부르기 위한 신호일 뿐이다. 시선을 끌고 머물게 하지만 생명을 남기는 일은 하지 않는다.

나는 수국을 바라보다가 오래된 관계 하나를 떠올렸다. 그 사람 앞에서 나는 늘 웃는 사람이었다. 듣는 사람이었고 맞추는 사람이었다. 말수가 적은 그가 침묵에 잠기면 나는 괜히 더 말을 이어 갔고 그의 피로가 느껴지면 내 피곤함은 뒤로 미뤘다. 그가 좋아하는 음악을 미리 알아두었고 싫어하는 음식은 함께 먹지 않았다. 그렇게 하나씩 양보하다 보니 남아 있는 것이 무엇인지조차 알 수 없게 되었다.

관계 안에서 나는 점점 사라졌다. 내가 누구였는지는 기억하지 못한 채 그가 편안해할 얼굴만 남겨 두었다. 지금 와서야 알겠다. 그때의 나는 헛꽃을 피우고 있었다는 걸. 진짜 마음은 관계의 중심 어딘가에 움츠린 채 숨어 있었다. 보여지지 않기를 바랐고 드러내지 않기로 선택했다. 거절당하는 것은 늘 화려함이 아니라 진심이었기 때문이다.

우리는 종종 그렇게 헛꽃을 피운다. 진심은 깊이 감추고 감탄받을 모습만 조심스럽게 꺼내 놓는다. 그렇게 하면 덜 다칠 수 있을 것 같아서. 그러나 아이러니하게도 그 방식은 관계를 더 쉽게 소모시킨다. 그런데도 우리는 왜 헛꽃을 먼저 내미는 걸까. 아마도 진짜 마음은 너무 작고 연약해서 세상에 내놓기엔 아직 준비가 되지 않았다고 느끼기 때문일 것이다. 상처받을 각오보다 숨을 공간을 먼저 찾게 되는 마음. 사랑 앞에서 사람은 종종 용기보다 방어를 먼저 배운다.

어느 비 내리는 오후 혼자 산책을 하다 수국 군락을 지나게 되었다. 자주 빛과 청보라 연분홍 그리고 어딘지 말라붙은 흰빛까지 각기 다른 얼굴의 수국들이 고요히 서 있었다. 가까이 다가가지 않으면 알 수 없었지만 그 안을 가만히 들여다보니 가장 중심에는 너무 작고 수줍은 꽃이 있었다. 그 꽃은 화려하지도 않았고 스스로를 증명하려 애쓰지도 않았다. 다만 그 자리에 조용히 있었다.

그제야 이해하게 되었다. 수국은 관계를 말하고 있었다는 걸. 우리가 사랑이라 부르는 감정의 시작은 대개 헛꽃이다. 더 돋보이고 싶은 마음 사랑받고 싶은 욕망 인정받고 싶은 불안. 그런 마음들이 먼저 관계의 문을 연다. 그러나 관계를 열매 맺게 하는 것은 그 모든 것 뒤에 숨어 있던 보여 줄까 망설이던 진짜 마음이다. 결국 오래 남는 것은 잘 꾸며진 모습이 아니라 조심스럽게 드러낸 중심이었다.

그렇게 생각하면 이 세상에 실패한 관계란 없을지도 모른다. 다만 헛꽃만 보고 떠난 사람과 헛꽃을 피운 채 끝내 중심을 꺼내지 못한 나 자신만 있을 뿐이다. 그리고 그 사이에서 우리는 서로를 오해한 채 각자의 계절을 지나온다.

누군가를 진심으로 안다는 것은 헛꽃을 지나 그 중심까지 걸어 들어가는 일이다. 화려함을 지나 불안과 두려움을 건너 상대의 가장 여린 마음 앞에 멈추어 서는 일. 그 일은 빠를 수 없고 종종 늦다. 그래서 사랑은 늘 서툴고 더디다.

나는 이제 수국을 꺾지 않는다. 멀리서 바라보며 그 헛꽃 아래 숨은 작은 꽃을 떠올린다. 언젠가 나도 누군가의 헛꽃 너머에 조용히 다가설 수 있기를 바란다. 비를 견디고 바람을 건너 끝내 씨를 맺는 그 작은 꽃처럼 나 또한 나의 진심으로 무언가를 온전히 품을 수 있기를. 화려하지 않아도 좋으니 오래 남을 마음으로.

베니스에 남긴 쪽지
(Le parole dell'ombra)

지금 나는 커피 한 잔을 식혀가며 앉아 있다. 컵 가장자리에 남은 열기가 아직 손바닥에 미묘하게 남아 있고 창밖에서는 아무 일도 없다는 듯 바람이 지나간다. 그늘에 웅크린 고양이는 햇살이 조금만 이동하기를 기다리며 눈을 반쯤 감고 있다. 특별할 것 없는 하루의 정오가 흐름 없이 이어지는 이 고요 속에서 나는 문득 마음 안쪽의 서랍 하나가 열리는 감각을 느낀다. 아주 깊이 숨겨두었던 서랍이다. 오래 닫혀 있던 그 안에서 무언가가 바스락거리며 움직이고 나는 그것이 무엇인지 이미 알고 있다. 그 사람과 함께 했던 베니스의 오후다.

우리는 곧 무너질 것 같은 고요를 품은 채 곤돌라에 올랐다. 물은 낮은 숨결로 흘렀고 햇살은 수면 위에서 잘게 부서지며 반짝였다. 말은 없었다. 그는 나를 보지 않았고 나는 그 침묵 속에서 그의 마음이 이미 나를 향하고 있지 않다는 사실을 알아차렸다. 사랑은 종종 말보다 빠르게 방향을 바꾼다. 곤돌라를 젓던 사내는 오래된 이야기를 들려주었다. 아무도 상처 입히지 않는 목소리였다. 그 이야기는 우리 사이의 공기를 더 조심스럽게 만들었고 나는 그 조심스러움이 이별의 다른 이름일지도 모른다는 생각을 했다.

사내는 카사노바의 이야기를 꺼냈다. 그는 수많은 여인을 사랑했지만 단 한 사람을 오래 기억했다고 했다. 그녀는 낮의 여인이었고 빛 속에 있었지만 어떤 그림자보다 깊은 사람이었다고. 그래서 그는 끝내 다가가지 못했다고 했다. 나는 그 말을 들으며 마음속으로 조용히 중얼거렸다. 당신도 언젠가 그런 여인을 기억하게 될까. 그는 한참을 말없이 있다가 짧게 웃으며 말했다. "나는 이미 기억하고 있어." 그 말이 끝났을 때 내 안에서 무언가가 조용히 무너져 내렸다. 그는 나를 사랑하지 않을 거라는 사실이 설명 없이 확실해졌다. 사랑은 가끔 멀어지기 전에 이미 끝나 있다. 나는 그 사실을 그날의 햇살 속에서 배웠다. 그래서 나는 곧장 서점으로 들어갔다. 그가 밖에서 나를 기다리는 동안 나는 오래 망설이다가 글을 썼다. 그에게 주지 않을 편지였다. 사실은 나에게 쓰는 글에 가까웠다. 그의 이름도 나의 이름도 쓰지 않았다. 다만 이렇게 시작했다. 당신에게.

우리는 사랑했습니다. 그러나 끝까지 닿지는 못했지요. 당신이 나를 두려워한 순간부터 나는 이미 알고 있었습니다. 나는 어쩌면 당신이 끝내 다가가지 못했던 그 여인이었을지도 모릅니다. 이 쪽지를 꺼내 든 당신이 우연히 이 페이지를 펼친 것이 아니라면 당신 역시 누군가를 여전히 마음속에 남겨 둔 채 살아가고 있겠지요. 그러니 이 사랑을 부디 부정하지 말아

주세요. 우리는 끝나지 않았고 기억 속에서 여전히 숨 쉬고 있습니다.

베니스의 어느 오후 나는 그 쪽지를 시집 한 권에 조용히 밀어 넣었다. 책의 제목은 [그림자의 말들] Le parole dell'ombra였다. 창틀 사이로 스며든 햇빛이 딱 그 페이지 위에 머물고 있었다. 나는 책장을 깊숙이 눌렀다. 우리의 사랑도 아무도 모를 문장 사이에 숨기듯 말없이 접었다. 그는 여전히 밖에서 나를 기다리고 있었고 나는 아무 일도 없었다는 얼굴로 그에게 걸어갔다. 그날 나는 사랑을 붙잡지 않았다. 붙잡지 않은 채로 사랑했다.

가끔 생각한다. 그 시집은 아직도 그 서점 어딘가에 있을까. 누군가 그 페이지를 발견했을까. 아니면 그가 다시 그곳을 찾게 된다면 우연히 그 책을 펼쳐보게 될까. 혹은 언젠가 내가 다시 베니스로 돌아가 그 서점에 들어선다면 손끝으로 그 페이지를 다시 눌러볼 수 있을까. 그 쪽지는 여전히 그 자리에 남아 숨 쉬고 있을까. 사랑은 사라지지 않고 다만 다른 장소로 이동한다는 말을 나는 그때 처음으로 믿게 되었다.

지금의 나는 그날보다 조금 더 조용하게 사랑한다. 누군가의 눈빛에 마음이 닿는 순간 그것이 사랑이라는 걸 단번에 알아채지만 예전처럼 서둘러 말하지 않는다. 오래 바라본다. 나는 이제 누군가를 붙잡는 사람이기보다 머물 수 있는 사람이 되고 싶다. 사랑을 증명하기보다 그 사람이 내 곁에 있을 때 조용히 따뜻해지도록 자리를 내주는 사람이 되고 싶다.

내 안의 감정은 여전히 깊고 날것이며 격렬하다. 다만 그것을 다루는 방식이 달라졌을 뿐이다. 나는 그날 이후로 사랑을 다듬고 천천히 꺼내는 법을 배워 가고 있다. 사랑은 설명하지 않아도 된다는 것을 이제는 안다. 그 사람 앞에서 내가 어떤 태도로 살아가고 싶은지를 보여 주는 것만으로도 사랑은 이미 시작되고 있다는 것을. 그래서 나는 애써 다정하려 애쓰지 않으면서도 다정함을 잃지 않게 되었고 말하지 않아도 전해지는 마음을 믿게 되었다.

기다려 달라고 말하지 않아도 나를 기다려 주는 사람 앞에서 나는 처음으로 고요한 마음을 배웠다. 아무것도 하지 않아도 내 곁에 머물러 주는 사람 앞에서 나는 비로소 나 자신을 더 사랑하고 싶어졌다. 사랑이라는 말은 쉽게 닳아 없어지지만 어떤 이의 하루 속에 내가 조용히 스며들어 있다는 감각은 오래 남는다. 그 감각이야말로 말보다 깊고 약속보다 단단한 사랑이라는 것을 나는 이제 안다.

그래서 나는 더 조용히 사랑하게 되었고 더 조용한 사랑일수록 오래 간다는 믿음을 갖게 되었다. 편지를 쓰는 대신 하루하루가 쪽지처럼 기록되었으면 좋겠다는 마음으로 오늘도 물컵을 하나 더 꺼내고 창문을 닦으며 한 사람을 위한 자리 하나를 비워 둔 채 살아간다. 언젠가 그 자리에 누군가 앉게 되더라도 혹은 끝내 아무도 오지 않더라도 이 고요를 지킬 수 있다면 그것으로 충분하다고 생각하면서.

4부

삶을

견디었더니

철학만 남았다

삶을 견디었더니
철학만 남았다

철학은 높은 곳에서 시작되지 않는다. 교과서의 첫 문장이나 연대기의 표제에서 오지 않는다. 철학은 발끝이 돌에 걸려 넘어질 때 시작되고 한밤중 이유 없이 깨어난 몸의 통증에서 태어난다. 사랑이 끝난 뒤에도 여전히 숨 쉬고 있는 자신을 발견하는 순간에서 모습을 드러낸다. 별을 올려다보다 갑자기 숨이 막히는 밤이 있고 잘 살아왔다고 믿던 날들 사이로 설명하기 어려운 공허가 스며드는 때가 있다. 철학은 대개 그런 자리에서 시작된다. 그래서 철학의 첫 말은 고상한 정의라기보다 이대로는 못 살겠다는 속의 말에 가깝다.

아주 오래전 사람들은 자연 앞에서 작아졌다. 하늘을 가르는 번개와 몇 해씩 이어지는 가뭄과 예고 없이 되풀이되는 계절은 인간의 이해를 넘어선 질서처럼 느껴졌다. 사람들은 질문을 직접 던지기보다 제사와 신화의 언어를 빌려 답을 불러왔다. 신의 이름을 부르는 일은 세계를 이해하려는 방식이었고 두려움을 다스리기 위한 오래된 기술이었다. 그러다 어느 순간 누군가는 신의 이름 대신 세계를 향해 질문을 던지기 시작했다. 무엇으로 이루어졌는지, 변화는 왜 생기는지, 선하게 산다는 것은 무엇인지. 두려움을 설명으로 바꾸려는 시도 속에서 철학은 첫걸음을 내디뎠다.

　　동쪽에서는 다른 방향의 사유가 자라났다. 세계를 해부하기보다 마음을 다스리는 길이었다. 고통은 어디서 시작되는지, 욕망은 어떻게 자라는지, 침묵은 무엇을 가르치는지. 질문은 바깥이 아니라 안으로 향했고 답은 규칙이 아니라 수련이 되었다. 생각은 책 위에 머무르지 않고 몸과 하루의 태도 속으로 내려왔다. 말보다 반복이 중요했고 정의보다 실천이 앞섰다. 철학은 사는 방식이 되었고 하루의 리듬이 되었다. 서쪽의 철학이 광장에서 말로 자랐다면 동쪽의 철학은 길 위에서 걸음으로 자랐다. 하나는 말로 세계를 다듬었고 다른 하나는 침묵으로 마음을 닦았다. 서로 다른 방향처럼 보이지만 둘은 같은 갈증에서 태어났다. 의미 없이 흘러가는 시간을 견딜 수 없다는 마음이었다. 인간은 살아남는 것만으로는 하루를 버티기 어려웠다. 왜 살아야 하는지, 어떻게 살아야 하는지를 묻지 않고서는 오늘을 온전히 건너기 힘들었다.

　　중세에 이르러 철학은 신과 나란히 서게 된다. 질문은 사라지지 않았다. 오히려 더 깊어졌다. 믿는다는 것은 무엇인지, 이성은 어디까지 허락되는지, 인간의 앎은 어디에서 멈추어야 하는지. 철학은 신앙의 그늘 아래서 겸손을 배웠다. 인간이 전부가 아니라는 사실을 기억하는 법을 익혔고 이해할 수 없음 앞에서 고개를 숙이는 태도를 몸에 들였다. 이 시기에 철학은 스스로를 낮추는 연습을 했다.

근대로 오면 질문의 방향은 다시 인간을 향한다. 나는 어떻게 아는지, 나는 누구인지, 자유는 가능한지. 철학은 의자에서 일어나 거리로 나갔고 공장과 전쟁과 혁명을 통과했다. 생각은 날카로워졌고 동시에 더 아파졌다. 인간이 만든 제도와 기술이 인간을 압도하는 시대에 철학은 윤리와 책임을 묻기 시작했다. 어떻게 사유할 것인가를 넘어 어떻게 책임질 것인가가 질문이 되었다. 그렇게 많은 길을 돌아도 철학의 시작은 결국 한 지점으로 돌아온다. 삶이 너무 무겁거나 너무 비어 있어서 그대로는 살기 어려웠던 사람들이 있었다는 사실이다. 그들은 질문을 남겼고 그 질문들은 시간을 건너 오늘의 우리에게 도착했다. 철학은 삶에 뒤따른 장식이 아니라 삶에 밀려 끝에서 붙잡은 손잡이에 가까웠다.

오십을 넘어서며 나는 이 사실을 몸으로 배워갔다. 예전처럼 하루를 밀어붙여도 괜찮을 것이라 믿었지만 몸은 먼저 반응했다. 이유 없이 쑤시는 관절과 잠들지 못한 밤이 이어졌다. 젊을 때 의지로 덮어두었던 신호들은 더 이상 침묵하지 않았다. 몸은 방식이 바뀌어야 한다고 말하고 있었다. 속도를 신앙처럼 믿지 말라는 경고에 가까웠다. 그 무렵부터 살아 내는 일과 잘 산다는 일이 다를 수도 있겠다는 생각이 들었다.

사랑이 끝난 날도 비슷했다. 모든 문장이 끊어지고 설명이 힘을 잃던 밤이었다. 무엇이 잘못되었는지 따지는 일은 도움이 되지 않았다. 남은 것은 여전히 숨 쉬는 나 자신과 내일도 하루를 살아야 한다는 현실뿐이었다. 그 때 마음속에 오래 머문 질문이 있었다. 이 상실을 안고도 나는 어떻게 살아갈 수 있을까. 철학은 위로라기보다 방향이 필요해질 때 조용히 모습을 드러냈다. 감정이 떠난 자리에서도 하루는 같은 방식으로 흘러갔다. 의미를 찾으라는 말도 시간이 해결해 줄 것이라는 말도 손에 잡히지 않았다. 다만 밥을 짓고 창을 열고 몸을 씻고 잠자리에 드는 일을 반복했다. 그 과정에서 알게 되었다. 철학은 거대한 해답이라기보다 하루를 통과하는 태도에 가깝다는 것을.

그래서 오십 이후의 철학은 더 많이 아는 사람이 되라는 요구가 아니다. 더 낮게 듣고 더 느리게 결정하며 몸과 마음이 보내는 신호를 외면하지 않는 연습이다. 사랑이 끝난 자리에서도 인간에 대한 신뢰를 전부 거두지 않는 일이고 상실 이후에도 삶을 한꺼번에 부정하지 않는 자세다. 철학은 이제 나에게 삶을 해석하는 도구라기보다 삶을 견디는 자세가 되었다.

나는 더 이상 모든 질문에 답을 가지려 애쓰지 않는다. 대신 질문과 함께 하루를 살아가는 법을 익혀간다. 이해되지 않는 일 앞에서 서둘러 의미를 덧씌우지 않는 용기, 모르는 채로 오늘을 건너가는 태도. 지금의 나는 그런 쪽에 조금 더 가까워졌다. 철학은 나를 특별하게 만들지 않았다. 다만 나를 덜 조급하게 만들었고 덜 폭력적으로 만들었으며 나 자신에게 조금 더 정직해지게 했다.

오십 이후의 삶에서 철학은 선택이라기보다 남게 되는 것이다. 충분히 살아본 뒤에야 알게 되는 무게와 공허를 함께 안고 걷는 법이기 때문이다. 철학은 삶을 설명하려고 존재한다기보다 삶을 끝까지 포기하지 않기 위해 곁에 남아 있다. 오늘을 버티는 방식이 바뀌는 순간 그것은 이미 철학에 가까워진다. 당신도 아마 느껴본 적이 있을 것이다. 더 빨리 가는 길보다 멈추지 않는 길이 필요해지는 때가 온다는 것을. 이 페이지를 덮고 나면 우리는 각자의 자리로 돌아간다. 다만 조금 덜 조급한 속도로 조금 더 자신에게 정직한 걸음으로. 그 정도면 오늘은 충분하다. 오늘을 여기까지 걸어온 당신에게 이 문장 하나면 된다.

내가 생각하는
배음(倍音)

　세상을 살다 보면 화려한 겉모습에 마음이 쉽게 끌린다. 반짝이는 조명 아래에서 과장된 몸짓들이 오가고 사람들의 시선은 늘 그곳으로 몰린다. 모두가 저기 있어야 할 것 같고 저렇게 보여야 할 것 같다는 강박에 휘말린다. 그 장면을 멀찍이서 바라보고 있으면 이 세상은 본질보다 껍데기를 더 사랑하도록 길들여져 있는 것처럼 느껴진다. 껍데기가 단단하면 속이 비어 있어도 괜찮다는 무언의 합의 같은 것. 나는 그 합의에 쉽게 익숙해지지 못해 때로는 이 세계의 이방인처럼 서 있게 된다.

　음악회에서도 그 감각은 크게 다르지 않았다. 음악을 사랑해서 간 자리였지만 공연장에 들어서는 순간부터 여러 겹의 포장을 마주하게 된다. 잘 다려진 정장과 격을 확인하듯 오가는 시선들, 조심스러운 기침 소리까지도 하나의 연출처럼 느껴진다. 팸플릿을 펼치면 음악보다 설명이 앞서 있고 연주보다 문장이 더 요란하다. 과장된 찬사와 헐거운 철학이 엉킨 그 종이를 보고 있으면 내가 무엇을 들으러 왔는지 잠시 흐려진다. 그래서 어느 순간부터는 팜플렛을 보지 않게 되었다. 말들이 귀를 덮어 버리는 느낌이 싫었기 때문이다. 무대 위에서 나는 스스로에게 묻게 된다. 나는 지금 정말 음악을 듣고 있는지. 중심이 되어야 할 것은 무엇인지. 기교와 의상과 태도가 소리를 앞서는 순간 귀는 뒤로 밀린다. 손이 먼저 보이고 표정이 먼저 읽히는 그때 소리는 배경으로 물러난다. 내가 들으려 했던 것은 소리였고 그 소리가 품고 있을 무엇이었다. 그것이 잘 느껴지지 않을 때 나는 이 자리에 앉아 있는 나 자신이 조금 낯설어진다.

그래서 배음을 떠올리게 된다. 어떤 음은 사라진 뒤에야 비로소 도착한다. 악기의 깊은 곳에서 시작된 진동이 공기와 벽을 지나 가슴뼈를 두드릴 때, 그때 나는 음악을 들었다고 느낀다. 화려함도 기교도 중요하지 않아지는 순간이다. 배음은 보이지 않지만 그 떨림이 있는 공연과 없는 공연은 끝난 뒤의 침묵이 다르다. 나는 그 침묵에 귀를 기울이는 사람 쪽에 가깝다. 삶도 크게 다르지 않다. 우리는 자신을 설명하는 말들을 덧붙이며 살아간다. 역할과 이미지로 자신을 감싸며 조금 더 안전해 보이려 애쓴다. 그러나 시간이 지나면 서서히 알게 된다. 포장은 사라지고 말끝에 남은 배음만 남는다. 그 사람이 떠난 뒤의 공기와 남겨진 이야기의 온도. 그런 것들이 그 사람을 설명해 주기도 한다. 나는 화려한 인생담보다 묵묵히 버텨온 사람들의 배음에 더 마음이 간다. 말은 적지만 그 뒤에 많은 계절이 숨어 있는 얼굴들. 그들의 배음은 거칠고 어둡기도 하지만 쉽게 거짓되지는 않는다. 나는 그 진동에서 위로를 받는다.

돌아보면 나 역시 배음을 좇아 여기까지 걸어온 사람처럼 느껴진다. 눈에 띄는 성취는 없을지라도 내 안에는 수많은 소리들이 부딪히고 흩어지며 하나의 떨림으로 남아 있다. 버텨야 했던 날들과 설명되지 않는 상실들, 바닥까지 내려갔던 경험들. 그런 것들이 내 문장을 만들고 내 선택의 방향을 정해 왔다. 나는 더 이상 숫자와 성과로 나를 증명하려 애쓰지 않는다. 대신 어떤 배음을 남기며 살고 있는지를 자주 묻게 된다. 세상은 계속해서 보여 주라고 말한다. 증명하라고 재촉한다. 하지만 정말 중요한 것들은 대개 눈에 잘 띄지 않는 방식으로 존재해 왔다. 사랑과 믿음과 고독처럼. 아무 말 없이 곁에 남아 있던 사람들, 조용한 침묵으로 함께 서 있었던 사람들. 그들은 사라지지 않고 내 안에 배음으로 남는다. 나는 이 세상을 조금 어둡게 바라보는 편이다. 그것은 비관이라기보다 정직에 가깝다. 인간의 마음에는 그림자가 있고 사회는 그 그림자를 가리려 애쓴다. 그러나 그림자는 쉽게 사라지지 않는다. 나는 오히려 그 어둠 속에서만 들을 수 있는 배음이 있다고 믿는 쪽에 서 있다.

그래서 점점 더 조용한 쪽으로 걸어가게 된다. 소음이 잦아들고 내 호흡이 또렷해지는 순간 세상의 다른 얼굴이 드러난다. 누군가는 그것을 외로움이라 부르겠지만 나에게는 고독에 가깝다. 충분히 상처받고 충분히 무너진 뒤에야 기대를 조금 내려놓게 되는 자리. 나는 그 자리에서 작은 배음을 어루만지며 오늘을 건넌다. 내가 마음을 두는 세계는 이런 모습에 가깝다. 화려함이 사람을 대신하지 않고 배음이 사람을 설명해 주는 곳. 누가 더 많

이 가졌는지보다 누가 더 깊이 울렸는지가 남는 세계. 말보다 침묵이, 박
수보다 끝난 뒤의 숨소리가 더 많은 것을 전해 주는 자리. 세상은 쉽게 바
뀌지 않겠지만 나는 여전히 그 방향으로 걷고 있다. 언젠가 내가 이 무대를
떠난 뒤에라도 누군가의 가슴 어딘가에서 아주 작게 울릴 수 있다면, 그 정
도면 충분하다. 나의 삶과 이 세상은 서로에게 그렇게 배음으로 남을지도
모른다.

각광(脚光) 이후의 삶

잠시 여성 극단에서 연극을 몇 년 했다. 스무 살 때 삼십 대 일의 경쟁을 뚫고 극단에 들어갔지만 한 달 만에 포스터를 붙이고 청소만 하다가 이모에게 목덜미를 붙들려 나와야 했다. 무대는 그때 내 것이 되지 못했고 나는 무대의 가장자리에서 밀려난 사람처럼 극단을 떠났다. 그날 이후로 내 안에서는 자꾸 마그마가 흘러나왔다. 식지 않은 열은 갈 곳을 찾지 못한 채 일상 속에 스며 있었고 말 대신 몸 어딘가에 남아 있었다. 무대를 잃었다기보다 무대의 공기를 몸이 먼저 기억해 버린 채 살아온 시간에 가까웠다.

그러다 우연히 여성 극단에서 신입 단원을 모집한다는 공고를 보게 되었다. 종이 한 장이었고 문장은 짧았지만 눈보다 먼저 몸이 반응했다. 읽기도 전에 발이 멈췄고 넘길 수 없다는 감각이 먼저 왔다. 나는 그 앞에서 한동안 서 있었다. 도망쳤던 스무 살의 나와 아직 무대에 오르지 못한 현재의 내가 같은 자리에 겹쳐 서 있는 느낌이었다. 이번에는 증명하고 싶지도 이기고 싶지도 않았다. 다만 내 안에 남아 있던 열이 아직 살아 있는지 확인해 보고 싶었다.

　스무 살의 오디션에서 나는 쪽대본 하나 없이 무대에 올랐다. 핀 조명이 떨어지고 서너 명의 심사위원이 객석에 앉아 있었다. 준비해 온 것을 하라는 신호가 떨어졌지만 준비된 것은 없었다. 머리는 비어 있었고 몸만 남아 있었다. 그래서 나는 전쟁 중 폭격으로 아이를 잃은 엄마 연기를 하겠다고 말한 뒤 설명도 없이 바닥에 주저앉아 울었다. 연기라기보다는 오래 묵혀 두었던 울음이 몸을 뚫고 나온 쪽에 가까웠다. 바닥의 차가움과 조명의 열기와 숨 막히는 감각이 한꺼번에 몰려왔고 나는 그 울음 속에서 계산 없이 버티고 있었다. 울다 지쳐 목이 쉰 젊은 엄마의 시간을 그렇게 끝까지 가져갔고 이후 조용히 분장실로 불려 갔다. 큰 말도 없이 그렇게 신입 단원이 되었다. 그러나 리딩 한 번 제대로 해 보지 못한 채 그 시간은 끝나 버렸다. 아무 일도 일어나지 않았던 것처럼 보였지만 내 안에서는 계속 무대가 재생되고 있었다.

　서른여덟에 다시 오디션을 보게 되었을 때 내가 떨 수밖에 없었던 이유는 준비의 부족 때문만은 아니었다. 무대에 서자 연출 선생님이 하나의 상황을 던졌다. 한적한 저수지의 닭볶음탕 집에서 회사 동료들과 점심을 먹다 시골의 엄마가 떠올라 밖으로 나와 전화를 거는 장면이었다. 그 순간 나는 아홉 살 때 홀로 돌아가신 엄마를 떠올렸다. 머리가 상황을 이해하기도 전에 엄마는 이미 내 심장에 닿아 있었다. 설정 속의 엄마는 살아 있었지만 내 안의 엄마는 부재의 얼굴을 하고 있었다. 그래서 그 통화는 연결을 전제로 한 안부라기보다 닿지 않는 사람에게 습관처럼 말을 거는 시간이 되었다. 나는 빈 전화기를 붙들고 엄마에게 이 장면을 설명하며 연기를 마쳤다. 말하지 않은 것들이 장면을 붙들고 있었고 나는 그 침묵을 끝까지 가져갔다. 연기가 끝나자 그 자리는 울음으로 가득 찼고 평가의 형식은 흐려졌다. 연출 선생님은 그것이 기술이 아니라 삶을 통과한 연기에 가깝다고 말했다.

사람을 사랑하게 될 때마다 나는 그 오디션을 떠올린다. 내가 주저앉았던 바닥을 이해할 수 있을지, 말없이 바라봐 줄 수 있을지를 가늠하며 사랑을 시작해 왔다. 사랑은 늘 무대처럼 느껴졌다. 객석에 머물렀다가 상수로 올라갔다가 다시 하수로 사라지기를 반복하며 나는 사랑과의 거리를 조절했다. 너무 가까우면 무너질 것 같았고 너무 멀어지면 사라질 것 같았기 때문이다. 오디션과 사랑은 즉흥이라는 점에서 닮아 있다. 둘 다 준비된 말보다 준비되지 않은 반응에서 진실이 새어 나온다. 머리는 늦게 도착하고 몸이 먼저 상황을 통과한다. 즉흥은 무작위의 선택이라기보다 오래 축적된 감각이 순간에 모습을 드러내는 상태에 가깝다. 무대 위에서도 사랑 앞에서도 나는 늘 내가 생각한 나보다 먼저 드러나 있었다. 통제되지 않은 그 짧은 시간 동안 사람은 자신이 어디까지 버텨 왔는지를 숨기기 어렵다.

무대에서 각광을 받을 때 나는 커지는 사람이 아니라 더 벗겨진 사람이 된다. 사방이 어두워진 뒤에야 빛이 떨어지고 그 빛은 환호라기보다 노출에 가깝다. 손끝의 떨림과 숨소리까지 감출 수 없게 되는 순간 나는 잠시 허락받은 존재처럼 서 있다. 그러나 삶에는 리허설도 대본도 없다. 매일은 즉흥에 가깝고 이해되기보다 통과되어야 한다. 무대가 사라진 자리에서도 나는 여전히 그 즉흥 속을 걷고 있다. 흔들리면서도 계속 서 있으려는 태도. 아마 그것이 내가 살아 있음을 가장 분명하게 느끼게 하는 감각일 것이다.

나는 무엇으로
살고 있는가

모든 것은 서로 맞물려 있다. 어느 한 조각이 떨어져 나가면 다른 조각도 덜컹거리고 한쪽에서 난 미세한 소음이 삶 전체로 번져 나간다. 나는 늘 그런 감각으로 세계를 받아들이며 살아왔다. 그래서인지 외로움은 나에게 새 옷에 붙은 작은 택과도 같았다. 원해서 달린 것도 아닌데 옷깃 한편에 매달려 있다가 문득 손에 걸리고 눈에 밟히는 조각. 떼어낼까 망설이다 그대로 두고 길을 나서면 바람이 스치고 그 바스락거림이 마음 한쪽까지 울리는 느낌이었다.

사람들은 누구에게나 외로움이 있다고 말한다. 그러나 나는 이 감정을 정확히 알고 있는지 스스로에게 자주 묻게 된다. 삶은 일찍부터 고단했고 사람을 잃는 경험은 잦았다. 나는 많은 감정에 이름을 붙이기보다 그대로 견디는 쪽을 택해 왔다. 그러다 보니 이것이 슬픔인지 분노인지 불안인지 경계가 흐려졌다. 외롭다고 말해 왔지만 그 말이 가리키는 얼굴을 오래 들여다보지는 못했다.

고독과 외로움의 차이를 알고 싶어 오십 년이 넘는 시간을 써 왔다. 사람이 많을수록 더 공허해지는 자리에도 끝까지 앉아 있었고 혼자 있는 방 안에서 일부러 불을 끄고 침묵을 늘려 보기도 했다. 관계 속으로 깊이 들어가 보기도 했고 반대로 모든 만남을 끊고 내 안쪽으로만 내려가 보기도 했다. 그러다 어느 날 아주 가느다란 생각 하나가 마음에 걸렸다. 고독은 충만함에서 시작되고 외로움은 결핍에서 시작되는 쪽에 가깝다는 느낌이었다. 고독 속의 나는 나를 잃지 않았지만 외로움 속의 나는 나조차 놓친 채 허공을 더듬고 있었다.

오십을 넘어서며 나는 고독을 통해 스며 나오는 조용한 온기를 알아보게 되었다. 큰 환희와는 다른 종류의 기쁨이었다. 겨울 끝자락 창틀에 비스듬히 들어오는 햇빛처럼 분명 존재하지만 스스로를 드러내지 않는 온기. 이 온기를 알아볼 수 있게 된 것만으로도 나는 내 나이를 조금은 품게 되었다. 삶은 때때로 영혼까지 쥐어짜는 순간을 요구한다. 더 이상 남아 있지 않다고 느끼는 지점에서 한 번 더 버텨야 할 때가 온다. 늦은 밤 혼자 책상 앞에 앉아 있거나 아무도 없는 성당 안에서 무릎을 꿇고 있으면 왜 이렇게까지 애써야 하는지 스스로에게 묻게 된다.

그때 나는 내가 외로움 한가운데 서 있음을 알아차린다. 하지만 시간이 조금 지나면 생각은 달라진다. 이 외로움이 나만의 몫은 아니라는 쪽으로 마음이 움직인다. 인간이라는 존재는 누구도 대신 짊어질 수 없는 무게 하나씩을 안고 살아간다. 그렇게 생각이 옮겨 가는 순간 외로움은 다른 얼굴을 드러낸다. 그 감정을 안고 서 있는 내가 아주 미세하게 넓어지는 때가 찾아온다.

그때 나는 고독 쪽으로 이동하고 있다. 고독 속에서 한 발짝 떨어져 나를 바라보면 쉽게 무너지지 않는 내가 서 있다. 상처는 많지만 끝내 꺼지지 않는 심지 하나를 가진 사람. 어두운 방 안에서 촛불 하나가 깜빡이며 타고 있는 모습처럼 불안해 보이지만 계속 살아 있는 불빛. 나는 그 불빛을 보듯 나를 바라보게 되었고 여기까지 걸어온 나 자신을 조용히 존중하게 되었다.

이 고독의 바닥에서 나는 신을 만났다. 더 이상 내려갈 곳이 없다고 느낀 자리에서 오히려 먼저 와 있는 기운을 느꼈다. 혼자라고 믿었던 순간 이미 곁에 머물고 있던 존재. 고독은 나를 내버려두는 시간이 아니라 가장 가까이 다가오는 시간에 가까웠다. 그래서 고독은 두려움만 품은 시간이 아니게 되었다. 여전히 깊고 아득하지만 그 안에서만 들리는 목소리가 있다. 삶을 설명하려 애쓰기보다 그대로 통과하게 만드는 힘. 나는 그 힘 쪽으로 마음을 기울이게 되었다.

사람을 향한 기대와 집착을 잠시 내려놓고 나와 신 사이의 자리를 다시 세우는 일. 그것이 내가 고독 속으로 걸어 들어가는 이유다. 외로움은 여전히 버겁다. 그러나 고독은 나를 다시 나에게로 데려온다. 지금을 살아 내는

용기와 다시 사랑해 보려는 마음, 빛과 어둠이 함께 존재해도 괜찮다는 감
각은 모두 고독에서 출발했다. 그래서 외로움의 그림자가 스칠 때에도 고
독이라는 방으로 들어가 그 그림자와 함께 앉아 있을 수 있게 되었다.

그리고 이 고독을 나눌 사람들이 곁에 있다는 사실이 나를 살게 한다. 말
없이 곁을 지켜 주는 이들, 내 이야기를 들어주는 이들. 내가 버텨 온 시간
이 언젠가 누군가의 하루에 작은 불빛으로 남을지도 모른다는 생각이 나를
다시 일으켜 세운다. 겨울이 깊어가는 지금 나는 이 계절을 고맙게 맞는다.
차가운 공기 속에서 내 영혼은 조금 더 단단해진다. 고독을 이해하는 동지
들이 곁에 있고 보이지 않는 손길을 느끼며 하루를 건너간다. 그래서 오늘
도 나는 묻는다. 나는 무엇으로 살고 있는가. 그 질문 곁에서 나는 고독으
로 나를 지키고 사랑으로 하루를 건너며 감사 쪽으로 다시 몸을 일으킨다.
이 길은 화려하지도 빠르지도 않지만 멈추지 않고 계속 걷게 만든다. 이 질
문을 품은 채로 오늘을 건너가고 있다.

빛나는 사람들의 진실

　살다 보면 유독 빛이 나는 사람들이 있다. 그들은 일부러 빛을 내지 않고 자신이 빛난다는 생각에도 오래 머물지 않는다. 그저 묵묵히 하루를 살아낼 뿐인데 어느 순간 주변의 어둠이 그들의 얼굴에서 풀리고 말과 걸음과 지나온 생의 흔적들이 조용한 광채로 번져 나온다. 그 빛은 전구처럼 날카롭지 않고 햇살처럼 곧지도 않다. 오랜 세월 굴러온 돌에 남은 윤기처럼 부드럽고 은근하다. 아무 말 없이 곁에 서 있기만 해도 마음이 정돈되는 사람들. 나는 그런 사람들을 오래 바라보며 지켜보아 왔다.

　사람은 빛에서 출발한다는 이야기를 종종 듣는다. 태초의 어둠을 가르던 숨결과 혼돈 위에 떠오른 미세한 떨림에서 생명이 시작되었다는 말들. 그 떨림을 지키기 위해 인간은 빛을 안에 품어 왔다는 해석도 있다. 그래서 사람이 빛나는 일은 특별한 기적이라기보다 살아가는 과정에서 다시 드러나는 상태에 가깝다. 다만 그 과정에는 자신이 빛을 잃었다고 느끼는 계절이 끼어 있다. 스스로에게 어둠이 내려앉는 시기는 누구에게나 찾아온다. 그리고 바로 그 어둠이 빛을 알아보는 눈을 만든다. 밝음만 보아 온 사람은 빛을 쉽게 말하지만, 상처를 품고 오래 견딘 사람은 빛의 깊이와 온도를 더 늦게, 더 천천히 알아본다. 빛은 어둠이라는 배경을 가질 때 비로소 또렷해진다.

빛은 지나온 삶을 통과하며 각자의 색을 띤다. 어떤 이는 잿빛에 가깝고 어떤 이는 금빛이며 어떤 이는 깊은 푸른빛을 띤다. 빛의 색만큼 인생도 다르고 인연도 다르다. 상처가 생기면 몸은 스스로를 봉합하려 애쓰고 시간은 그 자리를 수없이 지나가며 거친 흔적을 윤기로 바꾼다. 우리가 흔히 말하는 빛이 난다는 감각은 바로 그 윤기에 가깝다. 그래서 상처를 많이 통과한 사람일수록 더 환해 보이기도 한다. 자신을 돌보고 아픔을 외면하지 않고 끝까지 끌어안아 온 사람에게서만 배어 나오는 밝음이다.

빛나는 사람들은 대체로 조용하다. 말이 많지 않고 자신을 앞세우지 않는다. 아침에 눈을 뜨고 주어진 하루를 건너고 밤이 오면 내일을 준비한다. 그런 사람들 곁에서는 설명하기 어려운 온기가 흐른다. 그 온기는 다른 이들의 마음속 촛불을 건드린다. 혼자 어둠을 견디던 사람의 가슴에도 작은 불씨가 옮겨붙는다. 빛은 그렇게 번지고 이어진다.

빛을 알아보는 사람들 또한 빛난다. 남의 밝음을 시기하지 않고 기꺼이 축복할 수 있는 사람들. 그 연결을 우리는 인연이라 부른다. 같은 빛을 지닌 이들이 서로를 알아보는 방식이다. 멀리서도 서로를 부르고 가까이 다가서면 어둠이 흔들린다. 함께 서 있으면 빛이 섞인다. 별도 그렇다. 모두 빛나지만 어떤 별은 다른 별의 차례를 위해 잠시 숨을 고른다. 사람의 빛도 닮았다. 스스로 빛날 줄 알면서도 누군가의 밝음을 위해 자신을 낮출 수 있는 태도. 그 절제와 기다림은 깊은 발광에 가깝다.

사랑 역시 이 방식으로 빛난다. 자신을 드러내기보다 상대의 어둠을 덜기 위해 자신의 빛을 다스리는 마음. 그렇게 이어지는 관계를 우리는 인연이라 부른다. 빛나는 사람 곁에는 또 다른 빛나는 사람이 선다. 서로가 길이 되고 등불이 되며 어떤 날은 비추고 어떤 날은 비춰진다. 그렇게 한 사람의 생은 조금씩 환해지고 그 빛은 다시 다른 인연을 부른다. 우리는 빛에서 와 빛으로 살다가 다시 빛 쪽으로 돌아간다. 그 사이를 건너는 동안 우리는 서로에게 작은 별이 된다. 흔들리는 날도 있지만 끝내 사라지지 않는다. 아마 그것이 삶을 건너는 방식이고 우리가 서로를 알아보는 이유에 가깝다.

삶은 거대한 바퀴

삶은 하나의 거대한 바퀴처럼 느껴진다. 어떤 때는 확장이라는 전진으로 힘차게 나아가며 세상 밖으로 뻗어야 할 때가 있고, 또 어떤 때는 모든 것을 거두어들이며 조용히 수렴해야 할 때가 있다. 전진과 멈춤, 때로는 후진까지 감내하며 바퀴를 굴려야 하는 일이 인간의 하루에 스며 있다. 확장의 시기에는 봄의 새싹처럼 안에서부터 힘이 차오르고 사람은 자연스레 넓어진다. 인연은 늘어나고 활동의 경계는 흐려진다. 스쳐 가는 만남조차 어딘가로 이어질 듯 보이고 떠난 인연에도 집착이 남는다. 그 시기에는 말 한마디, 눈빛 하나까지도 운명처럼 다가온다.

그러나 확장은 언제나 결실과 함께 멈춘다. 어느 순간 인생은 계절을 바꾸고 익숙하던 사람들이 우수수 떨어져 나간다. 내가 의도하지 않았는데도 문은 닫히고 새로운 자리에 놓인다. 그 무렵에야 붙잡으려 애썼던 것들조차 이미 떠날 준비를 하고 있었음을 알아차리게 된다. 열어두지 않은 문 역시 언젠가는 스스로 열린다는 감각을 몸으로 받아들이게 된다.

우리는 이 변화 앞에서 한숨을 쉰다. 누구를 탓하기보다는 계절 앞에서 자신을 내려놓는 숨에 가깝다. 이미 바퀴 위에 올라탄 이상 흐름을 멈출 수는 없다. 바퀴는 의지와 무관하게 다음 장면으로 조용히 굴러간다. 막이 내린 줄도 몰랐던 순간이 사라지고 우리는 새로운 무대 위에 서 있다. 어떤 장면에서는 주연으로, 또 어떤 장면에서는 조연으로 물러난다. 조명이 옮겨가는 모습을 보며 주연과 조연이 순서의 문제에 가깝다는 생각이 뒤늦게 든다. 이 자리를 오르내리다 보면 화려함과 초라함이라는 말이 얼마나 덧없는지도 알게 된다. 앞서가도 뒤처져도 한 바퀴를 돌면 다시 제자리와 닿는다. 그 반복 속에서 희망도 절망도 잠시 머물다 떠나는 손님처럼 스친다.

바퀴에는 또 다른 얼굴이 있다. 같은 자리를 도는 듯 보여도 우리는 같은 사람으로 돌아오지 않는다. 조금은 달라진 마음으로, 조금은 깊어진 눈으로, 조금은 부드러워진 태도로 다시 제자리에 선다. 바퀴는 같아 보여도 그 위에 서 있는 나는 이미 달라져 있다. 그래서 지금의 고요가 어느 계절인지는 아직 가늠하기 어렵지만 바람의 결이 바뀌고 있다는 감각만은 분명하다. 다음 장면을 준비하는 작은 떨림이 내 안에서 자라고 있다.

계절과 시간과 인연은 모두 가르침을 건네는 선생처럼 다가온다. 꽃이 피고 지는 일, 사람이 다가왔다 멀어지는 일, 얼굴의 결이 바뀌는 일 속에서 우리는 몸과 마음으로 배운다. 젊은 시절의 확장은 무엇이든 가질 수 있을 듯한 자신감에서 시작되지만, 시간이 흐른 뒤의 확장은 더 이상 쥐지 않

아도 괜찮다는 감각에서 시작된다. 젊은 시절의 수렴은 상실에 대한 저항
에 가깝고, 나이가 든 뒤의 수렴은 비워야 다음이 들어온다는 믿음 쪽으로
기운다.

그래서 삶의 바퀴는 우리를 지치게 하는 고리이자 성장의 학교처럼 남
는다. 풍요의 계절에는 자신을 크게 오해하고 결핍의 계절에는 자신을 작
게 오해한다. 둘을 지나서야 크지도 작지도 않은 한 사람으로 선 자신을 받
아들이게 된다. 확장의 시기에는 이름을 부르며 다가가고 수렴의 시기에는
등을 바라보며 보내 준다. 그 두 장면을 모두 지나온 사람만이 누군가의 곁
에 오래 머문다.

우리가 할 일은 바퀴를 멈추려 애쓰는 일이라기보다 바퀴 위에서 어떤
마음으로 설지를 묻는 일에 가깝다. 확장의 계절에는 흥청거림 속에서도
중심을 잃지 않는 연습을 하고, 수렴의 계절에는 사라지는 것들을 애써 붙
잡지 않는 연습을 한다. 그러다 문득 삶은 거대한 바퀴이지만 그 바퀴를 어
떻게 기억할지는 각자의 몫이라는 생각에 이른다. 같은 계절을 지나도 어
떤 이는 상처를 남기고 어떤 이는 감사를 남긴다. 오늘도 어김없이 삶의 바
퀴는 돌아간다. 어제의 나를 지나 내일의 나를 향해. 나는 잠시 이 바퀴 위
에서 숨을 고른다. 지금 이 순간이 언젠가 돌아보면 또 하나의 계절로 남아
있을 듯하다. 그때를 떠올리며 오늘의 나를 조용히 다독인다.

그래서 나는 서두르지 않으려 한다. 바퀴가 어디쯤 와 있는지 애써 계산하지도 않는다. 지금 내 발이 닿아 있는 자리의 감촉을 느끼며 서 있을 뿐이다. 밀어야 할 때는 밀고 놓아야 할 때는 놓는다. 넘어지면 다시 올라타고, 흔들리면 속도를 늦춘다. 삶은 끝내 멈추지 않는다는 사실만이 분명하다. 그 안에서 내가 할 수 있는 일은 많지 않다. 다만 돌아가는 동안 너무 많은 것을 쥐지 않고, 너무 많은 것을 미워하지 않으며, 지나가는 계절마다 한 번쯤 숨을 고르는 일. 오늘의 바퀴가 어디로 나를 데려갈지는 알 수 없지만, 지금 이 자리에서 나는 다시 한번 발을 딛는다. 그걸로 충분하다.

빛의 끄트머리에 앉아

빛의 끄트머리에 앉아본 적이 있는가. 생의 어둠을 통과한 뒤 희망이라 부르기에도 너무 엷은 빛의 끝자락에 몸을 얹어 본 적이 있는가. 실낱같은 미소 하나로 암울한 나날들을 겨우 물들이며 하루를 넘긴 적은 있는가. 일상이 덧칠되듯 무거워질 때 나는 어떤 색으로 남아 있는지 스스로에게 묻고 또 묻는 질문을 견뎌 본 적이 있는가. 밝음의 끝에서 어둠을 바라본 순간이 있는가. 어둠의 끄트머리에서 희망이라는 이름의 밝음을 문득 마주친 날이 있는가.

그 자리를 지나온 사람들은 안다. 그 밝음이 눈부신 구원에 가깝다기보다 아주 먼 곳에서 가느다란 선 하나로 다가오는 미미한 온기라는 감각에 가깝다는 것을. 가느다란 빛에 삶을 기대어 사는 이들 또한 안다. 어둡고 또 어두운 날들이 씨실과 날실처럼 서로를 꿰매며 엮일 때 무겁고 엉킨 결이 어느 순간 반짝이는 쪽으로 바뀐다는 것을. 그 반짝임은 찬란해서가 아니라 오래 부서지고 깨졌던 순간들의 파편이 사금처럼 쌓여 만들어진다.

인간은 그 빛을 갈망하면서도 동시에 두려워한다. 희망의 얼굴을 하고 있지만 뿌리는 언제나 깊은 고통에서 자라기 때문이다.

어둠에 머무는 날들은 때로 영원처럼 길다. 아무도 손을 내밀지 않을 때 밤의 벽은 두꺼워지고 숨은 가늘어지며 하루의 무게는 소리 없이 내려앉는다. 그때 사람은 자신에게 묻게 된다. 나는 왜 아직 여기에 있는가. 왜 여전히 어둠을 감당하고 있는가. 무엇을 잃고 무엇을 붙들며 무엇으로 버티고 있는가. 이 질문들은 잔혹하고 서늘해서 때로는 나를 산산이 흩어 놓는다. 그러나 질문 속에서 무너져 본 사람은 새로운 숨의 방향을 찾기도 한다. 어둠은 인간을 삼키기 위해 오기보다 상처가 마침내 목소리를 얻는 자리 쪽에 가깝다.

어둠 속에서 우리는 자신을 알게 된다. 누구의 시선도 닿지 않는 고독의 자리에서 사람은 그림자를 처음으로 정면에서 마주한다. 감추고 싶던 기억과 후회와 수치와 고집과 슬픔이 뒤엉킨 낯선 형체다. 우리는 그 그림자를 외면하고 싶지만 어둠은 도망칠 틈을 잘 주지 않는다. 그래서 마침내 그 손을 붙잡게 된다. 붙잡는다는 말은 이해에 가깝다기보다 더 이상 피하지 않겠다는 선택 쪽에 가깝다. 바로 그 지점에서 낮의 빛이 주지 못하는 아주 작은 변화가 시작된다.

어둠을 오래 견디다 보면 이런 감각을 만나게 된다. 어둠은 나를 가두는

벽이 아니라 나를 스스로 듣게 만드는 공간이라는 쪽으로 마음이 움직인다. 낮에는 들리지 않던 내 안의 오래된 목소리가 밤이 되면 미세한 떨림으로 깨어난다. 그 목소리는 약속하지 않는다. 희망을 설득하지도 않는다. 다만 이렇게 속삭인다. 여기까지 온 것도 쉽지 않았다. 위로라기보다 현실에 가까운 말이다. 그 말을 들은 날 사람은 스스로를 미워하는 일을 잠시 멈춘다. 그 멈춤의 자리에서 아주 작은 숨이 다시 태어난다. 숨은 대개 어둠에서 시작된다.

삶은 밝음과 어둠 사이를 오가는 길처럼 이어진다. 밝음만 바라보던 사람은 빛이 사라지는 순간 쉽게 무너진다. 그러나 어둠을 알고 지나온 사람은 밝음이 없어도 버틴다. 밝음은 목적지라기보다 어둠이 남긴 흔적에 가깝고 어둠은 실패라기보다 생이 우리에게 단단함을 가르치는 스승처럼 남는다. 사람은 실패로 성장한다기보다 고요한 어둠 속에서 삶의 구조를 배워 간다.

우리가 버텨낸 어둠은 서로 다른 모양으로 몸에 남는다. 어떤 어둠은 깊은 주름이 되고 어떤 어둠은 가슴의 응어리가 되며 어떤 어둠은 밤마다 찾아오는 불안으로 남는다. 말하지 못한 울음으로 머무는 어둠도 있다. 그러나 그 모든 어둠이 모여 우리의 빛을 만든다. 빛은 갑자기 생기지 않는다. 몸에 새겨진 어둠들이 서로 기대어 오래 축적된 뒤 하나의 결로 드러난다.

그래서 빛의 끄트머리에 앉아 본 사람은 그 자리의 성질을 안다. 누구에게

나 쉽게 허락되는 곳이 아니라는 감각. 사람이 가장 낮아지고 가장 고독해지고 가장 솔직해지는 자리라는 느낌. 그곳에서 흘린 눈물은 보여 주기 위한 것이 아니라 삶을 향한 마지막 인내에 가깝다. 그 자리에서 새어 나오는 작은 숨은 다시 살아 보려는 마음이 아직 남아 있다는 신호처럼 다가온다.

그리고 그 자리에 앉아 본 사람은 타인의 어둠을 가볍게 재단하지 않는다. 아무리 밝아 보이는 사람도 그 뒤에 각자의 어둠을 품고 있다는 사실을 알기 때문이다. 우리는 무대 위에서 웃고 무대 뒤에서는 저마다의 어둠을 짊어진다. 우리가 조금 더 다정해지는 이유는 세상이 좋아져서라기보다 서로의 어둠을 알아보게 되었기 때문이다. 그래서 어둠을 견디는 사람에게 가장 깊이 닿는 말은 이 한마디에 가깝다. 나도 그 자리에 앉아본 적이 있다. 경험한 사람만이 건넬 수 있는 조용한 연대다.

삶은 결국 어둠에서 태어난 빛들이 서로를 알아보는 과정처럼 이어진다. 어둠이 없다면 우리는 서로를 알아보기 어렵다. 빛은 언제나 어둠과 맞닿아 있고 어둠은 다음 빛을 품고 있다. 그러니 어느 날 어둠이 전부처럼 느껴질 때 이렇게 말해 볼 수 있다. 이 어둠은 나를 가두지 않는다. 나를 준비시킨다. 나를 무너뜨리지 않는다. 다시 일어서게 한다. 다음 삶의 구조를 짓기 위한 깊은 숨에 가깝다. 그래서 다시 묻게 된다. 아주 천천히. 빛의 끄트머리에 앉아 본 적이 있는가.

딱정이가
가르쳐 준 진실

아홉 살이던 나는 아픈 엄마 곁에서 끓는 물을 올려두고 숨을 고르고 있었다. 한숨만 내쉬어도 비틀거리던 엄마는 몸을 제대로 가누지 못했고 작은 움직임에도 위험이 느껴졌다. 나는 그저 끓는 물이라도 데워 드리면 엄마의 병이 조금은 나아질 것 같아서 어린 마음으로 냄비를 불 위에 올려두고 지켜보고 있었다. 그러다 솥이 흔들리는 순간 나는 반사적으로 발을 내디뎠다. 솥이 엄마 쪽으로 쏟아지지 않도록 내 발목을 그 뜨거운 자리로 밀어 넣었다. 닿는 순간 발목에서 살이 익어가는 냄새가 공기 속으로 피어올랐고 통증은 뇌까지 닿았지만 엄마는 울면서 우리 아가 괜찮냐며 손끝을 떨며 내 발목을 감싸 쥐었다. 나는 엄마를 지키겠다고 내민 발과 나를 지키겠다고 쥔 그 손 사이에서 사랑의 첫 모양을 배웠다. 누군가를 지키기 위해 자신이 다칠 수 있다는 감각을 너무 이르게 알게 되었다.

그 상처는 돌봐줄 여유가 없어 부풀어 오르고 물집이 잡히고 터졌다가 다시 차오르는 일을 반복했다. 병원에 갈 수도 없었고 약을 바를 형편도 되지 않았다. 나는 아픈 아이의 발목에서 벌어지는 변화를 고스란히 견뎌야 했다. 그러던 어느 날 붉게 짓무르던 살 위에 얇고 투명한 막이 생기기 시작했다. 그것이 딱정이었다. 딱정이는 상처를 숨기기 위한 가면처럼 보이지 않았다. 살아남기 위해 몸이 스스로 지어 올린 작은 울타리에 가까웠다. 상처는 잊히기 위해 덮이는 쪽이 아니라 아물기 위해 덮인다는 감각을 딱정이는 말없이 보여 주었다. 억지로 건드리면 피가 다시 흐르고 뜯어내면 새살이 갈라진다는 점을 내 몸은 이미 알고 있었다. 그 무렵 나는 치유가 바깥에서 주어지기보다 안쪽에서 시작된다는 쪽으로 마음이 기울었다.

세월이 흐른 뒤 나는 몇 번의 뜨거운 사랑을 지나왔다. 사랑은 내 안에 또 다른 화상을 남겼고 끝자락마다 마음 깊은 곳에 비슷한 상처가 생기곤 했다. 뜨거웠던 만큼 상처는 깊었고 회복은 더뎠다. 나는 그 과정을 매번 처음처럼 통과했다. 어느 날 마음속 몇 개의 굳은 자리를 내려다보고 있었다. 모두 다른 얼굴의 사람들로 인해 생긴 자리였지만 이상하게 닮아 있었다. 사랑이 지나간 자리마다 딱정이가 앉아 있었다. 딱정이는 나를 책망하지 않았다. 왜 그렇게 사랑했는지 왜 그렇게 다쳤는지 묻지 않았다. 다정한 눈빛으로 나를 바라보며 이렇게 말하는 듯했다. 너는 쓰러진 적은 있어도 끝난 적은 없다고. 견뎠고 버텼고 사랑했고 그렇게 아물어 왔다고.

딱정이 아래에 남은 결을 바라보며 나는 알게 되었다. 얇고 단단한 보호막 안에는 내가 어떻게 사랑했고 어떻게 다쳤으며 어떻게 살아왔는지가 층

층이 쌓여 있었다. 상처를 외면하지 않았기에 아물 수 있었고 뜨겁게 다쳤기에 뜨겁게 회복되었다. 나는 매번 같은 자리에서 무너지는 듯 보였지만 매번 다른 방식으로 다시 일어났다. 딱정이가 올라앉은 자리 아래에는 늘 새살이 자라고 있었고 그 새살은 예전보다 더 단단하고 더 깊고 더 따뜻했다. 상처는 약해지는 길이라기보다 단단해지는 길에 가까웠다. 사랑은 나를 부수지 않았다. 시험하기보다 넓히는 쪽으로 나를 데려갔다. 딱정이는 고통의 끝이라기보다 다시 사랑할 수 있는 사람으로 나를 돌려보내는 출발점처럼 남았다.

지금 내 피부 위에는 몇 개의 오래된 딱정이가 조용히 나를 올려다보고 있다. 각기 다른 사랑의 끝에서 남은 자리들이지만 비슷한 눈빛을 하고 있다. 그 눈빛은 이렇게 속삭인다. 잘 버텼다고, 잘 사랑했고 잘 아물어 왔다고. 나는 그 조용한 인정 앞에서 오래 숨겨 두었던 숨을 내쉰다. 딱정이들은 나를 평가하지 않고 실패를 들추지 않는다. 지나간 시간을 있는 그대로 안아 준다. 그 눈빛 곁에서 알게 된다. 상처가 있다는 일은 숨길 일이 아니며 치유는 무너지지 않았다는 기록에 가깝다는 점을. 딱정이는 내가 다시 걸을 수 있도록 남아 준 작은 경계였고 나의 시간이 고요히 쌓인 자리였다.

그래서 나는 이제 내 삶을 하나의 고백처럼 받아들인다. 나는 살아남았고 다시 일어났으며 나를 잃지 않은 채 여기까지 걸어왔다. 아홉 살의 발목에 남은 뜨거운 상처는 아직도 피부 아래 조용히 남아 있고 그 자리는 내 모든 사랑과 상처와 회복의 시간이 한 점으로 모여 있는 표식처럼 나를 바라본다. 손끝으로 더듬으면 어린 날의 숨결과 엄마의 떨림과 내가 선택했던 본능이 함께 되살아난다. 그 상처는 나를 부끄럽게 만들지 않았다. 약하게도 만들지 않았다. 어떻게 사랑했고 어떻게 다쳤으며 어떻게 살아왔는지를 기억하게 하는 오래된 증인으로 남아 있다.

이제 나는 사랑을 피하지 않는다. 상처는 다시 찾아올 수 있고 아픔도 또 올 수 있다. 그러나 나는 이미 그 길을 지나온 사람이다. 뜨거움을 통과해 살아남았고 새살이 돋는 시간을 몸으로 배웠다. 그러니 앞으로도 사랑할 것이다. 아플지도 모르지만 사랑하고 무너질지도 모르지만 사랑할 것이다. 다시 일어설 힘이 내 안에 남아 있음을 아는 사람의 방식으로. 언젠가 또 딱정이가 앉는다면 그 아래에서 새살이 자라고 있으리라는 감각을 믿는다. 그 감각이 내 발목의 상처를 여기까지 데려왔고 앞으로의 나를 열어 갈 것이다. 나는 아물어 왔고 지금도 아물고 있으며 다시 사랑할 쪽으로 천천히 걷고 있다.

생명 나무 아래서

할아버지는 달력 뒷면에 생명나무를 그려 주시며 세상 이야기를 들려주곤 하셨다. 한쪽에서 생명이 태어나면 반대쪽에서는 그 생명을 견제하는 존재가 함께 태어난다고 했다. 그것이 자연의 질서이며 균형이라고 하셨다. 인간도 예외는 아니라서 사람 하나가 세상에 놓이는 순간 그를 집어삼킬 힘도 동시에 태어난다고 했다. 그 힘의 이름을 욕심이라 불렀다. 욕심은 바깥에서 오는 것이 아니라 사람 안에서 먼저 자라며 사람보다 앞서 말하고 더 세게 움직인다고 하셨다. 그래서 사람은 평생 자기 안의 천적과 함께 살아가는 법을 배워야 한다고 했다. 어떤 이는 욕심에 잠식되고 어떤 이는 그 욕심을 끌어안은 채 다른 길을 택한다고 했다. 그 갈림은 재능이나 운보다는 태도에 가깝다고 하셨다. 할아버지는 늘 조용한 목소리로 그 이야기를 반복하셨고 나는 그 말을 오래 품고 살았다. 어릴 때는 동화처럼 들리던 말이 삶을 몇 번 건너고 나서야 몸 안에서 움직이기 시작했다.

어느 날 책을 읽다가 그림자라는 말을 만났을 때 할아버지의 생명나무가 떠올랐다. 사람 안에 숨기고 싶은 감정과 기억과 충동을 가리키는 말이었다. 그것은 제거해야 할 대상이 아니라 외면할수록 커지고 마주할수록 길을 내는 존재로 설명되어 있었다. 그림자를 품을 수 있을 때 사람은 자신을 덜 속이게 된다는 문장을 읽으며 나는 이미 오래전부터 그 이야기를 알고 있었다는 느낌을 받았다. 살다 보면 설명하지 않아도 마음이 먼저 닿는 사람이 있다. 멀어졌다가도 이상하게 다시 마주치는 사람. 나를 불편하게 흔들지만 결국 나를 나에게로 데려오는 사람. 그런 인연 앞에서는 감정이 앞서지 않고 오히려 고요가 먼저 온다. 처음 만났는데 오래 알고 지낸 것 같은 기분. 숨기고 싶던 얼굴이 자연스럽게 드러나는 순간. 그런 만남은 설득하지 않고 증명하지도 않는다. 다만 오래 남는다.

사람들은 그런 인연을 특정한 이름으로 부르기도 한다. 나는 그 이름이 중요한지는 잘 모르겠다. 다만 분명한 점은 그런 만남 앞에서는 내 안의 그림자가 또렷해진다는 것이다. 부끄럽던 마음과 욕심과 두려움까지 숨지 않고 모습을 드러낸다. 이상하게도 그 그림자를 없애고 싶지 않아진다. 함께 두고 살아 보고 싶어진다. 그 사람은 나를 무너뜨리기보다 나를 들여다보게 만든다. 그 과정은 편하지 않지만 오래 진실하다.

진짜 인연은 삶을 예쁘게 장식해 주는 사람이 아니다. 내가 붙잡고 있던 생각들을 흔들고 외면하던 얼굴을 마주하게 만든다. 그런 인연은 자주 머물지 않아도 좋고 늘 곁에 있지 않아도 괜찮다. 한 번의 침묵과 한 번의 눈빛만으로도 삶의 방향을 바꾸어 놓는다. 그래서 그런 인연은 계절이 바뀌어도 마음 안쪽에서 계속 숨 쉰다.

할아버지의 생명나무는 지금도 내 안에서 자라고 있다. 가지마다 욕심도 있고 사랑도 있고 슬픔도 있다. 나는 그 나무 아래 앉아 인연들을 떠올린다. 오래전부터 예감처럼 남아 있던 한 사람도 함께 떠올린다. 그 사람은 나에게 질문을 남겼고 나를 스스로 보게 했다. 함께 웃던 날보다 혼자 돌아서야 했던 날이 더 많았지만 그 시간들은 가볍지 않았다. 그는 내 삶의 끝자락마다 다시 묻게 만드는 존재였다. 인연은 답을 주지 않는다. 대신 질문을 남긴다. 그 질문 덕분에 나는 조금 덜 거짓되게 살게 되었고 조금 더 깊어졌다. 그는 나를 흔들었고 그 흔들림 속에서 나는 더 단단해졌다. 그래서 나는 지금도 묻는다. 저 만남은 언제부터 나를 향해 오고 있었을까.

나는 시지프다

요즘 나는 삶이라는 말이 추상으로 느껴지지 않는다. 개념이 아니라 무게로 먼저 온다. 아침에 눈을 뜨기도 전에 이미 어깨에 얹혀 있는 압력. 아무 일도 시작하지 않았는데도 하루를 다 살아 낸 듯한 피로. 그런 날이면 이런 생각이 스친다. 내 안에 또 다른 시지프가 살고 있는 건 아닐까. 말없이 바위를 붙잡고 산을 오르는 사람. 끝을 알 수 없다는 감각을 안은 채 다시 몸을 기울이는 사람.

시지프는 그리스 신화 속 인물이지만 그의 얼굴은 낯설지 않다. 바위를 산꼭대기까지 밀어 올리면 그것은 다시 굴러 떨어지고 그는 아무 항변도 없이 내려와 다시 바위를 밀어야 한다. 보상도 없고 완결도 없다. 반복만이 남는다. 그런데 이 이야기를 읽을 때 나는 절망보다 익숙함을 먼저 느낀다. 우리의 하루 또한 크게 다르지 않기 때문이다. 애써 쌓아 올린 시간이 쉽게 무너지고 다시 처음 자리로 돌아오는 일. 어제와 크게 다르지 않은 오늘을 다시 시작해야 하는 순간들. 삶은 종종 그런 얼굴로 다가온다.

우리는 저마다의 바위를 민다. 그 바위는 사람마다 다르게 생겼다. 어떤 이는 가족이라는 이름의 무게를 밀고 어떤 이는 생계라는 돌을 어깨에 얹 는다. 사랑이라는 바위를 가슴에 안고 사는 이도 있고 책임이라는 단단한 돌을 끌어안고 하루를 견디는 사람도 있다. 바위는 쉽게 가벼워지지 않는 다. 오히려 시간이 흐를수록 더 묵직해진다. 바위를 미는 일은 영웅적인 장 면과는 거리가 멀다. 반복적이고 조용하며 때로는 아무 의미도 없어 보인 다. 그러나 그 반복 속에서 사람은 조금씩 달라진다. 같은 자리를 오르내리 는 듯 보여도 몸의 각도와 숨의 깊이는 변해 간다.

산꼭대기에 바위를 올려놓는 순간을 떠올려 본다. 환호는 없다. 대신 아 주 짧은 침묵이 온다. 다시 굴러떨어질 장면을 이미 알고 있기 때문이다. 그 잠깐의 정적. 아무 소리도 나지 않는 그 순간이 이상하게도 가장 평온하 다. 바위가 떨어질 때의 소리는 언제나 크고 둔하다. 그 소리가 가슴을 울 릴 때마다 나는 또 한 번 무너지는 기분을 느낀다. 하지만 그때마다 마음을 다시 세운다. 다시 오르기로 결정한다. 포기하지 않는 태도 하나로 하루를 견디는 일이 결국 인간의 존엄에 가깝다는 생각이 그제야 마음에 닿는다.

반복되는 일상은 사람을 쉽게 지치게 한다. 같은 실수를 되풀이하고 같 은 후회를 다시 꺼내며 같은 질문 앞에 서는 일. 이 길이 맞는지 확신할 수 없을 때도 많다. 그럼에도 불구하고 우리는 다시 산을 오른다. 이유를 정확 히 설명하지 못하는 날도 있다. 다만 멈추지 않기로 선택할 뿐이다. 그 선택이 쌓여 사람의 시간을 만들고 그 시간이 한 사람의 생으로 이어진다.

아무도 알아주지 않아도 나는 오늘도 바위를 민다. 박수도 없고 증명도 없다. 그러나 그 무게를 견디는 동안 나는 분명 살아 있다. 바위의 크기는 여전하고 언덕의 높이도 달라지지 않는다. 다만 내 걸음의 리듬이 변했을 뿐이다. 예전처럼 성급하지 않고 예전처럼 분노하지 않는다. 넘어질 장면을 알면서도 그 사실에 압도되지 않는다. 바위를 올리는 동안 나는 숨을 배우고 바위가 떨어지는 동안 나는 다시 나를 배운다.

그래서 나는 시지프처럼 산을 오른다. 절망 쪽이라기보다 이해에 가까운 마음으로. 삶은 정복해야 할 대상이라기보다 함께 걸어야 할 동반자처럼 느껴진다. 바위는 나를 벌하기 위해 있는 존재라기보다 나를 단련시키는 무게에 가깝다. 그 무게 덕분에 나는 쓰러지지 않는 법을 익히고 다시 일어나는 감각을 몸에 남긴다. 오늘도 바위는 굴러떨어질 것이다. 그래도 나는 다시 바위를 붙잡는다. 그 짧은 숨의 여백 속에서 살아 있다는 감각을 온전히 느끼며.

화광반조와 각광

화광반조(和光返照)라는 말은 불교에서 나왔다. 빛을 누그러뜨려 안으로 돌린다는 뜻이다. 수행자가 깨달음에 이르렀을 때 그 광명은 밖으로 흘러 나가지 않고 오히려 자신을 향해 되비친다고 했다. 부처의 빛은 현란하지 않고 고요하다. 세상을 압도하기보다 스스로를 감싼다. 그런데 세상에서는 이 말을 다르게 받아들인다. 사람이 죽기 직전 단 한 번 얼굴이 환해지는 순간이 있다고, 그것을 마지막 생의 반짝임으로 여긴다. 나는 오래도록 그 두 의미 사이에서 머물렀다.

어머니는 중풍으로 쓰러진 뒤 거의 매일을 굶다시피 살았다. 몸은 점점 말라갔고 구멍이란 구멍에서 피를 흘렸다. 그 피는 하루이틀의 일이 아니었지만 마지막 날의 피는 달랐다. 어머니는 아무도 없는 방에서 내 이름을 애타게 부르다 숨을 거두었다. 그날 나는 신께 어머니의 고통이 멈추기를 빌었다. 기도를 마치고 눈을 떠 어머니의 얼굴을 보았을 때 내가 떠올리던 마지막의 빛은 없었다. 얼굴은 지나치게 검었고 입과 코와 귀 모든 틈에서 피가 흘러내리고 있었다. 공포에 가까웠다. 나는 반사적으로 그 방을 빠져 나왔다. 허물을 벗는 뱀처럼 도망쳤다.

동네 이웃집에 도착하자 며칠을 굶은 나를 위해 상이 차려졌다. 그러나 한 숟갈도 뜰 수 없었다. 잠시 침묵이 흘렀고 그때 옆집 오빠의 다급한 목소리가 들렸다. "경화야 경화야." 그 소리는 어머니의 고통이 끝났다는 신호였다. 집까지 뛰어가는 동안 앞이 보이지 않았다. 문을 열었을 때 어머니는 방 한가운데 앉은 채로 엎드려 있었다. 방 안은 정지된 회색빛이었다. 죽음의 색이 공기처럼 떠다녔다. 나는 어머니를 일으켜 세웠다. 나를 부르다 멈춘 입가에는 누룽지가 말라붙어 있었고 동공은 열려 있었다. 수건을 빨아 얼굴을 닦아 드리고 눈을 감겨 드리고 마지막으로 입꼬리를 올려 드렸다. 아홉 살의 내가 할 수 있던 마지막 인사였다. 천장에 맴돌던 어머니의 절규가 그제야 내려앉았고 나는 그때서야 울 수 있었다.

오랫동안 나는 그 얼굴을 이해하지 못했다. 왜 어머니는 빛나지 않았을까. 왜 마지막은 그렇게 어두웠을까. 시간이 흐르고 어른이 되어서야 마음이 다른 쪽으로 움직였다. 어머니의 얼굴은 빛을 잃은 쪽이 아니라 빛을 안으로 거두고 있었다. 삶 동안 바깥으로 흘려보냈던 기력과 사랑과 고통이 마지막 순간에 자신에게로 돌아오고 있었다. 그것은 소멸이라기보다 귀환에 가까웠다. 너무 많은 것을 품었기에 밖으로 흘러나오지 못한 깊은 빛. 그 흑빛은 어둠이라기보다 응축처럼 보였다. 그제야 불교가 말하던 화광반조가 마음에 닿았다. 빛은 언제나 보이는 방식으로 남지 않는다는 감각이었다.

세상은 다른 종류의 빛을 원한다. 각광(脚光). 무대 아래에서 배우를 비추던 조명. 사람들은 각광을 인생의 정점처럼 여긴다. 이름이 불리고 칭찬이 쏟아지고 환호가 몰릴 때 비로소 존재하는 기분이 든다. 나 또한 그랬다. 박수 속에 서 있으면 내가 괜찮은 사람이 된 듯했다. 각광 아래에서는 상처도 잠시 잊혔다. 그래서 그 빛을 붙잡고 싶어 했다. 꺼질까 두려웠고 사라질까 불안했다. 그러나 각광은 늘 남이 켜 주는 빛이었다. 시선이 거두어지면 흔적 없이 사라졌다.

지금의 나는 조금 다른 쪽을 바라본다. 삶은 각광을 향해 커지는 길이라기보다 화광반조를 향해 낮아지는 길에 가깝다는 생각이 든다. 더 드러나는 사람이 되기보다 더 깊어지는 쪽으로 마음이 기운다. 세상이 비추는 빛보다 내가 나를 비추는 빛이 오래 남는다. 나는 더 이상 환호의 중심에 오래 서 있고 싶지 않다. 대신 조용히 내 안으로 돌아오는 법을 배운다. 삶의 끝이 아니라 지금 이 자리에서. 각광이 아니라 화광반조 쪽으로. 나는 이미 그 방향을 향해 걷고 있다.

허기라는 감각

추르가 우는 바람에 잠에서 깼다. TV 화면에는 추르를 위한 유튜브 고양이 영상이 뱅글뱅글 돌아가고 있었다. 아마도 내가 너무 일찍 누워 버린 것이 서운했던 모양이다. 추르는 가슴 위로 뛰어 올라와 지긋이 나를 내려다본다. 그 눈빛은 묘하게 사람의 마음을 닮아 있다.

그 순간 배 깊은 곳에서 허기가 밀려왔다. 저녁을 분명 먹고 돌아왔는데 이 허기는 무엇일까. 잠시 그 감각에 마음을 대보니 육신의 허기와는 달랐다. 요즘의 나는 유난히 삶이 허기롭다. 이 감각은 배에서 시작되었지만 이내 마음으로 옮겨왔다. 허기를 느끼며 나는 추르를 바라보았다. 추르의 눈빛은 말없이 건너왔다. 집사야, 네 허기. 나도 조금은 알 것 같아. 그런 말이 들린 듯 나는 추르를 끌어안고 볼에 입을 맞췄다. 이해받고 있다는 감각 하나만으로 허기는 조금 옅어졌다. 방 안의 고요 속에서 작고 따뜻한 숨결이 나를 덮었다. 생명 하나가 곁에 있다는 사실이 이렇게 사람을 붙잡아 주기도 한다.

나는 이 허기의 정체를 가만히 들여다보았다. 이 감각이 나에게 무엇을 말하고 있는지 묻고 또 물었다. 아직 누군가를 사랑할 힘이 남아 있다는 신호일지도 모른다. 아직 삶에 대한 기대를 거두지 않았다는 흔적일지도 모른다. 그 생각 앞에서 문득 눈물이 흘렀다. 이상하게도 그 눈물은 차갑지 않았다. 허기는 나를 무너뜨리기보다 흔들어 깨운다. 잠잠하다가도 벌컥 솟구치며 나를 다시 삶 쪽으로 밀어낸다.

허기를 느끼지 못하던 시간을 나는 안다. 아무것도 바라지 않게 되는 날들. 아무 변화도 일어나지 않는 시간들. 그때의 삶은 배가 고프지도 배가 부르지도 않았다. 그저 견디는 쪽에 가까웠다. 그런 날들에 비하면 이렇게 허기가 느껴지는 지금은 오히려 감사에 가깝다. 허기를 감각한다는 일은 여전히 살아 있다는 표시처럼 다가온다.

아홉 살 때 나는 엄마와 거의 한 달 가까이 굶은 적이 있다. 그 시절의 허기는 지금의 허기와는 전혀 다른 얼굴을 하고 있었다. 굶는 날이 길어질수록 허기는 오히려 사라졌다. 배가 고프다는 감각조차 느끼지 못했다. 몸은 버티고 있었지만 마음이 먼저 얼어붙었다. 살고 싶다는 생각보다 시간이 멈추기를 바랐다. 엄마의 체온이 서서히 식어가던 그 방 안에서 허기는 감정이 아니라 정지된 시간의 다른 이름에 가까웠다.

그 경험은 내 안에 깊이 남았다. 흔히 트라우마는 분노나 파괴로 나타난다고 말한다. 누군가는 관계를 찌르고 누군가는 자신을 무너뜨린다. 그러나 내 안의 흔적은 다른 방향으로 움직였다. 굶어본 허기는 나를 공격적으로 만들지 않았다. 대신 감각을 예민하게 만들었다. 나는 결핍을 빨리 알아차리는 사람이 되었고 타인의 허기를 먼저 살피는 사람이 되었다. 말보다 말사이의 숨을 듣게 되었고 웃음보다 그 뒤에 남은 공기를 바라보게 되었다.

그래서 지금의 허기는 나를 파괴하지 않는다. 오히려 나를 다시 사람 쪽으로 돌려보낸다. 허기를 느끼는 순간 나는 묻는다. 지금 나는 무엇을 갈망하고 있는가. 무엇을 아직 내려놓지 않았는가. 허기는 결핍이라기보다 생의 불씨에 가깝다. 아직 꺼지지 않았다는 신호처럼 다가온다. 허기가 찾아올 때마다 나는 다시 태어난다. 그것이 슬픔의 문이든 외로움의 그림자든 크게 다르지 않다. 허기는 나를 일으켜 세우는 또 하나의 기도처럼 남는다. 내가 살아 있음을 잊지 않게 해 주는 은총에 가깝다.

그래서 요즘 나는 밥을 먹자는 말이 얼마나 큰 말인지 새삼 느낀다. 그 말은 허기를 채우자는 제안이라기보다 서로의 삶을 나누자는 초대처럼 들린다. 오늘을 어떻게 견뎠는지 어떤 허기를 안고 여기까지 왔는지를 묻는 말이다. 밥을 먹자는 이야기는 상대의 삶을 함부로 대하지 않겠다는 약속이고 같은 테이블에 앉을 만큼 마음을 열겠다는 신호다. 굶어 본 사람에게 밥은 음식이 아니라 관계이고 온기이며 살아 있으라는 말이다. 그래서 나는 쉽게 밥을 먹자고 말하지 않는다. 대신 그 말을 건넬 때는 이미 한 사람의 하루를 조심스럽게 맞이하고 있다.

나라는
온도 위에 쓴다

　어쩌면 나는 문장 위가 아니라 온도 위에 쓴다. 종이보다 먼저 체온에 기대어 문장을 놓는다. 나는 문장으로 뜨거운 나를 식히고 차가운 나를 데우며 살아간다. 더 정확히 말하면 문장으로 나를 살리고 문장으로 나를 묻는다. 살리는 일과 묻는 일이 이렇게 가까이 붙어 있다는 사실을 나는 한참 뒤에야 알았다. 글을 쓴다는 일은 늘 어느 쪽으로든 기울 수 있는 행위였고 그래서 늘 조심스러웠다.

　마음이 불길처럼 타오르던 시절 나는 그 불을 끄기 위해 글을 썼다. 불은 언제나 가장 먼저 나를 삼켰고 나는 나 자신을 구하기엔 늘 조금 늦었다. 불이 꺼진 뒤 남아 있던 잿더미는 생각보다 깊고 차갑고 어두웠다. 나는 그 잿더미를 손으로 헤집으며 그 안에 남아 있는 나의 조각들을 찾으려 했다. 그러나 손끝에 닿는 것들은 대부분 이미 온기를 잃은 것들이었다. 손에 쥐면 바스러지고 오래 바라보면 사라지는 것들. 그때 알았다. 글이 없으면 나는 나를 다시 맞출 수 없다는 사실을. 글이 없을 때 내 안의 조각들은 서로의 자리를 찾지 못한 채 흩어져 있었다.

사람들은 뜨거운 감정이 무섭다고 말한다. 그러나 나는 차가운 감정이 더 두려웠다. 뜨거움은 나를 태워서라도 흔적을 남기지만 차가움은 무너뜨리지도 않은 채 비워 버린다. 뜨거운 상처는 고통 속에서도 버티게 하지만 차가운 상처는 고통조차 남기지 않은 채 깊은 침묵으로 가라앉는다. 차갑다는 감각은 나라는 존재가 멈추는 일과 닮아 있었다. 나는 그 정지를 겪은 적이 있다. 하루가 흘러가는데 그 하루가 나를 통과하지 않는 느낌. 숨은 쉬어지는데 살아 있다는 감각이 닿지 않는 시간. 심장은 뛰는데도 그 박동이 내 것처럼 느껴지지 않던 날들. 아침에 눈을 뜨고도 다시 하루를 시작해야 할 이유를 찾지 못한 채 시간을 흘려보내던 날들. 한동안 나는 살아 있는 사람인지 이미 어떤 부분은 멈춰버린 사람인지 알 수 없었다. 그때 글이 나를 깨웠다. 글자는 얼어붙은 가슴을 두드렸고 문장은 천천히 온기를 들여왔다. 나는 글을 쓰며 다시 조금씩 움직였다.

사람들은 묻는다. 글을 쓰면 나아지느냐고. 그 질문 앞에서 나는 오래 말을 고른다. 나아진다는 말은 내 상태를 너무 쉽게 정리해 버린다. 상처는 늘 여러 겹으로 남아 있다. 어떤 것은 아물고 어떤 것은 그대로 있고 어떤 것은 다시 열릴 준비를 하고 있다. 그래서 나는 이렇게 말한다. 나는 글을 쓰며 숨을 붙인다고. 글을 쓰며 하루를 넘긴다고. 그것이면 충분했던 날들이 있었다. 살아 보니 마음은 계절보다 훨씬 변덕스러웠다. 계절은 돌아오지만 마음은 돌아오지 않는 날들이 있었다. 봄이어야 할 때 봄이 오지 않았고 꽃은 피었지만 나는 그 냄새를 맡지 못했다. 여름이어야 할 때 마음은 얼어붙어 있었고 사람들은 가벼워졌는데 나는 여전히 두꺼운 옷을 입고 있었다. 가을에는 지나친 열에 눌려 숨이 가빴고 겨울이 와도 제대로 식지 못했다.

그때 나는 자연과 어긋나 있고 시간과 어긋나 있으며 삶의 리듬과도 어긋나 있다고 느꼈다. 그런 어긋남을 안고 지내야 했고 그 감각은 때로 뜨겁고 때로 차가웠다. 그래서 나는 글을 썼다. 글은 나의 온도를 기록했고 나의 시간을 정리해 주었다. 글이 없었다면 나는 지금 어디쯤 와 있는 사람인지 알지 못했을 것이다.

글이 잔인하다고 말하는 사람들이 있다. 나는 그 말에 고개를 젓지 않는다. 세상은 이미 충분히 잔인했고 그 안에서 나는 여러 번 상처를 받았다. 사람에게서 받은 잔인함도 있었고 삶의 무게에서 비롯된 잔인함도 있었고 나 자신에게 향한 잔인함도 있었다. 나는 그것들을 외면하지 않았다. 외면하면 더 크게 돌아온다는 것을 알고 있었기 때문이다. 그래서 글로 바라보았다. 이름을 붙이기보다는 모양만 남겨 두었다. 울어 버린 날들이 있었고 버려진 마음들이 있었다. 시간이 지나도 정리되지 않은 채 어두운 곳으로 굴러가 쌓인 기억들도 있었다. 나는 그것들을 오래 가슴 안에 두었다. 그 자리에서는 여름에도 찬 기운이 올라왔다. 그 근처를 지날 때마다 나는 무

의식적으로 숨을 낮췄다. 글을 쓴다는 일은 그 자리에 잠시 불을 켜는 일과 닮아 있었다. 오래 들여다보지 않고 무엇이 있는지만 확인하는 일.

그 안에는 작은 조각들이 남아 있었다. 어린 날의 나, 포기했던 나, 울다가 잠든 나. 나는 그 조각들을 하나씩 꺼내어 물에 헹구고 다시 제자리에 두었다. 완전히 정리하지는 못했다. 다만 그대로 방치하지 않기로 했다.

그래서 오늘도 나는 글을 쓴다. 특별한 목적은 없다. 문장을 붙잡고 있으면 시간이 조금 다른 속도로 흐른다. 얼어붙지 않도록 불씨를 살피듯 쓰고 타오르지 않도록 천천히 내려놓는다. 문장을 쓰는 동안 나는 숨을 쉰다. 오늘 나는 조용히 문장 하나를 건져 올린다. 아직 따뜻한지 손바닥으로 확인하고 잠시 들여다보다가 그대로 둔다. 더 말하지 않고 그 자리를 벗어난다.

수미산 칠층산 한라산

나는 산을 품고 살아간다. 어릴 적부터 산은 늘 내 곁에 있었다. 도시의 빌딩숲이 아니라 나무와 바위와 이끼가 실제로 살아 숨 쉬는 산. 사람의 말보다 바람의 말이 더 크게 들리던 곳. 그곳에서 나는 울고 웃고 길을 잃기도 하고 길을 찾기도 했다. 산은 나에게 풍경이 아니라 나를 지탱해 주는 하나의 형상이었고, 내면 깊숙한 곳에 자리 잡은 은유였다. 언제나 나보다 크고 깊고 오래된 어떤 존재가 나를 내려다보고 있다는 감각. 그것은 때로 위로였고 때로는 경계였다. 나 자신을 잊지 않게 붙잡아두는 경계이자 조용히 안아 주는 포옹 같은 것. 그래서인지 나는 삶을 말할 때 자주 산을 떠올린다. 내 마음의 구조는 산을 닮았고, 내 영혼의 흐름은 등산로를 따라 천천히 오르는 순례와 닮아 있었다.

불가에서 말하는 수미산은 우주의 중심에 솟아 있는 상상 속의 봉우리다. 삼천대천세계가 그 산을 중심으로 돌고, 육도윤회하는 중생들이 그 둘레에서 삶과 죽음을 반복한다. 수미산의 정수리에는 제석천이 머물고, 그 아래로 사천왕과 인간과 지옥의 세계가 차례로 내려앉는다. 나는 이 구조를 떠올릴 때마다 내 과거를 생각하게 된다. 내 안에도 그런 층위가 있었고, 오랜 시간 나는 그 안을 오르내리며 살아왔다. 누군가에게 말하지 못한 고통, 마음 한편에만 남아 있던 상처, 반복되는 실수와 그로 인한 자책. 그것들은 마치 수미산의 중턱 어딘가에 걸린 채 내려가지도 올라가지도 못하고 머물러 있던 나의 시간 같았다. 그 시절 나는 늘 같은 꿈에서 깼고, 깨어난 뒤에도 한동안 내가 어디에 있는지 알지 못했다. 수미산은 되돌아갈 수는 없지만 분명히 존재했고, 지금의 나를 이루는 일부로 남아 있는 조용한 구조물이다.

나는 때때로 마음속에서 또 하나의 산을 느낀다. 그 산은 불가의 상징이 아니라 서양의 신비 안에서 솟아오른 또 다른 고요함이었다. 토마스 머튼의 칠층산은 그의 자서전이자 영혼의 순례 기록이다. 그는 수도원에 들어가기까지의 내적 여정을 일곱 개의 층으로 나누어 고백했다. 그것은 지적으로 설계된 구조라기보다 고백과 통회, 결단과 침묵, 회심과 기도가 겹겹이 쌓여 이루어진 영혼의 계단이었다. 나는 그 글을 처음 읽었을 때 그것이 자서전이라는 형식을 넘어, 인간이라는 존재가 얼마나 깊고 많은 그림자를 안고 있는지 드러내는 기록이라는 생각이 들었다. 칠층산은 나에게 아직 오르지 않은 산이다. 다만 어떤 밤에는 계단 하나를 밟지도 않았는데 숨이 먼저 가빠진다. 그럼에도 언젠가 그 산을 마주하게 되리라는 감각은 오래전부터 내 안에 남아 있다.

머튼이 말한 침묵의 고도는 신에 도달하기 위한 결핍의 오름이었다. 그는 신을 갈망했지만 동시에 자신의 내면이 얼마나 거칠고 복잡한지도 알고 있었다. 그래서 그의 등정은 조심스러웠고, 그 고백은 정직했다. 그의 칠층산은 완결된 순례가 아니라 진행 중인 고백이었고, 나 또한 그런 고백을 품은 채 하루하루를 살아간다. 지금의 혼란과 흔들림마저 언젠가는 한 층의 일부가 될지도 모른다는 생각을 하면서.

수미산은 불교의 세계관 안에서 삶과 죽음의 윤회를 설명하는 중심이다. 모든 생의 층위를 품고 있지만, 그 누구도 거기에 머물 수는 없다. 고통도 그 아래에 있고 신도 그 위에 있으되, 인간은 그 사이 어딘가를 오르내리며 자신을 확인하고 또 잊는다. 반면 칠층산은 기독교적 회심과 구원의 상징이다. 위를 향한 직선의 구도 속에서 영혼은 내면 깊은 고백을 통해 조용히 방향을 바꾼다. 세속에서 성속으로, 말에서 침묵으로. 칠층산은 나에게 아직 도달하지 못한 언약의 계단이며, 마음속 어딘가에 남아 있는 비전이다.

그리고 나는 지금 제주에 있다. 한라산이 언제나 나의 하늘이자 뿌리로 존재하는 이 땅에서. 그 산은 신화나 구조 속에 있지 않고, 실제의 냄새와 바람과 이끼를 가진 산이다. 누군가에게는 배경일지 모르지만 나에게 한라산은 일상의 중심이다. 나는 이 산 아래에서 하루를 보내고 숨을 쉬고 울고 웃는다. 비가 오던 날, 젖은 신발을 벗지 못한 채 한참을 서 있었고, 그날 산은 아무 말도 하지 않았다. 꾸준히 존재하는 것, 다 말하지 않아도 품는 것, 맑은 날에도 거친 날에도 묵묵히 자리를 지키는 것. 그 아래에서 나는 살아남기보다는 살아 내는 쪽을 선택하며 하루를 보낸다.

수미산이 내가 지나온 시간이라면, 칠층산은 아직 오르지 않은 시간이다. 그리고 한라산은 지금 내가 발 딛고 있는 자리다. 어제와 내일 사이에서 오늘이라는 시간을 조심스럽게 건너는 자리. 누군가를 보듬고, 나를 조금 내려놓고, 다시 하루를 살아 내는 자리. 나는 이 세 산을 떠올릴 때마다 서로 다른 시간 위를 오르내리고 있는 기분이 든다. 수미산의 어둠 속에서 나를 돌아보기도 하고, 칠층산의 침묵 앞에서 내 안의 부끄러움을 마주하기도 한다. 그리고 대부분의 시간은 한라산의 일상 속에서 아주 작은 일들을 감당하며 지나간다. 세 산은 서로 닮지 않았지만, 나는 그 사이를 오가며 조금씩 나를 배워 왔다. 머무르지 않으면서도 무너지지 않는 법, 붙잡지 않으면서도 잃지 않는 법을. 산은 나에게 답을 주지 않는다. 다만 방향을 남긴다. 나는 그 방향들 사이를 오르락내리락하며 살아간다. 그저 그렇게 오늘의 고도를 지나며.

5부

삶이

이끄는 대로

일병식재

일병식재(一病息災)라는 말이 있다. 하나의 병을 얻으면 절제된 삶을 살게 되고 그 덕에 다른 병까지 막을 수 있다는 뜻이다. 나는 그 값을 서른둘에 치렀다. 정확히 말하면 2005년 5월, 생이 나를 한 번 다른 쪽으로 옮겨 보냈다가 다시 돌려보낸 그 시간에 치른 값이었다. 갑상선암은 아무런 예고도 없이 찾아왔다. 삶은 언제나 그렇듯 친절한 설명을 붙여 주지 않았고 나는 그 사실 앞에서 한동안 말을 잃었다. 암이라는 이름의 방문자가 도착했을 때 나는 성체조배실에 앉아 오래 침묵했다. 왜 하필 나인지, 왜 지금인지, 왜 이런 방식이어야 하는지. 질문은 공중에서 흩어지지 않고 다시 나에게로 돌아왔다.

돌이켜보면 그때의 나는 병보다 이유 없음에 더 아파하고 있었다. 인간은 고통보다 무의미를 견디기 어려운 존재라는 사실을 그 무렵 처음으로 배웠다. 수술 대기실에서 이름이 불리고 침대가 움직이던 짧은 시간 동안 나는 죽음을 처음으로 차분하게 바라보았다. 공포는 생각보다 조용했고 감각은 이상할 만큼 또렷했다. 소리는 멀어지고 시간은 늘어났으며 몸은 이미 나를 반쯤 놓아주고 있었다. 그 순간 나는 죽음을 이쪽에서 저쪽으로 옮겨가는 일이라고 불렀다. 설명할 수 없는 평온이 내려앉았고 두려움은 잠시 자리를 비웠다. 그 고요는 지금도 기억 속에서 정확한 온도를 유지한다. 그래서인지 목에 남은 상처는 공포로 굳지 않았다. 상처는 남았지만 원망은 오래 머물지 않았다.

삶이 나를 위협할 듯 다가올 때마다 나는 그날의 평온을 떠올린다. 이미 한 번 경계를 건너갔다 돌아온 사람이라는 사실을 조용히 기억한다. 그것은 대담함이 아니라 담담함에 가깝다. 수술을 받은 지 스무 해 하고도 일곱 달. 나는 이전의 나로 되돌아가려 애쓰지 않았다. 대신 조금씩 다른 사람이 되는 쪽을 선택해 왔다.

어느 가을날, 뿌리가 드러난 채 트럭에 실린 전나무 두 그루를 본 적이 있다. 그 노출된 뿌리가 예고 없이 찾아온 병의 기억과 겹쳐졌다. 나는 그 앞에서 오래 서 있다가 알게 되었다. 아픔은 제거해야 할 대상이 아니라 다루어야 할 감각이라는 것을. 아픔 하나가 다른 아픔을 돌볼 수 있다는 사실 앞에서 나는 자주 고개를 숙였다.

일병식재라는 말은 육체의 병에만 머물지 않는다. 상처 하나는 인간을 절제하게 만들고 절제는 삶을 단정하게 만든다. 삶이 단정해질수록 우리는 타인의 고통 앞에서 말을 줄이게 된다. 삶이 나에게 던지는 질문은 늘 비슷하다. 지금 괜찮니. 이 질문은 위로처럼 들리기도 하고 점검처럼 다가오기도 하지만 결국 나를 나에게서 멀어지지 않게 붙잡아 준다.

그래서 나는 배웠다. 욕망을 없애는 대신 욕망과 거리를 두는 법을. 더 가지려 애쓰는 손을 멈추고 이미 가진 것을 오래 바라보는 법을. 그것은 병 이후에 몸으로 익힌 생존의 방식이었다. 해가 기울 무렵이면 나는 묻는다. 오늘 나는 어떤 아픔으로 다른 아픔을 돌보았는지, 누구의 곁에 말없이 앉아 있었는지를. 스무 해 하고도 일곱 달 동안 다듬어진 이 태도는 이제 혼자만의 것이 아니다. 지나온 시련들은 나를 다듬어 온 조각도였고 그 칼날은 아팠지만 방향을 잃지는 않았다.

어떤 이름은 설명보다 시간이 먼저 필요하다. 그 이름은 증명보다 동행을 택하고, 앞서기보다 같은 속도로 걷는 쪽을 고른다. 삶의 전환기에 선 사람들이 잠시 숨을 고를 수 있는 자리. 더 많은 성취보다 더 작은 상처를 남기는 방향. 나의 다음 시간은 그 선택에 닿아 있다. 이 길이 혼자만의 길은 아니라는 감각을, 나는 조용히 품고 간다.

기록되지 않았던 날들

　모든 사건에는 클라이맥스가 있다고들 말한다. 우리는 그것을 대개 극적인 장면에서 찾으려 한다. 인생을 바꾸었다고 말할 수 있는 순간이나 눈에 띄는 선택의 장면에서만 정점을 발견하려 한다. 그러나 살아 보니 꼭 그렇지는 않았다. 오히려 아무 일도 없었던 것처럼 지나간 날들 속에 더 많은 변곡이 숨어 있었다.

　기억에 남지 않는 하루들이 있다. 특별히 기쁘지도 슬프지도 않았고 굳이 적어둘 말도 없었던 날이다. 아침은 늘 그렇듯 시작되었고 저녁도 무난하게 지나갔다. 날씨는 평범했고 대화는 길지 않았고 마음은 큰 파동 없이 하루를 통과했다. 그런 날들은 대개 기록되지 않는다. 중요하지 않다고 여겨지기 때문이다. 우리는 중요한 날이 따로 있다고 믿는다. 삶의 방향을 바꾸는 순간은 분명한 얼굴을 하고 있을 것이라 생각한다.

　그런데 시간이 지나 돌아보면 이상한 감각이 남아 있다. 분명 큰 사건은 없었는데 어느 지점부터 예전과 같은 방식으로 살고 있지 않다는 느낌이다. 속도가 조금 달라졌거나 예전 같으면 쉽게 했을 말을 삼키고 있거나 굳이 하지 않아도 될 일을 하지 않게 되었다는 사실만 남아 있다. 무엇이 달라졌는지는 정확히 말할 수 없지만 이전으로 돌아갈 수 없다는 감각만은 분명하다.

기억을 더듬어 보면 그 변화는 아주 평범한 하루에서 시작되었다. 아무 일도 없었다고 말해버린 날이다. 누군가에게 설명하지 않았고 스스로에게도 의미를 붙이지 않았던 날이다. 그날 이후로 무엇인가가 미세하게 달라졌다는 사실을 우리는 한참 뒤에야 알아차린다. 삶의 클라이맥스는 그렇게 조용히 지나간다. 요란한 감정도 분명한 사건도 없이 다만 방향만 조금 바꾼 채로.

글을 쓰다 보면 이런 순간을 자주 만난다. 문장이 흘러가다가 어느 지점에서 손이 멈춘다. 막히는 것도 아니고 다 쓴 것도 아닌데 이대로 더 나아가면 이전과는 다른 곳에 도착할 것 같은 예감 때문이다. 그 멈춤에는 표시가 없다. 줄을 긋지도 않고 메모를 남기지도 않는다. 다만 그 이후의 문장은 이전과 같은 리듬으로 나오지 않는다. 그 지점이 그 글의 숨은 중심이 된다.

삶에서도 비슷하다. 결심했다고 말할 수는 없지만 그날 이후로 같은 선택을 반복하지 않게 되는 순간이 있다. 말할까 말까 망설이다가 끝내 하지 않기로 한 말. 머무를까 떠날까 고민하다가 이유 없이 자리를 지킨 선택. 계속할 수는 있지만 굳이 그러지 않기로 한 판단. 그런 선택들은 대개 조용하다. 스스로에게조차 설명되지 않은 채 지나간다.

우리는 종종 그런 날들을 실패한 하루처럼 취급한다. 특별한 성취도 없었고 뚜렷한 감정의 변화도 없었다는 이유 때문이다. 그러나 시간이 흐른 뒤에야 알게 된다. 아무 일도 없었다고 생각했던 바로 그 날이 이미 다른 방향으로 몸을 기울이기 시작한 순간이었다는 사실을. 삶은 그렇게 소리 없이 방향을 바꾼다. 증거도 없이 그러나 되돌릴 수 없게 말이다.

나는 이제 기록되지 않았던 날들을 다시 떠올린다. 아무 의미도 없다고 넘겨버린 시간들 속에 이미 많은 선택이 숨어 있었음을 인정하게 된다. 삶은 언제나 극적인 장면보다 조용한 날들 속에서 조금씩 모습을 바꾼다. 그리고 누군가는 그 미세한 변화를 알아보고, 누군가는 그 곁에 잠시 머물며 같은 속도로 걷는다. 그렇게 이어진 시간만이 오래 남는다.

모든 날에는 저마다의 클라이맥스가 있다. 그것은 요란하지 않고 쉽게 설명되지 않는다. 다만 그날 이후로 내가 이전과 같은 사람으로 돌아가지 않는다는 감각으로 남는다. 글을 쓴다는 것은 그 달라짐을 놓치지 않는 일이다. 크게 흔들리지 않아도 분명히 방향이 바뀐 순간을 조용히 남기는 일이다. 그것이면 충분하다.

오십 이후의 사용법

오십이 넘으면 눈물이 나지 않을 줄 알았었다. 울 일은 젊을 때 다 울어 버렸고 슬픔도 어느 정도는 정리되어 있을 거라 생각했다. 인생에는 나이마다 통과해야 할 감정의 몫이 정해져 있고 오십이라는 경계를 넘으면 그 몫이 줄어들 거라고 막연히 믿었다. 그래서 오십은 눈물에서 조금은 자유로워지는 나이라고 상상했다. 그러나 눈물은 생각보다 끈질겼고 계산을 몰랐다. 나이를 묻지도 않았고 경계 앞에서 멈추지도 않았다. 눈물은 여전히 불쑥 찾아왔고 때로는 이유 없이 흘러내렸다. 다만 달라진 점이 있다면 울고 난 뒤의 태도였다. 울었다는 사실을 숨기지 않게 되었고 눈물이 나를 약하게 만든다는 변명도 하지 않게 되었다.

젊을 때의 눈물이 감정의 분출이었다면 지금의 눈물은 축적된 시간의 누수에 가깝다. 눈물은 마음에서만 시작되지 않는다. 몸 어딘가에 저장된다. 목 뒤에 남아 있던 긴장과 어깨에 쌓인 피로 오래 참았던 말들 사이에 눈물은 고여 있다가 어느 순간 흘러나온다. 살아온 시간만큼 흘려보낸 것들이 있고 그 흘림 덕분에 나는 아직 여기까지 도착해 있다. 오십이 넘으면 사람은 단단해지는 대신 조금 더 잘 흘러내리는 존재가 되는지도 모른다.

이쯤 되면 삶의 요령쯤은 손에 쥐고 있을 줄 알았다. 더 이상 헤매지 않고 어떤 상황에서도 흔들리지 않는 중심 하나쯤은 생겨 있을 거라고 믿었다. 그러나 모르는 게 여전히 많다. 배워야 할 것도 줄지 않았다. 세상은 계속 낯설고 사람은 여전히 어렵다. 오십이 넘어서도 새로운 언어를 배우고 새로운 감각에 적응해야 한다. 무엇보다 나 자신에 대해서조차 여전히 모르는 부분이 많다는 사실이 종종 나를 멈추게 한다. 다만 예전처럼 스스로를 몰아붙이지는 않게 되었다. 그 하나만은 분명히 달라졌다.

사람에 대해서도 그럴 줄 알았다. 이별 앞에서 담담해지고 상처 앞에서 무뎌질 줄 알았다. 그러나 오십이 넘으니 사람 하나가 떠나고 나면 네 계절을 통과해야 했다. 봄 하나를 건너며 마음을 추슬러야 했고 여름 하나를 지나며 감정을 말려야 했고 가을 하나를 견디며 기억을 정리한 뒤에야 겨울 끝에서 다시 숨을 고를 수 있었다. 상처가 깊어진 것이 아니라 회복에 쓰일 힘이 줄어들었음을 이제는 안다. 그래서 관계 앞에서 더 조심스러워졌다. 함부로 마음을 내주지 않게 되었다. 이는 냉정해졌기 때문이 아니라 나를 오래 쓰기 위해서다.

몸도 예전 같지 않다. 아침에 일어나는 일이 가볍지 않고 회복에는 분명한 시간이 필요해졌다. 작은 통증 하나에도 하루의 리듬이 흔들린다. 예전 같았으면 넘겼을 신호들이 이제는 또렷하게 다가온다. 그래서 오십 이후의 삶은 잘 사는 법보다 덜 다치는 법에 가까워진다. 더 많이 얻기보다는 덜 잃는 쪽으로 방향이 바뀌고 성공보다는 지속 가능성을 생각하게 된다. 덜 아프고 덜 무리하고 덜 눈물 흘리는 법을 몸이 먼저 알아간다.

오십은 끝이 아니다. 다만 사용법이 달라진다. 몸과 마음을 다루는 방식이 바뀌고 사람과 시간을 대하는 태도가 조금 느려진다. 더 이상 무리한 증명을 하지 않아도 된다는 사실을 몸이 먼저 알아차린다. 이제는 빨리 도착하는 것보다 오래 머무는 쪽을 택하게 된다. 크게 성공하지 않아도 하루를 무사히 건너는 일이 얼마나 귀한지 알게 된다. 아직 배울 것이 남아 있고 아직 나눌 마음이 남아 있다는 사실이 조용한 위안이 된다. 오십 이후의 삶은 새로 시작되지는 않지만 완전히 닫히지도 않는다.

늦었다는 생각이 들 때에도 삶은 아직 나를 부른다. 충분히 살아 낼 여지가 남아 있다는 감각을 품고. 나는 오늘을 건너고 내일을 조심히 열어 둔다.

나는 여전히 묻고 있다

"스스로 깨달아야만 진짜 말이 된다"는 말을 나는 오래 지나서야 이해했다. 누군가의 말은 방향을 가리킬 수는 있지만 대신 걸어 줄 수는 없다는 사실을. 그 길을 실제로 밟아보지 않았다면 아무리 옳은 말이라도 아직 내 것이 아니라는 것을. 말은 들을 수 있었지만 그 진실을 살아 내는 일은 늘 내 몫이었다. 책이 고마웠던 이유는 답을 주어서가 아니라 내 안의 침묵을 흔들어주었기 때문이다. 아주 작은 진동이었지만 그 흔들림을 나는 기억한다. 그런 순간들이 쌓여 지금의 나를 만들었다. 남이 건네준 문장이 아니라 내가 길어 올린 말들이 나를 구성해 왔다.

책을 읽고 난 뒤 머릿속에 가득 차오르던 생각들이 실은 내 것이 아닐 수도 있다는 사실을 알아차렸을 때 나는 이상하게도 자유로워졌다. 생각은 머물다 지나가는 것이고 붙잡지 않아도 된다는 걸 알게 되었기 때문이다. 그 이후 나는 말들을 고르기 시작했다. 나에게 오래 남는 말과 금세 사라지는 말을 구분하게 되었고 내 삶을 비추는 언어가 무엇인지 천천히 알아갔다. 어떤 말들은 내 안에서 오래 울렸고 어느 순간부터는 나의 선택과 태도를 조용히 이끌었다.

그 깨달음은 무겁지 않았다. 책임처럼 어깨를 누르지도 않았다. 오히려 가볍고 따뜻했고 조금은 웃음이 났다. 아, 이런 말이 내 삶에도 가능했구나. 아, 나는 이걸 이제야 알았구나. 그 가벼움 덕분에 나는 숨을 쉴 수 있었다. 누구에게도 설명하지 않아도 되는 말. 나 혼자 알고 있어도 충분한 진실. 나는 그런 말들을 나만의 방식으로 다듬어 품고 조용히 살아가기 시작했다. 그것은 선언도 아니었고 누군가에게 보이기 위한 문장도 아니었다. 그저 내 안에서 은근히 빛나는 작은 등불 같은 말이었다.

그래서 나는 요즘 내 언어를 정갈하게 걷어낸다. 수없이 쌓아 올린 문장들 위에서 내려와 삶의 안쪽으로 천천히 들어간다. 더 이상 말로 나를 증명하지 않아도 되고 누구에게도 설명하지 않아도 나는 나를 안다. 내가 택한 침묵은 두려움이 아니라 오히려 가장 정직한 고백에 가깝다. 그 고백은 화려하지 않지만 살아 있다는 사실 하나만으로 충분히 울림이 된다. 문장이 되지 못한 감정들마저도 조용히 사랑하기로 했다. 그것들 역시 내 삶의 일부였음을 받아들이기로 했다. 그러자 나는 점점 가벼워졌고 그 가벼움 속에서 뜻밖에도 더 선명한 나를 마주하게 되었다.

어떤 말들은 너무 늦게 도착한다. 한 사람을 위한 조언이나 나를 위한 충고가 삶에 닿기까지는 많은 시간이 필요하다. 처음 들었을 때는 반박부터 떠올랐고 애정보다는 간섭처럼 느껴지기도 했다. 그러나 시간이 지나 비슷한 풍경 앞에 다시 서게 되었을 때 나는 조용히 고개를 끄덕이게 된다. 아, 그때는 이 말을 알아들을 준비가 아니었구나. 말이 상처였던 시절도 있었다. 너무 정확해서 더 아팠고 나를 안다고 믿는 사람이 건넨 말이어서 더 깊이 박혔다. 그 말 하나에 무너진 날들도 있었다. 그때 나는 언어가 얼마나 날카로울 수 있는지 배웠다. 한 문장이 사람을 살릴 수도 무너뜨릴 수도 있다는 사실을.

말이 늘 나를 지켜 주지는 않는다는 걸 알게 된 건 그리 오래되지 않았다. 나는 말로 나를 무장했고 말로 나를 설명했고 말로 상처를 막으려 했다. 그러나 상처는 말 너머에서 다가왔고 나는 더 많은 말로 나를 방어할수록 오히려 작아지고 외로워졌다. 그러다 어느 날 침묵이 내 안으로 들어왔다. 침묵은 나를 숨기지 않았다. 그저 나를 감쌌다. 누구에게도 설명하지 않아도 되는 감정. 굳이 말로 증명하지 않아도 되는 고요. 그것은 말보다 훨씬 강했고 말보다 훨씬 따뜻했다.

나는 여전히 묻고 있다. 이 질문은 대답을 얻기 위해서라기보다 살아 있기 위해 계속된다. 묻는 동안 나는 멈추지 않고 질문 속에서 나는 조금씩 나를 향해 간다. 대답하지 못해도 괜찮다. 확신하지 못해도 괜찮다. 묻고 있다는 사실 자체가 내가 여전히 살아 있다는 증거이기 때문이다. 나는 오

늘도 묻는다. 그렇게 묻는 존재로 살아가고 그 살아감 안에서 나는 조용히
실재한다.

만수무강

　만수무강이라는 말은 너무 오래 들어온 덕담이라 의미가 닳아 버린 말처럼 느껴지기도 한다. 오래 살라는 말, 건강하라는 말. 인사를 대신해 건네고 금세 잊히는 말. 나 역시 오랫동안 그렇게 생각해 왔다. 그러다 어느 날 이 네 글자를 다시 보게 되었고, 그때부터 만수무강은 조금씩 다른 빛을 띠기 시작했다.

　만수는 오래오래의 생을 뜻한다. 그런데 무강이라는 말 앞에서 나는 자주 멈춰 서게 되었다. 무강의 무를 없을 무로만 이해하면 만수무강은 오래 살되 경계가 없다는 말 정도로 읽힌다. 하지만 오래된 사유 속에서 무는 단순한 결핍이나 공백이 아니었다. 햇살이 너무 강해 사물의 형태를 지울 때, 그 상태를 무라고 불렀다는 이야기를 접했을 때 나는 오래 머물렀다. 너무 밝아서 보이지 않는 상태. 없음이 아니라 과잉의 반대편. 비어 있어서가 아니라 가득 차 있어서 시야를 넘는 충만의 자리였다.

그 뜻을 알고 나서 나는 만수무강이라는 말을 다시 외우게 되었다. 오래 살라는 말이 아니라 생이 막히지 않기를 바라는 말. 끊기지 않고 이어지기를 바라는 말. 인간의 삶이 어느 지점에서도 스스로를 가두지 않고 흐르기를 바라는 오래된 축복. 무강의 무는 결핍의 공백이 아니라 충만의 빛을 품고 있었다. 만수무강은 장수를 넘어 생의 밀도가 줄어들지 않기를 바라는 기원처럼 느껴졌다.

나는 이 무의 의미를 통해 나를 다시 보게 되었다. 나는 오랫동안 나를 결핍으로 이루어진 사람이라 여겨왔다. 사랑이 부족했고 관계는 자주 끊어졌으며 무엇을 붙잡아도 늘 모자라는 사람이라고 생각했다. 삶에는 빈 칸이 많았고 그 빈 칸은 나를 자주 외롭게 했다. 나는 그 자리를 결핍이라 불렀고, 결핍이라는 이름 아래에서 스스로를 낮추고 설명해 왔다.

그러나 무를 다시 이해한 순간 다른 가능성이 열렸다. 내가 결핍이라 부르던 그 자리가 실은 비어 있어서 보이지 않는 것이 아니라, 너무 많아서 한눈에 담기지 않는 자리일 수도 있겠다는 생각이었다. 처음에는 낯설었지만 곧 그것이 내 삶을 더 정확하게 말해 주고 있다는 느낌이 들었다.

내가 결핍이라고 불렀던 감정의 어둠을 다시 들여다보았다. 버려졌던 기억들, 막혔던 사랑의 순간들, 오해와 단절과 오래된 슬픔들. 그것들은 공허가 아니었다. 너무 깊고, 너무 오래되고, 너무 많은 감정과 기억이 한꺼번에 얽혀 있어서 쉽게 이름 붙일 수 없었던 자리였다. 나는 그 복잡함을 감당하지 못해 그것을 결핍이라고 불러왔을 뿐이었다. 어둠처럼 보이는 것은 빛이 없는 상태라기보다 빛이 너무 강해 눈을 감게 되는 순간일 수도 있다는 사실을 그제야 알게 되었다.

그 사실을 이해하고 나서 나는 나를 조금 다르게 대하기 시작했다. 나는 텅 빈 사람이 아니었다. 채워지지 않는 존재도 아니었다. 감정의 밀도가 높아 스스로도 다 볼 수 없었던 사람이었다. 빈 것처럼 느껴졌던 자리는 오래된 사랑과 상처와 기억이 겹겹이 쌓여 있는 깊은 자리였고, 그 깊이가 어둠처럼 보였던 것이다. 나는 사라진 사람이 아니라 너무 많이 남아 있는 사람이었다.

그래서 이제 만수무강이라는 말을 들으면 나는 그 말을 오래 붙들고 있게 된다. 오래 살라는 말로만 듣지 않는다. 그 말은 내게 오래 버티라는 요구가 아니라 오래 흘러가라는 축복에 가깝다. 막히지 말고, 스스로를 좁히지 말고, 어느 지점에서도 생을 단절시키지 말라는 말처럼 들린다. 아프지 말라는 말이 아니라 아픔이 생의 흐름을 완전히 가로막지는 않기를 바라는 마음. 부족하지 말라는 말이 아니라 이미 충분히 많은 것을 지닌 채 살아가고 있음을 잊지 말라는 당부.

나에게 만수무강은 더 오래 견뎌야 한다는 약속이 아니다. 이미 살아온 시간만으로도 충분히 깊어졌으니, 앞으로의 시간은 조금 덜 오해하며 살아도 된다는 허락에 가깝다. 결핍이라 불러왔던 자리를 서둘러 메우지 않아도 되고, 어둠을 급히 밝히지 않아도 된다는 안심. 생은 끝내 하나의 형태로 완성되지 않겠지만, 미완의 상태로도 계속 흘러갈 수 있다는 믿음이다.

그래서 나는 오늘도 만수무강을 빈말처럼 쓰지 않는다. 나와 당신의 생이 막히지 않기를 바란다는 말로 조용히 건넨다. 오래 살아도 좋고 그렇지 않아도 좋지만, 흐름을 잃지 않는 삶이기를. 너무 많아서 보이지 않는 충만을 결핍이라 오해하지 않으며 살아가기를. 그런 마음으로 나는 오늘의 생을 다시 받아 든다. 이 생은 아직 다음 장으로 흘러갈 준비가 되어 있다.

별이 건네준 말

"어둠이 깊어질수록, 나는 빛을 믿기로 했다."

제주에 내려온 지 얼마 되지 않았을 때였다. 밤은 생각보다 더 깊었고 어둠은 낯설어서 나는 자주 길 위에서 멈추곤 했다. 지인의 저녁 초대를 마치고 돌아오던 길이었다. 집으로 향하는 도로는 조용했고 가로등 사이의 공백은 유난히 길었다. 어둠은 검은 덩어리처럼 도로 위에 엎드려 있었고, 그 사이를 통과하는 나는 늘 조금 늦은 사람처럼 조심스러워졌다.

그때 멀리서 별 하나가 반짝였다. 아주 작고 멀었지만 분명히 나를 향해 빛나고 있었다. 나는 그 별이 꼭 나 같다고 느꼈다. 애써서 빛나려고 힘을 쥐어짜듯 반짝이는 모습이 꼭 내가 살아오던 방식과 닮아 있었다. 사라지지 않기 위해, 잊히지 않기 위해, 꺼지지 않기 위해 애써 반짝이던 시간들. 그래서 차를 세웠다. 그리고 아무도 듣지 않을 말을 별에게 건넸다. "그래. 얼마나 힘이 들었니." 그 말이 입 밖으로 나오자마자 눈물이 맺혔다. 별은 흔들리는 것처럼 보였다. 내 눈물에 비친 별빛이 요동쳤고, 그 순간 나는 이상한 확신에 사로잡혔다. 별이 살아 있는 것처럼 나를 보고 있다는 느낌. 말도 안 되는 감각이었지만 그 밤에는 그것이 가장 정확한 언어처럼 느껴졌다. 그리고 그때부터 별은 아주 천천히, 그러나 분명하게 나를 타이르기 시작했다.

"얘야. 우리는 수백억 년 동안 빛을 내며 여기까지 왔단다." 별의 목소리는 낮고 깊었다. "그런데 다른 별이 빛을 낼 때 우리는 잠시 숨을 고르고 빛을 멈춘단다. 그래서 사람들 눈에는 우리가 반짝이는 것처럼 보이지." 나는 숨을 멈춘 채 그 말을 들었다. 별은 이어서 말했다. "우리는 다른 별의 빛을 위해 잠시 어둠이 되는 거야."

그 말은 오래 내 안에 남아 있던 믿음을 조용히 무너뜨렸다. 나는 늘 빛은 멈추면 안 되는 것이라고 생각해왔다. 멈추는 순간 사라지는 것이라고, 어두워지는 순간 실패하는 것이라고 믿었다. 쉬는 일은 뒤처지는 일이었고, 숨을 고르는 시간은 패배의 증거처럼 여겼다. 그런데 별은 말했다. "너도 빛에서 온 존재라는 걸 잊었니."

그 말에 오래된 장면 하나가 떠올랐다. 외할아버지가 세상을 떠나던 날이었다. 아주 환하게 웃으시며 마지막 인사를 건네던 얼굴. 다섯 살의 나는 그 웃음이 이별의 표정인 줄만 알았지만 이제는 안다. 그것은 빛으로 돌아가는 존재의 얼굴이었다는 것을. 설명할 필요도, 붙잡을 이유도 없는 평온.

별은 다시 말했다. "너는 빛에서 태어나 빛으로 살다가 다시 빛으로 돌아갈 거야. 그건 환영이 아니란다." 별은 말없이 내 머리를 쓰다듬는 것처럼 느껴졌다. "잊지 마. 너는 우리처럼 항상 빛나고 있어." 별은 잠시 말을 멈췄다가 덧붙였다. "그리고 네가 숨을 들이쉬며 어둠이 될 때 우리는 너를 기억할게. 너도 우리를 기억해 주겠니."

그 순간 나는 알았다. 내가 그토록 애써 붙들고 있던 긴장이 풀어지는 소리를. 숨이 차도록 빛나야만 한다고 믿었던 나는 그제야 깨달았다. 그럴 필요는 없다는 것을. 나는 이미 빛이었고, 빛은 증명하지 않아도 사라지지 않는다는 것을. 누군가에게 보이기 위해 더 밝아야 한다고, 더 오래 타올라야 한다고 자신을 밀어붙이던 시간은 그날 밤 조용히 저물어갔다.

어둠 속에서 별에게 말을 걸며 나는 알게 되었다. 진짜 빛은 애써 타오르는 것이 아니라 자연스럽게 깃드는 것이라는 사실을. 그래서 이제는 잠시 멈추어도 괜찮다. 숨을 고르듯 어두워져도 괜찮다. 내가 꺼진 것이 아니라 다른 누군가의 빛을 위해 자리를 내어준 것뿐이니까. 그 사실을 알게 되었을 때 나는 처음으로 내 어둠까지 사랑하게 되었다.

별은 말없이 다시 빛을 내기 시작했다. 그 빛은 더 이상 외롭지 않았고 어둠은 더 이상 무섭지 않았다. 나는 알게 되었다. 우리는 서로를 위해 기꺼이 어두워지는 존재라는 것을. 그 어둠은 소멸이 아니었고 포기가 아니었으며 자기 부정도 아니었다. 그것은 서로를 더 오래 빛나게 하기 위한 가장 다정한 방식이었다.

그렇게 별은 나를 타이르고, 나는 그 타이름 속에서 내 안의 어둠과 화해할 수 있었다. 그리고 마침내 알게 되었다. 어둠도 나를 사랑하고 있었다는 사실을. 그토록 외로워 보였던 어둠은 실은 나를 품고 있었고, 기억하고 있었으며, 내 안의 슬픔까지도 알고 있었다. 그래서 나는 안다. 고요한 어둠 속에는 언제나 별 하나쯤 떠 있고, 그 빛은 내 마음 어딘가에서 지금도 조용히 반짝이고 있으리라는 것을.

나는 내가 빛을 잃었다고 느낄 때마다 그날의 별을 떠올린다. 내가 멈춰서 있을 때도 나를 기억하던 별. 내가 어두워질 때도 나를 놓지 않던 그 빛. 그래서 나는 살아 있는 한 다시 빛날 수 있을 것이다. 그날의 별은 지금도 내 안에 있다. 길을 잃을 때마다 하늘을 올려다보라고 속삭이며. 그 반짝임은 멀리서도, 어둠 속에서도 나를 기억하고 있었다고. 그리고 나 역시 그 빛을 다시 기억해 냈다.

별빛은 단순히 하늘에 흩뿌려진 빛이 아니었다. 그것은 오래전부터 나를 기다려온 목소리였고, 내가 잊고 있던 질문을 다시 꺼내 주는 손길이었다. 어둠 속에서 울던 날들과 길을 잃었던 시간들, 그 모든 순간은 결국 별빛을 만나기 위한 여정이었다. 제주의 겨울밤은 유난히 고요했고 바람은 차가웠지만 그 속에는 묘한 온기가 섞여 있었다. 별빛은 바람을 타고 내려와 내 어깨에 앉았고, 나는 그제야 알았다. 내가 혼자가 아니라는 것을 전해 주기라도 하듯 말이다. 별은 말없이 가르쳐 주었다. 빛은 어둠 속에서 가장 선명해진다는 것. 그리고 나는 다시 한번 깨달았다. 나는 이미 빛이었다는 것이란 사실을 말이다. 그날 이후 나는 어둠을 두려워하지 않는다. 어둠은 빛을 품고 있기 때문이다. 별이 건네준 말은 위로에 그치지 않았다. 그것은 삶을 견디는 또 하나의 방식이 되었고, 나를 다시 걷게 만드는 조용한 문장이 되었다.

제주에
관광(觀光) 오세요

　제주 이주 10년 차가 되어 보니 제주는 말 그대로 '관광지'라는 말을 새롭게 이해하게 된다. 내가 말하는 관광은 우리가 흔히 써오던 의미와는 조금 다르다. 관광(觀光)은 원래 불가에서 쓰이던 말로 관은 관조를 뜻하고 광은 그 바라봄 끝에서 깃드는 빛을 뜻한다. 관조란 세상을 깊이 바라보며 그 과정 속에서 스스로의 실체를 마주하는 일이고 광은 그 바라봄 끝에서 마음 안쪽이 밝아지는 순간이다. 그래서 관광은 단순한 구경이 아니라 보는 행위를 통해 자신을 밝히는 여정에 가깝다.

　우리가 알고 있던 관광은 맛집을 찾아다니고 사진을 남기고 잠시 비현실을 소비한 뒤 일상으로 돌아오는 일이었다. 그러나 관광의 오래된 의미는 다르다. 세상을 바라보다가 자기 자신에게로 되돌아오는 길이며 풍경을 통과해 마음 안쪽에 빛 하나를 들이는 과정이다. 나는 제주에 살며 이 의미가 단어가 아니라 감각으로 살아 있다는 사실을 알게 되었다.

　　그래서 제주에 온 사람들에게 묻곤 한다. 제주에 어떻게 오셨느냐고. 대부분은 웃으며 관광하러 왔다고 말한다. 그 말이 반가워 나는 관광의 어원을 조용히 풀어낸다. 그리고 더 묻지 않는다. 대신 그 질문이 각자의 안쪽에서 이어지기를 기다린다. 이 섬에서는 여행의 목적지가 바뀌지 않아도 여행의 방식이 달라진다. 풍경을 대하는 태도가 조금 느려지고 바라보는 시간이 길어지면서 어느 순간 여행은 자기 자신에게로 방향을 튼다. 이는 기적이라기보다 제주라는 섬이 지닌 기질에 가깝다.

　　제주의 자연은 말을 아끼는 방식으로 사람을 멈추게 한다. 바람은 멀리서 들려오는 소리라기보다 귀 가까이에서 스치는 숨결 같고 바다는 끊임없이 움직이면서도 어딘가 멈춘 듯한 리듬을 품고 있다. 오름은 아무 말도 하지 않지만 그 침묵이 오히려 사람의 내면을 연다. 이곳에서는 앞서 나가려는 마음보다 함께 머무는 태도가 먼저 배운다.

　　제주에서 걷다 보면 내가 세상을 바라보는 쪽이 아니라 세상이 먼저 나를 바라보고 있다는 느낌을 받는다. 돌담 하나 숲길 하나 비 온 뒤 드러나는 물길 하나가 내 안의 오래된 문장을 먼저 불러낸다. 스쳐 지나갈 풍경이라 여겼던 장면들이 오히려 나를 멈추게 하고 그 멈춤 속에서 관조가 시작된다. 그 다음은 자연이 한다. 억지로 깨닫지 않아도 섬은 조용히 빛을 내고 그 빛은 마음 가장 깊은 곳으로 천천히 스며든다. 광은 그렇게 피어난다.

제주는 사람을 가르치는 섬이 아니다. 대신 스스로를 바라보게 만든다. 관조는 애써 얻는 깨달음이 아니라 섬의 침묵이 초대할 때 자연히 일어난다. 제주에서 살다 보면 아무 이유 없이 멈추는 순간들이 있다. 그 멈춤은 의식적으로 선택한 행동이 아니라 풍경이 먼저 사람을 붙잡은 결과에 가깝다.

어느 해 겨울, 거센 바람이 지나간 다음 날 산 전체가 숨을 들이마신 듯 고요해진 적이 있었다. 나는 걸음을 멈추었고 그 정적이 내 안으로 흘러 들어왔다. 그제야 내 안이 얼마나 시끄러웠는지 알게 되었다. 관조는 그렇게 시작되었다. 또 한 번은 비가 그친 다음 날의 바다였다. 잿빛의 바다는 파도 없이 움직이고 있었고 그 앞에서 나는 처음으로 멈추고 싶다는 마음을 정확히 알아차렸다. 멈춘다는 행위가 무엇인지 그때 배웠다.

봄에는 오래 마른 감귤나무 가지에서 연둣빛 새순 하나를 보았다. 나는 한참을 그 앞에 서 있었다. 그 작은 빛 앞에서 살아 내느라 잊고 있던 마음의 무게가 천천히 드러났다. 관조는 거대한 깨달음이 아니라 작은 생명이 사람을 붙잡을 때 일어난다는 사실을 그날 알았다. 제주는 사람을 억지로 밝히지 않는다. 섬은 그저 침묵하고 그 침묵 속에서 말과 감정이 자연스럽게 떠오르게 한다. 제주의 푸름은 눈이 시릴 만큼의 푸름이 아니라 마음 안쪽까지 스며드는 푸름이다. 바람은 몸을 흔드는 바람이 아니라 생각을 흔드는 바람이고 돌들은 사람을 떠밀지 않지만 여기 머물러도 된다는 자리를 마련해 준다. 그래서 제주는 변하라고 말하지 않는다. 그저 여기 있어도 괜찮다고 말한다. 그 말이 사람을 바꾸고 그 말이 관광이라는 빛을 마음 안에 남긴다.

관광은 보는 행위로 나를 밝히는 여정이다. 이 여정은 멀리 떠나야만 시작되는 일이 아니다. 시선이 달라지는 순간부터 이미 시작된다. 제주는 그 시선을 조용히 바꾸어 놓는 섬이다. 이 섬은 사람에게 묻지 않고 조사하지 않으며 각자의 속도를 존중한 채 고요 속에 자리를 내어준다. 그러다 어느 순간 마음 어딘가에서 작은 빛 하나가 켜진다. 이는 억지로 만든 빛이 아니라 섬이 건네준 광이다.

그래서 제주는 구경의 장소라기보다 바라봄의 시간으로 기억된다. 잠시 자신을 내려놓고 안쪽을 들여다보게 되는 여행이 필요해질 때 이 섬이 떠오른다면 그 역시 우연은 아닐 것이다. 제주는 그런 마음을 지닌 사람을 조용히 받아들이고 깊게 품는다. 그리고 각자의 자리에 오래 남을 빛 하나를 건네준 채 다시 일상으로 돌려보낸다. 그 빛이 어디에서 어떻게 이어질지는 묻지 않는다. 다만 함께 바라본 시간만큼은 오래 남도록.

비손

나는 저절로 어머니 앞에서 매일 두 손을 모았다. 내 나이 아홉 살이었다. 중풍으로 매일 고통스러워하던 어머니 곁에서 밤낮으로 무릎을 꿇고 비손을 했다. 대상도 없었고 형식도 없었다. 절박한 상황 속에서 아홉 살의 소녀는 무릎이 닳도록 빌고 또 빌었다. 기도는 늘 비슷해 보였지만 날마다 달랐고 숨결마다 달랐다. 어린 나는 기도가 무엇인지 알지 못했지만 두 손이 먼저 모아졌고 마음이 먼저 허물어졌다. 절박함은 사람을 가르친다. 절박함은 본능의 선에 손을 얹게 하고 그 선 위에서 떨면서도 버티게 한다. 나는 그렇게 기도를 배웠다.

그러다 어느 날 여느 때와 다른 바람이 입에서 흘러나왔다. 어머니는 매일 구멍이란 구멍에서 피를 흘리셨다. 방 안에는 피비린내가 가시지 않았고 우리는 굶는 날이 잦았다. 오월의 마지막 날이었다. 그날의 기도는 어머니가 낫기를 바라는 말이 아니었다. 나는 처음으로 다른 소원을 품었다. 이렇게까지 고통스러워하시니 이 고통만이라도 거두어 달라고, 땀을 뻘뻘 흘리며 애원했다. 그 말의 무게를 어린 나는 알지 못했다. 마음이 먼저 움직였고 입술이 그 뒤를 따랐다. 기도는 때로 생각보다 빠르게 응답된다. 잔인하다고 느껴질 만큼.

나는 차라리 어머니가 편안해지는 편이 낫다고 생각했는지도 모른다. 매일 아프고 굶으며 죽음보다 깊은 고통을 견디는 모습 앞에서 그렇게 바랐던 마음이 있었다. 그것이 사랑이었는지 두려움이었는지 지금도 분명하지 않다. 다만 그날 나는 진심으로 빌었다. 어머니의 고통이 멈추기를. 그 순간만큼은 어떤 신에게라도 매달리고 싶었다.

눈을 뜨니 내 기도와 어머니의 얼굴은 너무도 달랐다. 어머니는 여전히 시커먼 얼굴로 눈과 귀와 코에서 피를 흘리고 계셨다. 매일 보아오던 얼굴이었는데 그날따라 유난히 무서웠다. 나는 반사적으로 집을 뛰쳐나왔다. 도망치듯 달렸다. 두려움 때문만은 아니었다. 어머니가 나와 정을 떼시려 일부러 그러신 것 같았다. 그것이 마지막이었다.

옆집에 도착해 밥을 받았지만 한 숟갈도 넘기지 못했다. 먹는 법조차 잊은 사람처럼 멍했다. 멀리서 호동 오빠의 다급한 목소리가 들려왔다. 경화야, 경화야. 그 부름 속에서 나는 어머니의 죽음을 먼저 알았다. 죽음은 원래 그렇게 다가온다. 멀리서 울리는 작은 소리처럼, 그러나 귀에 닿는 순간 모든 세계를 멈추게 하는 소리처럼.

방문을 여는 순간 방 안은 흑빛으로 멈춰 있었다. 살아 있는 공간이 아니라 다른 차원의 연옥 같았다. 시커먼 기운이 어머니의 몸에서 피어오르고 절규의 잔향이 방 안을 떠돌았다. 어머니는 나를 부르다 지쳐 돌아가셨다. 얼마나 애타게 부르셨는지 입가에는 피가 굳어 있었고 눈동자는 열려 있었다. 나는 젖은 행주로 입가를 닦아드리고 눈을 감겨드린 뒤 조심스레 눕혀드렸다. 죽음 앞에서 나는 기적을 바라지 않았다. 마지막 손길이 닿기를 바랐을 뿐이다.

나는 어머니의 머리를 쓰다듬고 입가를 살짝 올려드렸다. 아파서 돌아가셨지만 천국에는 웃으며 들어가시길 바랐다. 방 안에 아직 남아 있는 기운을 느끼며 허공을 향해 비손을 하고 깊이 절을 했다. 눈물은 나오지 않았다. 너무 져버린 마음은 눈물조차 잊는다. 다만 내 기도를 너무 빨리 받아들인 존재가 원망스러웠다. 그때서야 울음이 터졌다. 울음은 늘 뒤늦게 온다.

나는 지금도 아침저녁으로 두 손을 모은다. 개신교에서 천주교로 옮긴 이유 중 하나도 모든 기도와 미사 예절 안에 담긴 비손 때문이었다. 비손은 절박할 때 누가 가르치지 않아도 저절로 만들어지는 간절함의 형태다. 무릎을 꿇는 자세도 좋았다. 그곳에서는 거짓말이 어렵다. 교만이 스며들 틈이 없다. 성체 앞에 무릎을 꿇으면 나는 다시 아홉 살이 된다. 그날의 방, 그날의 피 그날의 기도 마지막 손길. 신 앞에서 인간은 늘 어린아이다.

나는 그런 간절함으로 한 겹 한 겹 더 세인트를 만들어 가고 있다. 누군가는 편히 살라고 말한다. 왜 굳이 남들이 가지 않는 길을 택하느냐고 묻는다. 그러나 나는 알고 있다. 이 일은 혼자서 완성할 수 있는 일이 아니라는 사실을. 누군가를 이끌기보다, 누군가와 같은 자세로 머무는 일이 더 오래 남는다는 사실을.

나는 처음 들어가는 공간마다 두 손을 모으고 깊이 절한다. 할아버지에게서 배운 습관이다. 산에 오를 때도 합장하며 인사를 건네고 내려올 때도 고맙다는 말을 남긴다. 그렇게 작아지는 순간들이 나를 지켜 주었다. 오늘도 나는 두 손을 모은다. 나를 위해서라기보다 누군가의 고통이 조금 덜어지기를 바라며. 어린 나는 어머니를 살리기 위해 비손했지만 지금의 나는 누군가가 혼자가 아니라고 느끼도록 자리를 열고 싶다. 이 마음을 오래 견딜 수 있는 사람, 같은 방향이 아니라 같은 자세로 서 있을 수 있는 사람이라면 이 비손 앞에 함께 머물러도 좋겠다. 그 정도면 충분하다.

부르심에 대한 생각

신이 우리를 부르기 위해 지으셨다는 말을 나는 오래 믿지 못했다. 부르심이라는 단어가 너무 크고 단단해서 오히려 삶과 어긋나 보였기 때문이다. 살아가는 일은 늘 미뤄지고 흔들리고 자주 길을 잃는다. 그런 나날이 어떻게 부르심에 대한 대답이 될 수 있을까. 그러다 어느 순간부터 생각이 조금 바뀌었다. 살아 내는 일 자체가 이미 하나의 응답일지도 모른다는 쪽으로. 잘 살았는지 못 살았는지를 떠나 오늘을 포기하지 않았다는 사실만으로도 우리는 무언가에 답하며 살아가고 있을지 모른다고.

사람과 사람 사이의 관계도 닮아 있다. 우리는 늘 누군가의 부름에 반응하며 산다. 이름을 불러주는 일, 시선을 건네는 일, 말을 건네는 일. 아주 사소한 접촉 하나가 나를 움직인다. 인연은 우연처럼 찾아오지만 돌아보면 늘 질문을 남긴다. 왜 하필 이 사람인지, 왜 지금인지. 그 질문 앞에서 우리는 선택하게 되고 그 선택은 결국 내가 어떤 사람으로 살아가고 싶은지를 드러낸다.

마음속에는 늘 조용한 부름이 있다. 크지도 않고 분명하지도 않다. 너무 희미해서 자주 놓친다. 마음이 소란할수록 더 그렇다. 욕망이 앞서고 계산이 많아질수록 그 소리는 묻힌다. 바다가 요동칠 때 심해의 소리가 들리지 않듯이. 마음이 잠잠해질 때에야 비로소 질문이 떠오른다. 나는 왜 여기 있는가. 무엇을 향해 이 하루를 건너고 있는가. 그 물음이 내가 들은 가장 솔직한 부름이었다.

나는 병을 겪으며 그 질문을 피할 수 없게 되었다. 생과 사의 경계에 서자 더 이상 미룰 수 없었다. 왜 살아남았는지, 왜 다시 시간이 주어졌는지. 답은 쉽게 오지 않았다. 대신 오래 묻는 시간이 이어졌다. 병상에서, 길 위에서, 책 속에서, 스쳐간 사람들의 말 사이에서. 그렇게 묻는 시간이 삼 년을 넘겼다.

오래 묻고 나서야 한 문장이 남았다. 부르심에 대한 응답은 앎이 아니라 삶이어야 한다는 말. 이해했다고 말하는 대신 살아 내는 방식으로 드러나야 한다는 말. 그 문장은 나를 재촉하지 않았다. 다만 방향을 조금 틀어 주었다. 그 이후로 나는 귀를 기울이며 살아왔다. 바람이 불 때, 숲이 기울 때, 누군가의 고통이 내 앞에 놓일 때. 어떤 날에는 그 부름이 또렷했고 어떤 날에는 스쳐가는 기척에 불과했다. 때로는 아무 말도 하지 않고 곁에 머무는 일이 가장 분명한 응답이 되기도 했다.

삶은 결국 대답의 연속이라는 생각이 든다. 응답하지 않는 선택마저 하나의 대답이 된다. 중요한 것은 완벽함이 아니라 정직함일지도 모른다. 언젠가 삶의 끝에서 돌아볼 때 내가 받은 부름 앞에서 얼마나 자주 멈췄고 얼마나 자주 외면했는지를 숨김없이 말할 수 있다면, 그 정도면 충분하지 않을까.

나는 그렇게 생각하다가 더 세인트에 닿았다. 이것은 거창한 계획의 결과라기보다 하나의 응답에 가깝다. 지친 마음이 잠시 숨을 고를 수 있는 자리를 마련하고 싶다는 바람. 그 바람이 내가 들은 부름이었다. 더 세인트는 나 혼자의 이름이 아니라 나를 이 자리로 불러온 질문들이 모여 생긴 자리다. 이 질문 앞에 혼자 서 있을 필요는 없다고 느꼈다. 같은 물음 앞에서 속도를 맞추고 같은 방향이 아니라 같은 태도로 서 있을 수 있다면, 그 또한 응답이 될 수 있으리라 믿는다.

나는 여전히 묻고 있고 여전히 서툴게 대답한다. 다만 이 대답이 누군가에게는 잠시 머물 수 있는 자리로 남기를 바란다. 부르심에 응답하는 삶은 늘 미완이지만 그 미완을 함께 견딜 사람이 있다면 그 길은 조금 덜 외로워진다. 오늘도 나는 그렇게 하루를 다시 건너간다.

제주라는 사계절

제주라는 섬에 살아온 지도 어느덧 십 년이 되어간다. 하루 안에 서로 다른 날씨가 네 번쯤 스쳐 가는 곳. 그것은 변덕이라기보다 이 섬이 오래도록 길들여 온 조화에 가깝다. 서로 다른 기압과 온도를 밀어내지 않고 나란히 품는 방식. 나는 이 섬에서 그 방식을 배우며 살아왔다. 서두르지 않고 판단하지 않으며 각자의 숨결을 그대로 두는 법을. 어떤 이는 맑은 날을 사랑하고 어떤 이는 비가 내려야 숨이 트인다. 빛 속에서 살아야 하는 사람이 있는가 하면 흐림 속에서야 마음이 풀리는 사람도 있다. 제주가 하루 안에 네 계절을 품듯 사람 또한 저마다 다른 날씨로 살아간다는 사실을 나는 이 섬에서 배웠다.

차로 이십 분만 이동해도 공기의 온도와 색이 달라진다. 바람의 결이 바뀌고 풀잎이 흔들리는 방향이 달라진다. 제주는 결코 작은 섬이 아니다. 서로 다른 숨들이 한 지붕 아래 조용히 공존하는 곳이다. 차창 밖 풍경의 채도가 미묘하게 바뀌는 순간마다 나는 지금 내가 어떤 계절을 통과하고 있는지 알아차린다. 흐린 날이 싫어 다른 쪽으로 향하다 보면 그 흐림이 다시 그리워지고 햇빛이 너무 뜨거워 그늘로 들어서면 그 따사로움이 곧 생각 난다. 결국 내가 원한 것은 특정한 날씨가 아니라 변화 속에서 깨어나는 나 자신의 감각이었다는 사실을 문득 깨닫는다.

제주에 살면서 나는 이 섬의 모든 날씨를 조금씩 사랑하게 되었다. 쨍한 날에는 그대로의 생기가 있고 비와 바람이 부는 날에는 또 다른 깊이가 있 다. 날씨가 나를 흔들던 시간이 지나자 나는 오히려 그 변화 속에서 마음의 자리를 찾았다. 흐림은 나를 가라앉게 했고 밝음은 다시 일으켜 세웠으며 바람은 늘 나를 세계 쪽으로 데려갔다. 사람의 마음도 닮아 있다. 하루 안 에 모든 감정이 끓어오르는 날이 있고 이유 없이 가라앉는 날도 있다. 감정 은 날씨처럼 다루기 어렵지만 날씨처럼 피할 수는 없다.

이 모든 것이 십 년을 살아온 이주민의 떼루아일지도 모른다. 땅의 기후 와 빛의 결이 어느새 나의 마음결에도 스며들었다. 한라산을 넘을 때면 기 압이 바뀌어 귀가 먹먹해지고 머리 뒤쪽이 저릿해진다. 바람이 방향을 바 꿀 때마다 몸 안의 공기도 함께 움직인다. 이 섬의 지형과 기압은 나를 점 점 더 예민하게 만들었다. 그리고 나는 그 예민함을 기꺼이 받아들이게 되 었다. 작은 빛의 떨림에도 마음이 반응하고 누군가의 미묘한 표정 변화에 도 내 안의 어떤 층이 조용히 흔들린다. 둔해지지 않으려는 감각. 그것이 이 섬이 내게 준 가장 순한 선물이다.

밤이 되면 감각은 제자리를 찾는다. 낮 동안 흩어졌던 마음의 파편들이 어둠 속에서 다시 붙는다. 한라산 너머에서 불어오는 바람이 귀를 스칠 때 나는 내가 돌아온 자리를 안다. 그 고요는 외로움이 아니라 돌아옴이고 텅 빔이 아니라 품어짐이다. 그래서 나는 밤을 사랑하게 되었고 별을 보러 나오는 일이 잦아졌다. 별을 본다는 일은 하늘을 올려다보는 행위라기보다 내 마음 가장 깊은 곳에서 일어나는 떨림을 확인하는 일에 가깝다.

삶은 나로 시작해 나를 통과해 다시 나에게로 돌아오는 긴 여정이다. 바람도 비도 햇살도 모두 그 길 위에서 나를 스쳐 갔을 뿐, 결국 마주하는 존재는 언제나 나 자신이었다. 섬의 기후처럼 마음도 끊임없이 변하지만 돌아오는 자리는 늘 같다. 그래서 나는 이 여정을 두려워하지 않게 되었다. 계절의 냄새가 바뀌는 순간마다 아직도 설렌다. 공기의 온도가 달라질 때 오래된 기억들이 조용히 깨어난다. 그 미세한 떨림이 내가 여전히 세상을 향해 열려 있다는 증거처럼 느껴진다.

십 년의 사계절이 나를 이렇게 빚어 놓았다. 이 섬의 하늘과 바람이 내 안의 층들을 조금씩 깎아내고 다시 다듬었다. 이제 나는 이 섬이 길러낸 하나의 감각으로 살아간다. 그래서 나는 이 섬을 혼자만의 장소로 두지 않으려 한다. 각자의 속도로, 각자의 날씨를 지닌 사람들이 잠시 머물며 숨을 고를 수 있다면 좋겠다. 같은 풍경을 보되 같은 방식으로 보지 않아도 되는 자리. 하루에도 몇 번씩 바뀌는 바람의 방향을 함께 느끼고, 이곳의 밤하늘 아래서 각자의 별 하나를 다시 만날 수 있다면 그것으로 충분하다. 살아 있음은 그렇게 미세한 감각에서부터 다시 시작된다.

새벽의 심연

요새 새벽에 문득문득 깬다. 나도 이제 나이가 드는구나 싶어 미명의 덩
어리가 몸 안에서 쑥 올라온다. 깊은 잠과 얕은 잠의 경계가 조용히 갈라지
고 그 틈 사이로 어둠의 잔향이 스며든다. 몸이 먼저 깨어나고 정신이 그
뒤를 따라오며 맨 마지막에 영혼이 천천히 몸의 온도에 맞춰 돌아온다. 그
시각이면 나는 자연스럽게 영혼의 아래로 내려갈 준비를 한다.

낮에는 의식의 흐름대로 살아 낸다. 사람들 속에서 요구되는 나, 관계 속
에서 지켜야 하는 나, 사회가 기대하는 나. 그런 얼굴들을 번갈아 쓰고 벗
으며 하루를 건넌다. 욕망도 사회적 정서도 낮의 바람 속에서는 조금씩 과
장되어 흔들린다. 그러나 본능과 욕망이 가라앉고 모든 표면이 잠잠해진
밤이 지나야 나는 비로소 나에게 돌아온다.

나는 요즘 나의 원형과 근원에 초점을 맞추고 살아 낸다. 원형은 성격이
나 습관이 아니라 태어날 때부터 지니고 온 가장 오래된 결이다. 그 결을

바라보고 있으면 고대의 벽화처럼 본래의 문양이 은근히 드러난다. 근원은 그보다 더 깊다. 기억으로 설명되지 않고 언어가 닿지 않는 자리, 숨결만 남아 있는 오래된 고동에 가깝다. 나는 요즘 그 고동의 소리를 듣기 위해 마음을 낮춘다.

밖으로 내어 뿜는 빛은 언뜻 아름다워 보인다. 사람들은 그 빛을 보고 밝다고 하고 단단하다고 하고 부드럽다고 말한다. 그러나 나는 그 빛 뒤에 드리워진 그림자를 사랑한다. 그림자는 나의 진실에 가깝다. 빛이 표면을 비춘다면 그림자는 구조를 드러낸다. 빛은 타인을 향한 얼굴이고 그림자는 내가 나를 바라보는 고백이다. 그래서 나는 가끔 너무 깊이 내려가 버린 건 아닐까 두려워 허겁지겁 사다리를 붙잡고 다시 올라온다. 그 순간마다 손끝은 떨리고 심장은 조여 오며 현실과 심연의 경계가 흔들린다. 심연은 언제나 공포와 긴장의 손으로 나를 맞는다. 그 손은 어둠 같지만 나를 단번에 침묵하게 만드는 힘을 지녔다. 그러다 나는 절의 일주문 같은 거대한 문장의 관문을 마주한다. 그 문장은 "너는 너를 아느냐"라는 얼굴을 하고 서 있다.

그 앞에서 나는 잠시 고개를 떨군다. 내가 살아온 과거와 현재가 한꺼번에 흔들리는 느낌이 든다. 나를 나라고 알아 왔던 모든 현재가 조용히 부서진다. 부스러기들은 각질처럼 일어나 주변에 떨어진다. 세상과 타협하기 위해 만들어 온 얼굴들, 상처받지 않기 위해 덧댄 층들, 사랑받기 위해 굳혀 온 표면들, 살아남기 위해 쌓아 올린 전략의 잔해들. 어느 하나도 잘못은 아니지만 어느 하나도 끝까지 나는 아니었다.

"너는 너를 아느냐."

그 질문 앞에서 나는 파리한 얼굴로 서 있다. 가장 진실한 질문의 덩어리 앞에 내 영혼이 내려 놓인다. 그 질문은 나를 심판하지도 칭찬하지도 않는다. 그저 영혼의 본모습을 묵묵히 바라본다. 그러다 어느 순간 그 문장은 나를 관통하며 빛을 낸다. 번쩍이지 않는 빛, 금빛 실처럼 가늘고 오래된 숨처럼 따뜻한 빛이다. 진실한 눈으로 나를 바라보았던 아주 작은 용기에서 나온 빛이었다. 나는 그 빛을 붙잡고 아주 천천히 나를 일으켜 세운다. 변화는 거창하지 않다. 단 하나의 떨리는 시선에서 시작된다.

나는 새벽에 문득 깰 때마다 이렇게 나를 알아가는 일로 환희를 배운다. 그 환희는 화려하지 않고 심연에서 조용히 올라온다. 타인이 준 기쁨도 아니고 세상이 건네는 성취도 아니다. 내가 나에게 닿는 순간에만 태어나는 투명한 온기다. 그 온기는 낮의 나를 조금씩 바꾼다. 사람들 사이에서 흔들려도 쉽게 부서지지 않게 하고 마음의 중심이 사라지지 않게 한다. 나는 이미 새벽의 나에게 다녀왔기 때문이다.

그래서 요즘 나는 내가 나를 알아가는 이 순간들이 고맙다. 나를 아는 일은 오래 걸리는 여정이고 때로는 무섭고 때로는 다정한 길이다. 무너지고 다시 세워지는 시간 속에서 나는 나에게 조금씩 가까워진다. 그리고 오늘도 나는 그 길을 걷는다. 천천히, 그러나 나에게서 멀어지지 않으며.

수도원 셋째 날

　어제 수도원 뒷길 오르막을 걷다 스쳐 지나간 한 장면이 있다. 무심코 밟고 지나칠 수도 있었던 풍경 앞에서 나는 멈춰 섰다. 그 장면은 내 마음 가장 깊은 곳에 조용히 내려앉았고, 지금까지도 안에서 작은 파문을 만든다. 모과나무 아래 문드러져 가는 노란 모과들이 무더기로 떨어져 있었다. 썩어 가는 모과의 모습은 낯선 충격처럼 나를 붙잡았다. 눈에 보이는 것은 낙과였지만, 내게 남은 감정은 오래 머물렀다. 모과의 살이 풀어지며 퍼져 나가던 향기. 그 향은 사라지는 냄새가 아니라 자신을 다 내어준 자리에서만 남는 숨결처럼 느껴졌다. 나는 묻게 되었다. 모과는 무엇을 향해 자신을 내려놓는지, 어디로 갈지도 모른 채 이 자리를 받아들이는지, 아니면 그것마저 자기 몫으로 끌어안는 시간인지.

　살다 보면 길을 잃는다. 신념은 힘을 잃고 가야 할 길은 어두워지며, 이 선택이 과연 옳았는지 되묻게 된다. 유혹은 달콤하고 현실은 날카롭다. 나는 종종 왜 이토록 가시덤불을 택했는지 스스로에게 묻는다. 조롱은 비수처럼 꽂히고, 충고라는 말 아래 믿음은 쉽게 흔들린다. 연약함은 숨길 틈 없이 드러나고 나는 자주 뒷걸음친다. 그러다 다시 모과를 바라본다. 그 자리에 자신을 남긴 채 문드러지면서도 향을 내는 존재를.

그 향은 강요하지 않는다. 바람을 따라 퍼지고 햇살 아래 조용히 머문다. 죽음에 가까운 장면인데도 그 안에는 생의 기척이 남아 있다. 한 알의 밀알이 땅에 떨어져 자리를 내주듯, 모과는 스스로를 비우는 방식으로 다음을 준비하고 있었다. 나는 그 앞에 한참 서 있었다. 말을 고르지 않고 숨만 고르며, 빛을 머금은 문드러진 살을 바라보았다. 살과 뼈가 갈라지듯 모과는 자신의 몸을 벌려 가장 깊은 사랑을 드러내고 있었다. 그것은 말이 아니라 선택에 가까웠다. 고통마저 삶의 일부로 받아들이는 태도였다.

성심원은 한센인들의 보금자리였다. 존재만으로도 오랜 외면을 견뎌야 했던 이들. 그러나 그들 역시 모과처럼 자신을 내어주며 살아왔다. 문드러진 상처는 혐오가 아니었다. 사랑을 드러내는 또 하나의 방식이었다. 누군가는 고개를 돌렸고 누군가는 발걸음을 재촉했지만, 그들은 누구보다 조용히 사랑을 선택하며 시간을 건너온 사람들이었다. 작은 방들 사이를 걷다 한편에 놓인 오래된 휠체어를 보았다. 그 위의 담요는 햇볕을 머금은 듯 따뜻해 보였고, 창틀에는 갓 놓은 듯한 모과 한 알이 있었다. 그 앞에서 나는 다시 숨을 고른다. 누군가에겐 불편할 수 있는 향기가 내게는 생의 고백처럼 다가왔다. 상처를 안고도 타인을 향해 열려 있던 존재들의 고요한 숨결 앞에서 나는 잠시 고개를 숙였다.

시간은 모과에게 가혹하지만 동시에 향기로 바꾸는 힘을 지녔다. 문드러지기까지의 시간 동안 모과는 자신의 자리를 조금씩 비워 내며 가장 진한 향에 닿는다. 나는 그 시간을 보며 인간의 노년과 한 생의 끝을 떠올린다. 성심원의 노인들 또한 긴 침묵과 기다림 속에서 하루를 건넌다. 그 침묵은 비어 있지 않다. 살아온 시간의 결이 남긴 깊이다.

나는 그 향기를 오늘의 시간 속에 옮겨 둔다. 기억되지 않더라도, 시선에 닿지 않더라도, 향은 바람을 타고 누군가의 마음에 닿는다. 지금 모과가 그러하듯. 내게 손을 내밀던 한 어르신의 손은 마른 나무껍질처럼 거칠었지만, 그 손끝에는 분명한 온기가 있었다. 삶을 다 써낸 사람에게서만 남는 온기였다. 나는 다시 묻게 된다. 나는 어떤 방식으로 남고 있는지, 무엇을 내어놓으며 살아가는지, 아직도 움켜쥐고 있는 것이 너무 많지는 않은지. 자연은 아무 말 없이 순환하지만 인간은 끝없이 의미를 묻는다. 그러다 정작 자신이 남기는 향기를 놓치곤 한다. 나는 그 질문 속에 잠시 머문다.

내 삶이 언젠가 모과처럼 향으로 남을 수 있을지, 누군가의 마음에 작은 온기 하나라도 건넬 수 있을지 생각해 본다. 우리의 하루는 조금씩 닳아 가지만 그 과정이 곧 사라짐만은 아니라고 믿고 싶다. 우리가 내어놓은 사랑과 기다림은 누군가의 시간에 씨앗처럼 남아 다시 퍼질 수 있다. 모과가 땅

위에서 조용히 자리를 비우듯, 우리도 그렇게 살아갈 수 있다면 그 삶은 헛되지 않다. 나는 오늘도 스스로에게 묻는다. 나는 어떤 향으로 남고 싶은지, 그리고 지금 그 향을 내고 있는지.

헤어진 후에
보이는 것들에 대하여

"사람을 진짜 알게 되는 순간은 그가 내 곁에 없을 때다."

나는 관계를 만났을 때보다 헤어졌을 때 바라본다. 함께 시간을 보내며 정서를 나누고 향기로운 차를 마시고 맛있는 음식을 먹었다고 해서 그 순간 관계를 규정하지는 않는다. 모든 관계의 정의는 시간이 한참 흐른 뒤, 그 끝자락에서 내려도 늦지 않다고 믿는다. 만났을 때는 대개 모두가 좋은 사람처럼 보인다. 그러나 헤어진 뒤 마음에 남아 울리는 여운을 듣게 되면서 나는 비로소 관계라는 이름을 조심스럽게 새긴다.

장자는 제물론에서 말한다. 이것이 이렇기도 하고 저렇기도 하며, 옳다고도 그르다고도 할 수 없다고. 이 문장을 처음 읽었을 때 나는 관계를 떠올렸다. 한 사람을 좋다 나쁘다로 판단하는 순간 우리는 이미 그를 있는 그대로 보지 않고, 내가 기대한 틀 안에 가둔다. 관계는 고정된 실체라기보다 시간 속에서 서서히 드러나는 흐름에 가깝다.

훌륭한 연주가 그렇다. 연주가 끝난 뒤 공간과 관객의 마음에 남는 여운을 통해 우리는 음악을 이해한다. 연주 중에는 화려한 음색에 취하지만, 고요 속에 남은 잔향이야말로 음악의 얼굴에 가깝다는 사실을 잘 알고 있다. 사람도 그렇다. 헤어진 뒤 일정한 거리 안에서 그 사람을 떠올리며 나는 관계를 다시 바라보게 된다. 나이가 들수록 소모적인 관계는 자연스럽게 줄어들고, 서로의 삶에 도움이 되는 관계만이 남는다. 무언가를 증명하려 애쓰지 않아도 되고, 나를 과하게 드러낼 필요도 없는 사람들. 장자가 말한 허한 마음이 통하는 사이라는 표현은 어쩌면 이런 관계를 가리키는 말이었을지도 모른다.

나는 사람을 만날 때 대체로 모두가 선하고 친절하다는 전제에서 출발한다. 다만 관계를 가늠하는 기준은 만남의 시간보다 그 만남이 끝난 이후에 있다. 각자의 삶으로 돌아간 뒤 그 사람을 떠올렸을 때 마음에 남는 온도와 방향으로 관계를 살핀다. 그래서 나는 말보다 태도를, 존재보다 여운을 본다. 눈앞에 있을 때의 모습보다 헤어진 뒤에 드러나는 태도를 통해 더 깊은 관계로 나아갈지를 결정한다. 관계는 언제나 떠난 뒤의 침묵 속에서 또렷해진다. 내가 보고 들었던 인상보다, 그 사람이 남긴 의미에 무게를 둔다. 남겨진 것이 더 가까운 진실일 수 있다는 믿음 때문이다.

만날 때는 한없이 좋고 즐거웠던 관계라도, 헤어져 있을 때 건네오는 단한 줄의 안부와 내가 무심히 흘렸던 취향을 기억해 주는 마음 앞에서 관계는 다시 쓰인다. 그런 작은 잔향들이 얇은 종이처럼 차곡차곡 쌓이며 계절을 지나고 시간을 건널 때, 관계는 서서히 깊어진다. 하루치의 진심, 한 줄의 안부, 작은 배려들이 겹겹이 쌓여 관계라는 한 권의 책이 된다. 우리는 종종 관계의 시작을 너무 서둘러 정의한다. 그러나 그런 정의는 대개 오래가지 않는다. 장자는 이를 시비지심이라 불렀다. 옳고 그름을 서둘러 가르려는 마음이 오히려 사물의 본모습을 가린다고 했다. 관계도 다르지 않다. 사람을 너무 빨리 파악하려 하고, 쉽게 친밀함이라는 이름을 붙인다. 하지만 관계는 기대를 먼저 규정하는 일이 아니라, 상호작용 속에서 의미를 쌓으며 천천히 이해해도 충분하다.

감정만으로 이어진 관계는 종종 실망을 남긴다. 감정은 물결처럼 일렁이다가 가라앉지만, 진심으로 이어진 관계는 깊은 강처럼 오래 흐른다. 사람을 좋다 나쁘다로 나누는 판단만큼 성급한 것도 드물다. 사람은 늘 변하고, 관계는 언제나 움직인다. 장자가 말한 물 같은 삶은 이런 관계의 흐름을 잘 보여 준다.

니체는 인간을 해석하는 존재라고 말했다. 모든 진실은 하나의 관점에 불과하다고. 그렇다면 관계 또한 그러하다. 한 사람과의 관계는 완성된 형태가 아니라, 내가 그를 어떻게 받아들이느냐에 따라 매 순간 새롭게 해석되고 다시 쓰이는 이야기다. 그래서 관계란 결국 기억 속에서 수없이 되짚으며, 그 사람을 내 삶 안에 하나의 문장으로 남기는 일에 가깝다.

우리는 그 문장이 아름답기를 바라며 관계를 맺고, 사랑하고, 때로는 떠나보낸다. 관계는 설명되기보다 느껴진다. 방향을 정하지 않아도 움직이고, 붙잡지 않아도 흐른다. 아마 그것이 우리가 평생 배우면서도 자주 놓치는 관계의 얼굴일 것이다.

말하지 않아도
되는 시간

언젠가부터 나는 말을 줄이기 시작했다. 설명하지 않아도 되는 순간들을 좋아하게 되었고 이해받기 위해 애쓰는 마음을 조용히 거두었다. 어떤 날은 하루가 아주 느리게 흐른다. 차를 우려내는 손길이 물보다 먼저 시간을 데우는 듯하고 고양이가 창문 틈으로 들어온 햇살에 몸을 눕히면 그 작은 숨결 하나로도 방 안이 가득 찬다. 그럴 때면 내 안의 소란들이 가만해진다. 무언가를 설명하려던 마음도 누군가를 향해 내밀던 말들도 제자리를 찾아간다.

나는 '공'이라는 단어를 자주 떠올린다. 비어 있다는 말은 텅 비고 허전하다는 뜻과는 달랐다. 그 안에는 말을 꺼내지 않아도 되는 깊이가 있었고 애써 채우지 않아도 되는 너그러움이 있었다. 공은 가만히 앉아 있는 나를 그대로 두는 힘이 된다. 아무 말 없이도 함께 있는 것처럼 어느 문장도 끝까지 쓰지 않아도 괜찮은 것처럼 비워진 자리 안에서 나는 조금씩 마음의 결을 되찾는다. 책상 한쪽에 쌓인 메모들, 읽지 않은 책 위에 내려앉은 먼지,

누구도 보지 않았지만 분명히 존재하는 풍경들. 그 조용한 틈 속에서 나는 나를 느리게 들여다본다. 그런 순간들이 나를 지켜 주고 있다는 사실을 굳이 말하지 않아도 마음은 이미 알고 있다.

비워진다는 일은 사라지는 쪽으로 향하지 않았다. 오히려 더 선명해지는 방향에 가까웠다. 너무 많은 것들이 겹쳐 있을 때는 보이지 않던 장면들 말이 쌓여 있을 때는 들리지 않던 목소리들이 비워진 뒤에야 모습을 드러냈다. 나는 관계 속에서도 종종 공을 떠올린다. 함께 있는 동안 무엇으로 채우려 했던 마음들 서로를 이해시켜야만 가까워진다고 믿었던 순간들을 이제는 내려놓는다. 말을 줄이고 설명을 멈추고 침묵으로 충분했던 날들을 떠올린다. 어쩌면 가장 가까웠던 시간은 아무 말 없이 같은 창밖을 바라보던 그때였는지도 모른다. 그 자리에는 의심도 설득도 없었고 머물러 주는 마음 하나만 남아 있었다. 공은 관계의 틈을 가르치고 존재의 빛으로 향하는 길을 연다.

내가 나를 너무 바쁘게 채우고 있었을 때 사람들의 목소리에 휘둘리며 나를 잊고 있던 때 공은 조용히 내 어깨를 두드렸다. 괜찮아 지금은 멈춰도 돼 비워도 돼 사라지지 않아. 돌아보면 신앙도 그와 닮아 있었다. 꾹꾹 눌러 외우던 기도문이 아니라 가만히 머무는 시간 속에서 들리지 않는 결로 다가오는 부름. 하느님은 늘 가장 조용한 공복의 순간에 나를 만나주셨다. 나는 이제 조금 알게 되었다. 무언가를 열심히 채워야만 존재하는 것은 아니라는 사실을. 오히려 그대로 비워진 채 앉아 있을 수 있을 때 비로소 나로 남는다는 감각을. 공은 없음을 말하는 단어가 아니라 깊이를 품은 말이다. 그 안에는 여백이 있고 여백은 또 하나의 풍경이 된다. 나는 그 풍경을 바라보는 사람으로 조용히 살아간다.

사랑 역시 공과 닮아 있다. 누군가를 진심으로 사랑하게 되면 더 많은 것을 비우게 된다. 말을 줄이고 욕심을 접고 내 방식으로 이해시키려던 마음을 내려놓을 때 비로소 그 사람의 결이 보이기 시작한다. 함께 있어도 되지만 떠나도 되는 자리 그가 고요히 숨 쉴 수 있도록 남겨 둔 한 칸의 여백 같은 마음. 그곳에는 매달림도 간청도 없다. 다만 너그러움이 남아 있을 뿐이다. 사랑은 그렇게 채워지는 쪽이 아니라 조심스레 비워지는 방향으로 다가온다.

그 자리에 나는 아무 말 없이 앉아 있다. 더 말하지 않아도 되는 시간과 채우지 않아도 괜찮은 침묵 속에서. 이 책을 덮는 당신이 지금 무엇을 설명하려다 멈추었는지 무엇을 붙잡고 있다가 잠시 내려놓았는지 나는 묻지 않겠다. 다만 여기 잠시 앉아도 괜찮다고 말하지 않아도 되는 자리가 있다고 그렇게만 남겨 두고 싶다.

5부 삶이 이끄는 대로

말하지 않아도
되는 자리

이제는 아무 말도 하지 않아도 되는 시간에 와 있다고 느낀다. 설명하지 않아도 되고 괜찮은 척하지 않아도 되고 잘 살아왔는지 증명하지 않아도 되는 시간이다. 나는 여전히 밥상을 기억한다. 국이 끓고 밥 냄새가 집 안을 채우고 누군가는 말없이 수저를 놓고 누군가는 아무 이유 없이 내 앞에 앉아 있던 순간들. 그곳에서는 울어도 되었고 말을 잃어도 되었고 아무것도 하지 않아도 사람으로 남아 있을 수 있었다.

삶은 나를 자주 혼자 두었다. 아직 어른이 되기엔 이른 날들에 나는 스스로 등을 두드리며 잠들어야 했고 아무도 부르지 않는 이름으로 다음 날을 건너야 했다. 그런데도 사람은 늘 사람 쪽에서 나를 살게 했다. 뜨거운 밥 한 숟갈, 아무 말 없는 물 한 컵, "먹고 가라"는 한마디. 나는 많이 부서졌다. 기대하다가 믿었다가 사랑했다가 남겨졌다. 그때마다 다시는 그러지 않겠다고 마음을 닫았지만 이상하게도 나는 끝내 사람을 버리지 못했다. 그게 내가 살아 있다는 증거였기 때문이다.

사랑은 늘 늦게 왔고 이별은 늘 예고 없이 왔다. 떠난 사람보다 함께 있던 시간이 더 오래 아팠다. 그래도 나는 알게 되었다. 함께 먹었던 밥의 기억은 쉽게 사라지지 않는다는 것을, 사람이 떠난 자리에도 온기는 남는다는 것을. 어느 날부터 나는 잘 사는 법을 묻지 않게 되었다. 대신 오늘 하루를 견딘 사람의 얼굴을 오래 바라보게 되었다. 말이 많은 위로보다 잠시 쉬어 갈 수 있는 자리가 누군가에게는 더 필요하다는 것도 그제야 알게 되었다.

그래서 나는 설명하려 들지 않는 자리를 선택한다. 잘 해내고 있다는 증명 대신 아직 무너지지 않았다는 온기를 남기는 자리, 말보다 먼저 숨이 고르고 판단보다 먼저 사람이 머무는 자리. 이 글들은 위로를 제공하기 위해 쓰이지 않았다. 그것은 부족이나 결핍의 문제가 아니라 의도적인 선택이다. 문학이 독자를 울리고 감정을 고조시켜야 한다는 관성에서 나는 이 책을 조금 비켜 세우고 싶었다. 위로가 목적이 되는 순간 문장은 그 목적을 수행하는 도구로 전락한다. 울고 나면 남는 것이 없는 독서, 감정이 소모된 뒤에야 책을 덮게 되는 경험 앞에서 나는 오래전부터 불편함을 느껴왔다.

이 책을 쓰는 동안 나는 "문학이 반드시 위로해야 하는가"라는 질문 앞에 섰다. 그리고 그 질문을 끝까지 밀어붙이지 않기로 했다. 대신 문학이 독자에게 하지 않아도 되는 것들을 하나씩 덜어냈다. 눈물을 요구하지 않고 동정을 유도하지 않으며 어떤 교훈도 제공하지 않는 방식으로. 이 문장들은 독자를 끌고 가지 않는다. 독자의 목에 끈을 달아 인도하지 않는다. 작가와 독자가 수직으로 배치되는 구조를 나는 끝까지 경계했다. 이 책에서 독자는 위로받는 대상도 가르침을 받는 존재도 아니다. 같은 자리에 앉아 각자의 속도로 머무는 존재다.

밥상은 이 책에서 반복되는 중요한 이미지다. 밥상은 화해나 구원의 장소가 아니라 말하지 않아도 되는 자리다. 문학이 독자를 데려가야 할 장소가 있다면 그곳은 무대가 아니라 밥상이어야 한다고 나는 생각했다. 이 책은 독자를 변화시키려 하지 않는다. 다만 같은 자리에 앉힌다.

이 수필은 '견디는 동안' 쓰였다. 그 표현은 수사가 아니라 이 책이 태어난 실제 조건이다. 이 문장들은 성취의 결과가 아니라 견딤이 축적된 흔적이다. 나는 이 글을 사유를 증명하기 위해 쓰지 않았다. 문학을 개념으로 밀어 올리기보다 태도로 남기고 싶었다. 이 책이 말하고자 하는 것은 완성된 생각이 아니라 한 사람이 살아온 방식에 가깝다.

이 책이 읽는 동안이 아니라 덮은 뒤에 조금 숨이 쉬어지는 곳이기를 바란다. 아무 말도 하지 않아도 사람으로 남아 있어도 괜찮다고 조용히 허락받는 시간. 나는 이제 누군가를 설득하기 위해 살지 않는다. 다만 누군가가 잠시 앉아도 되는 자리를 남기며 살아가고 싶다. 그 자리에 이름이 붙지 않아도 좋다. 사람이 다치지 않고 다시 걸어 나갈 수 있다면, 그걸로 충분하다.

견디는 동안 쓰였다